Hansjürgen Freick

In den Fängen der Zeit

Hansjürgen Freick

In den Fängen der Zeit

Druckerei & Verlag Mike Rockstroh

Schneeberger Straße 91 • D-08280 Aue/Sachs.
Satz und Gestaltung: Werbeatelier Dorschner, Bernsbach
ISBN 978-3-937190-14-3

Unbeschwerte Kindheit

„Sollte ich einmal einen Roman über unser Haus schreiben, weißt Du, wie er heißen würde?"
Erwartungsvoll schaute mich meine Schwester an.
Ich zog meine Schultern hoch.
„Nein. Woher soll ich das wissen?"
„Das Haus mit den rotgeweinten Fenstern! – Wie findest Du das?"
„Hmm. Nicht schlecht."
„Nicht schlecht, nicht schlecht! Ist das alles, was Du dazu sagen kannst?"
Sie war enttäuscht.
„Was soll ich schon dazu sagen?" antwortete ich unsicher aber auch unschlüssig.
„Klingt ganz gut!" fügte ich beschwichtigend hinzu.
„Na ja. Ich seh schon. Dir fehlt die Reife. Du bist einfach noch zu klein."
Besagter Roman – ließ sie mich wissen - würde selbstverständlich ein Liebesroman sein, müsse von Liebesglück und Liebesleid handeln. Das läge ihr. Etwas anderes käme nicht infrage.
Sie träumte zwar noch etliche Jahre davon, schrieb ihn aber nie, ihren Liebesroman.
So war und ist sie auch heute noch, meine große Schwester. Oftmals und allzu gern verstrickt sie sich in ihrer eigenen, recht fantasievollen Gedankenwelt.
Als erstgeborenes Enkelkind der gesamten Sippe überhaupt war sie – so gehörte sich das wohl – mit den Vornamen beider Großmütter: Ida und Martha bedacht worden. Als Zweitnamen versteht sich. Glücklich war sie damit nicht. Selbst ihren regulären Vornamen Dorothea fand sie zu steif. Ließ sich deshalb liebend gern Dorothee rufen.
Trost war angesagt.
„Ich weiß gar nicht, was Du willst. Das hört sich doch gut an:

Ida, Martha, Dorothea. Klingt wie Musik, wie eine Opernarie!"
Mir fiel „Martha, Martha, du entschwandest" ein, selbstverständlich mit dem abfälligen Zusatz
„... und mit dir mein Portemonnaie".
Plötzlich – ein Geistesblitz. Lauthals begann ich zu singen: „Ida, Martha, ihr entschwandet, uns blieb nur die Dorothee...!"
Ich musste meine Beine in die Hand nehmen, sonst hätte ich mir womöglich „eine gefangen".

Die Ausbildung zur Kinderpflegerin und Kindergärtnerin führte Dorothee als 16-Jährige nach Oberbayern in die Nähe von Mittenwald, nach Krün. Dort war ein größeres Hotel in ein Heim für evakuierte Kinder umgestaltet worden. Vor den verheerenden Bombennächten, die viele Städte in Schutt und Asche legten, sollten wenigstens sie geschützt werden.
Ein gutes Jahr blieb sie in dieser beschaulichen Gegend. Schrieb sie uns, lag meist ein Foto dabei.
An eines erinnere ich mich noch genau: Im damals weit verbreiteten Norweger-Pullover schaute sie mit verträumt-sehnsüchtigem Blick auf die Gipfel der verschneiten Berge – dekorativ an den Fensterrahmen gelehnt und eine Hand als Schutz vor dem gleißenden Sonnenlicht über Stirn und Augen haltend.
Später wurde sie in die Nähe von Pirna versetzt. Den glutroten Feuerschein des Infernos, das am Abend des 13. Februar 1945 über Dresden hereinbrach, sah sie aus nicht allzu weiter Ferne. Nach Hause zurückgekehrt, konnte sie am 15. Juni 1945 zusammen mit uns ihren 18. Geburtstag feiern.

„Das Haus mit den rotgeweinten Fenstern?"
Sah sie das wirklich so? Mit ganz anderen Augen schaute ich von nun an auf unser Elternhaus.
Es stimmte.

Die ziegel- oder weinrot eingefassten Fenster hoben sich gegen die silbergraue Fassade eigenartig ab. Sie ähnelten in der Tat rot umränderten Augen. Aber Trauer? Nein. Davon konnte keine Rede sein. Freudentränen! Das stimmte schon eher. War es doch für uns die reine Freude, in diesem Haus aufzuwachsen – in unserem Elternhaus!

...das Haus mit den „rotgeweinten Fenstern" ... - unser Elternhaus

Genau erinnern kann ich mich nicht mehr. Erzählte unsere Großmutter beiläufig davon oder erfuhr ich es später aus der Orts-Chronik?
„Das älteste Schulhaus (Kirchschule) stand...der Pfarre direkt gegenüber, unmittelbar am Wege..."
Wegen Baufälligkeit wurde es abgerissen und im Jahre 1651 an derselben Stelle ein Neubau errichtet. Nach über 200 Jahren genügte auch dieser weder baulich noch räumlich den inzwischen gestiegenen Anforderungen. 1867 wurde *„mit 600 Thaler Staatsbeihilfe"* wenige Schritte weiter nordwärts ein Neubau errichtet, der *„am 28. Juli 1868 – mit einem Schulfest verbunden – geweiht wurde."*
Alle Achtung!
Wir wohnten also in der ehemaligen *„oberen Kirchschule"* – eine untere gab es auch – und das unverändert *„der Pfarre direkt gegenüber"*, deren prächtiger Fachwerkstil noch heute erhalten ist. Hatte unser Haus dieselbe Bauweise aufgewiesen? Daran bestand kein Zweifel. Konnten doch bei kleineren baulichen Veränderungen einzelne Fachwerkbalken zumin-

dest von innen freigelegt werden. Außen hingegen lagen sie unter Putz, der alsbald abblätterte. In den zwanziger Jahren des neuen Jahrhunderts war deswegen Modernisierung angesagt: Erneuerung der Fassade.
„Das ist kein einfacher Putz wie an den anderen Häusern um uns herum. Das ist Edelputz!"
Stolzerfüllt erklärte unser Vater die Besonderheit dieses speziellen Putzes und zeigte dabei auf die kleinen glänzenden Einsprengsel, die im Sonnenlicht wie Edelsteine funkelten.
„Wetterfest, somit dauerhaft! Auf Jahre hinaus!"
Er hatte nicht zuviel versprochen.

•

Unser Elternhaus – ein Drei-Generationenhaus! Wie ist es möglich gewesen, dass darin zwei Familien mit drei und zwei Kindern und deren Großmutter unter einem Dach wohnten, dazu Raum für ein Bad, Toiletten auf allen drei Stockwerken, zwei „Speisekämmerchen" zum Aufbewahren von Vorräten, ein Kontor und ein Warenkämmerchen bot, im Erdgeschoss seit etlichen Jahren „fabriziert", gestanzt und gezogen, gedreht, gelötet, genietet, galvanisiert, geschliffen und poliert und alles, was hergestellt worden war, auch verpackt wurde?
Betrete ich heute diese „ach so bescheiden kleinen Zimmer", wundert mich immer wieder, dass sich darin wohnen, ja, wunderbar leben ließ. Wir alle fühlten uns darin wohl und geborgen, und das nicht nur in unserer Kinder- und Jugendzeit.

„Eigentlich kannst du dich nicht beschweren" musste ich mir oftmals anhören, wenn aus irgendwelchen Gründen die Rede auf die noch beengteren Wohnverhältnisse in den dicht nebeneinander stehenden kleinen Häuschen der Oberen und Unteren Viehtrift oder anderswo kam.

„Ihr wohnt doch in der schönsten und romantischsten Ecke: Dem Pfarrhaus gegenüber, neben der ‚Alten Eich', und auf die ´Alte Kirch´ könnt ihr auch gucken."

„Postkartenidylle" - die Peter-Pauls-Kirche (um 1200 errichtet, 1607 erweitert und umgestaltet) mit über 400-jähriger Luthereiche und dem Pfarrhaus im Fachwerkstil (1554 erstmals errichtet, 1716 neu erbaut, seit 1916 in jetzigem Erscheinungsbild)

Das stimmte.
Der mächtige Stamm der über 400 Jahre alten Luthereiche, die zum einhundertsten Geburtstag des Reformators gepflanzt worden war, und ihre alles überragende Krone beherrschte das malerische Bild, das sich unseren Augen bot. Dieser prächtige Baum, dahinter Friedhofsmauer und Alte Kirche, links das schiefergedeckte Wohnhaus eines ebenfalls alten Bauerngehöfts und rechts das Pfarrhaus: Sommers wie winters ein traumhafter Anblick. Postkartenidylle! Motive, die immer wieder lockten festgehalten zu werden, ob als Feder- oder Bleistiftzeichnung, ob mit Pinsel und Farbe in Öl oder als Aquarell.
„Ihr habt was vergessen."
„Was denn?" Mehr verdutzt als fragend schauten sie mich an.
„Den Friedhof!"

„Ach ja, bis dahin ist s ja auch nur n Katzensprung!"
Genau.
Die Friedhofsmauer, vor wer weiß wie vielen Jahren aus Natursteinen zusammengefügt, grenzt auch heute noch an den Vorgarten des Pfarrhauses. Auf alten kunstvoll gestalteten Grabsteinen, innen im Anfangsteil des Friedhofs an dessen Mauer und die der Alten Kirche gelehnt, sind die einstmals in sie eingemeißelten Namen kaum noch zu entziffern. Vereinzelt blieben aber doch Jahreszahlen erhalten. Sie künden von Geburt und Tod um 1700 oder wenige Jahre später. Zwangsläufig, nicht aber zwanghaft oder gar unangenehm berührt, spürt man den Atem der Vergangenheit, läuft man an ihnen andächtig vorbei oder hält hier und dort inne. Manche der zahlreichen prächtigen Familiengrabstätten laden zum Verweilen ein, und immer wieder zieht einen die schon mehr einem Mausoleum ähnelnde Gruft an der westlichen Friedhofsmauer in den Bann. Gedanken an Vergängliches hatten aber in unsere kindliche Vorstellungswelt noch keinen Eingang gefunden. Wir verbanden mit Friedhof und seinem drum und dran mehr oder weniger einen Ort, wo man sich vor allem in abgelegenen Regionen ganz toll verstecken konnte, wo man aber auch aus gehöriger Entfernung verfolgen konnte, was sich bei einer Beerdigung so alles ereignete.
„So ne Leich" – im ständigen Drang nach Vereinfachung wurden Verstorbene und alles, was zum Begräbnis gehörte, also auch der Leichenzug, auf dieses Wort reduziert – „so ne Leich ist wirklich was interessantes!"
Das stimmte allerdings. Der schwarz-silberne Leichenwagen, über und über mit Kränzen behangen, die herausgeputzten Pferde in ebenfalls schwarz-silbernem Geschirr, die Trauernden dahinter, das alles war für uns hochinteressant, war d a s Ereignis der Woche. Manchmal gab es deren sogar mehrere. Am Leid und Schmerz der Hinterbliebenen nahmen wir nicht unbedingt Anteil. Uns interessierte lediglich das „Spektakel". Außerdem hieß es weit und breit: „Die oder der hatte

Das kleine „Mausoleum", das einem immer wieder in seinen Bann zieht

sowieso das Alter!" Und Alter oder Tod sahen wir in weiter, weiter Ferne. Beides fand in unserem kindlichen Gemüt noch keinen Platz. Das änderte sich schlagartig, wurde ein kleiner weißer Sarg vorangetragen. Obwohl wir erfahren hatten, dass irgendwo in unserem Ort ein Kind gestorben sei und damit ein „so blutjunges Leben" sein viel zu frühes Ende hatte finden müssen, stieß unser ansonsten unerschütterliches Gefasstsein an seine Grenzen: Wir sahen uns plötzlich selber in dem kleinen weißen Sarg liegen, als dieser ins Grab hinabgelassen wurde. In manchen recht unruhigen Nächten tauchte dieses Bild immer wieder auf, und mit einem Mal erschien uns der Tod doch bedrohlich nahe.
Trotzdem, so makaber es klingen mag, Trauerzüge und Begräbnisse stellten in der dörflichen Eintönigkeit stets aufs Neue eine begrüßenswerte Abwechslung dar, waren sie doch meist die einzigen bemerkenswerten Ereignisse kultureller Art. Während der Trauerfeier erklang hin und wieder ein „gehobenes" Musikstück, das einem nirgendwo sonst zu

Hinter Rhododendronbüschen lauschten wir dem „Engelsgesang“ während der Trauerfeier

Ohren kam. Hinter den Rhododendronsträuchern unweit der Kirchenmauern versteckt, lauschten wir andächtig. Ganz selten, deswegen umso erhebender, drang die glockenhelle Stimme einer Sängerin zu uns heraus.
„Das ist doch die aus dem Kirchenchor, die zu Weihnachten in der Christmette immer den Engel singt.“ Darin waren wir uns einig, auch, dass es sich diesmal offensichtlich um „eine sehr reiche Leich“ gehandelt haben muss. Wer sonst konnte es sich schon leisten, einen Engel singen zu lassen.

Nicht gleichermaßen bewegend wie der Gesang des Engels dafür aber nicht weniger eindrucksvoll, ja, geradezu begeisternd die Aufmärsche zum alljährlichen „Heldengedenktag“ und am 9. November. Welch eine Kulisse, welch eine Inszenierung, wenn sich die Kolonnen von SA, Partei, BDM und HJ in Reih und Glied um das Kriegerdenkmal zur Gedenkfeier scharten. Monumental, so kam es uns vor, ragte es unweit der Grabreihen turmartig in die Höhe. Davor mehrere breite Stufen und ein noch breiterer allee-artig gesäumter Weg, dahinter die sich im Halbrund erhebende Mauer mit den Gedenktafeln für die im Ersten Weltkrieg Gefallenen. Wir lasen die Namen, erfuhren wann sie geboren, wo und wann sie in welchem Alter ihren „Heldentod“ gestorben waren. Intonierte die Kapelle „Ich hatt einen Kameraden“, bekamen auch wir feuchte Augen.

Ins Staunen versetzte uns aber, wie alle, die zur Feierstunde angetreten waren, am Schluss des Gedenkens mit zum Hitlergruß erhobenem Arm das Horst-Wessel- und das Deutschland-Lied sangen. Für uns nicht oder noch nicht vorstellbar, dass man seinen Arm unentwegt so hoch recken konnte. Ob sie mit dem linken Arm unterstützend nachgeholfen haben? Wir konnten nichts entdecken, wunderten uns nur immer wieder über soviel Kraft und Ausdauer.
„Dass die alle so lange den Arm hochhalten können…" Unserem Kopfschütteln folgte prompt die kernige Antwort:
„Wenn Begeisterung und eiserner Wille dahinterstehen, kann man vieles. Begeisterung und Willensstärke versetzen Berge."
Wir bezweifelten, dass man Berge so mir nicht dir nichts versetzen könne, wollten aber auch nicht zurückstehen und marschierten begeistert und getragen von dieser allumfassenden Willensstärke im Gleichschritt nach Hause. Nicht als Kolonne, sondern zu fünft im Gänsemarsch.

In unmittelbarer Nähe dieser „Postkartenidylle" mit ihren geschichtsträchtigen Bauten und den als „spektakulär" empfundenen Ereignissen wuchs ich zusammen mit meinen beiden sechs und sieben Jahre älteren Schwestern auf. Wegen des „erheblichen Alterunterschieds" mir gegenüber zählten sie sich allerdings schon mehr zu den Erwachsenen. Das rieben sie mir, als ich es begreifen konnte, immer wieder unter die Nase. Sich mit mir zu befassen, womöglich mit mir zu spielen, sei unter ihrer Würde.

Ehrenmal zum Gedenken an die im 1. Weltkrieg Gefallenen – ohne „machtvolle Aufmärsche"

Meine Schwestern mit mir – dem „Dreikäsehoch“

Meine Einschulung im Herbst 1941, zu „Michaelis“, änderte daran nicht das Geringste.
„Was sollen wir mit dir ABC-Schützen schon anfangen?“
Es sei denn, besondere Festtage - Geburtstage gehörten dazu, an denen sich traditionell die gesamte Verwandtschaft einfand - zwangen meine Schwestern allein aus organisatorischen oder mehr beschäftigungstherapeutischen Gründen dazu, sich der im Schlepptau der Verwandtschaft „eingefallenen“ Kinderschar und damit zwangsläufig auch meiner anzunehmen, um Eltern, Onkel, Tanten und vor allem unsere Großmutter vor entnervendem Gezeter und Geschrei zu bewahren.

Waren wir - im Schatten von Pfarrhaus und Kirche – mehr als andere christlich geprägt oder erzogen worden? Wohl kaum. Der Besuch des Kindergottesdienstes am Sonntagvormittag gehörte einfach dazu, war Gewohnheit, keinesfalls Pflicht. Die Glocken der „Neuen Kirche“, der Christuskirche, nur knapp 300 Meter Luftlinie von unserem Elternhaus entfernt, läuteten an Sonn- und sonstigen Feiertagen in einem wunderschön abgestimmten Dreiklang. Sie riefen auch mich.
Zur Konfirmation schenkte mir der Pfarrer eine für die damalige Zeit äußerst wertvolle und von allen bestaunte Kostbarkeit:
Zusätzlich zu meinem Konfirmandenspruch, von Hand in Kunstschrift mehr gemalt als geschrieben und in hellem Holz hinter Glas gerahmt, überreichte er mir einen silbernen Drehbleistift. Als „treuen Helfer“ wolle er mich belohnen, fügte er hinzu. Mir und anderen „treuen Helfern“ war aufgetragen

worden, den Besuch des Kindergottesdienstes auf „Fleißkärtchen“, die unter allen Kindern zu Jahresbeginn verteilt worden waren, Sonntag für Sonntag zu vermerken.
Hatte ihn eine gewisse „wundersame Vorahnung“ die Auswahl meines Konfirmandenspruchs treffen lassen?

„Kämpfe den guten Kampf des Glaubens…
…wozu Du berufen bist…“

Dass die Zeit, die nach 1945 und mehr noch 1949, im Jahr meiner Konfirmation, angebrochen war, den Rahmen des „guten Kampfes“ viel weiter steckte, als ihn der Spruch umfasst, hatte er sicherlich nicht voraussehen können.

•

„Was soll das denn sein?“ Meine Mutter stutzte, als sie einen Brief von Gisela, der jüngeren meiner Schwestern, in der Hand hielt.
„Komisch, sieh doch mal!“
Eindeutig Giselas Handschrift. Aber – seltsam, anders als sonst. Die Buchstaben liefen von links nach rechts – und – sie waren seitenverkehrt.
„Das muss Spiegelschrift sein!“
„Wie, Spiegelschrift?“
„Moment!“
Ich hielt den Brief vor den Spiegel.
„Na, was sagst du? Jetzt können wir alles lesen!“

Ihre Handschrift war auch jetzt – so wie gewohnt und wie sie auch später bleiben sollte - gestochen scharf. Einfach toll.
Sie schrieb:
Ein Marder hätte seit einigen Tagen Jagd auf Junghennen gemacht, wäre nachts in die Ställe eingedrungen. Gestern seien die Hühner wieder völlig aufgeregt hin- und hergerannt, hätten fortwährend

laut gegackert. Sie habe den Marder auf einem Baum entdeckt, sei hinaufgeklettert und habe ihn im Genick packen wollen. Blitzschnell habe er seinen Kopf herumgedreht und sie in den Zeigefinger gebissen, genau ins Gelenk.
Deshalb müsse sie mit links schreiben!

Eine Fähigkeit, die sie von unserem Vater geerbt hatte. Er war mehr Links- als Rechtshänder, hatte aber trotzdem keine „zwei linken Hände".
Mir war unverständlich, wieso der Marder geduldig ausharrte und sich von Giselas Hand am Hals packen ließ. Das hätte seinen Grund gehabt, erzählte sie später:
Der gutseigene Hund, ein Riesenschnauzer, habe sich unter dem Baum in bedrohlicher Gebärde aufgerichtet, fortwährend laut gebellt und somit den Marder in Schach gehalten.
Der wird sich gedacht haben, so vermutete ich: Lass Gisela ruhig herangeklettert kommen, mit ihr werd ich schon fertig werden. Mit dem knurrenden, kläffenden und zähnefletschenden Ungetüm da unten dürfte das schwieriger sein. Er hatte richtig kalkuliert.

Gisela, von Kindesbeinen an in Tiere vernarrt, und seien es auch nur Kanarienvögel oder Wellensittiche gewesen, wollte unbedingt auch beruflich etwas mit Tieren zu tun haben. Hühner und Karnickel, wir nannten sie Stallhasen, besaßen wir zwar auch, für kurze Zeit sogar Ziegen und einen Hund. Ausgerechnet dieser junge, noch verspielte und somit drollige, schlappohrige schwarze Hund, eine Promenadenmischung wohl, ließ eines Tages Gisela in Tränen ausbrechen. Nicht seinetwegen, sondern seiner Missetat wegen. Sie säuberte den Käfig ihres gelb-grünen Wellensittichs. Der flatterte derweil befreit in der Küche herum. Um Sand für den Käfigboden zu holen, verließ Gisela für kurze Zeit die Küche. Dass der vorsorglich ausgesperrte Hund unbemerkt in die Küche zurückschlich, sah sie nicht.

Mit einer Tüte Sand in den Händen trat Gisela wieder ein und fiel fast in Ohnmacht. Unser Hundchen hatte es sich zwischen Gasherd und dem altehrwürdigen weiß-emaillierten Küchenherd gemütlich gemacht. Mit seiner rechten Vorderpfote rollte er durchaus zärtlich den Wellensittich, der keinen Pieps mehr von sich gab, hin und her, so wie Kuchen- oder Nudelteig ausgerollt wird, nur eben nicht so kraftvoll. Er spielte einfach mit dem teilnahmslosen Vögelchen, sprang immer wieder einmal kurz auf, um anschließend den mehr tastenden Rollvorgang wie beim Katz- und Maus-Spiel fortzusetzen. Trotz aller Empörung musste Gisela – einigermaßen beruhigt und besänftigt – feststellen, dass der arme, nunmehr aber unzweifelhaft tote Vogel keinerlei Bisswunden oder anderweitige Verletzungen aufwies. Weder seine Flügel noch seine dünnen Beinchen waren gebrochen. Wie bei toten Vögeln üblich, hielt er die Augenlider geschlossen.

Herzschlag! So lautete einhellig die Diagnose. Der Hund hatte ihn offenbar hin- und hergescheucht. Das war für den armen Sittich zu viel gewesen.

Groß die Bestürzung und Trauer nicht nur bei Gisela. Wir alle trauerten mit.

Genau so wie manchem Tier zuvor, ob Vogel, Küken, Häschen oder Kätzchen, stand auch dem Wellensittich ein würdevolles Begräbnis zu.

In eine mit Watte ausgepolsterte Zigarrenkiste wurde er gebettet und von uns allen, die wir uns zu einem bescheidenen Trauerzug formierten, zu Grabe getragen. Hinter dem Schuppen, wo schon die anderen Tiere ihre letzte Ruhe gefunden hatten, gruben wir auch sein Grab aus. Blumen und ein aus zwei dünnen Ästen gebasteltes Kreuz schmückten es.

Mit Hegen und Pflegen und gelegentlichem Trauergeleit konnte Gisela in ihrer tiefen Liebe zu Tieren keineswegs ausgefüllt sein. Das reichte ihr nicht, und für eine berufliche Ausbildung schon gar nicht. Da war guter Rat teuer.

Einen Tierpark oder einen Zoo in unserer Gegend? Gab es nicht. In Leipzig, ja. Zu weit entfernt.
„In dieser unruhigen Zeit ist es besser, wenn du in der Nähe bleibst!" hieß es von allen Seiten.
Was blieb? Eine Geflügelfarm, ein Geflügelzuchtgut – so lautete die reguläre Bezeichnung - in der Nähe der Stadt Werdau, in Langenhessen, auf dem flachen Land. Geflügelzüchterin wollte sie werden. Die letzten Monate vor Kriegsende mit ihren schweren Bombenangriffen in unmittelbarer Nähe zwangen jedoch auch sie, nach Hause zurückzukehren. Ihren Wunsch musste sie begraben.

•

Meine beiden Schwestern waren also aus dem Haus und in Ausbildung, wie es gemeinhin hieß, und das über einige Jahre hinweg. Fehlten sie mir? Um ehrlich zu sein: Nein.
Hatte ich doch Heiner und Peter, meine Cousins. Sie mit ihren Eltern, ich mit meinen, und – nicht zu vergessen – unsere Großmutter, alle zusammen wohnten wir unter einem Dach. Heiner – ein Jahr älter als ich, Peter gut zwei Jahre jünger - so waren wir in etwa im gleichen Alter. Ideal.

Sämtliche elf Enkelkinder unserer Großmutter am Palmsonntag 1941, unter ihnen Dorothee als frisch gebackene Konfirmandin im dunklen Kleid

Hinzu kam, dass noch weitere vier Enkel unserer Großmutter, Rainer, Dieter, Annemarie und Antje, im Ort wohnten, wenn auch im oberen Teil. Dieter, Annemarie und Antje lagen altersmäßig ebenfalls in unserer ´Streubreite´, und so verbrachten sie ihre Nachmittage oft mit uns zusammen. Vor allem der in unseren Kinderaugen riesige Pfarrgarten direkt gegenüber bot alles, was Kinderherzen begehrten: Verstecke, große Rasenflächen, Bäume, auch Apfel- und Birnbäume, vor allem aber Kirschbäume: knackige Süßkirschen, die viel früher reiften und wesentlich besser schmeckten als die Sauerkirschen in unserem Garten.
Im Winter bauten wir nicht nur Schneemänner. Schneehäuser – regelrechte Iglus – errichteten wir aus festen Schneeblöcken, krochen hinein, fühlten uns geborgen und freuten uns wie die „Schneekönige".
Wir hatten den „Himmel auf Erden".
Nicht zu vergessen: die Weihnachtstage!
Wie alle Kinder fieberten auch wir dem Heiligen Abend entgegen. Vor Wochen schon hatten wir unseren Wunschzettel geschrieben. Nun bangten wir, ob Christkind oder Weihnachtsmann unsere bescheidenen Wünsche erfüllten.
Am Vormittag – seit Jahren ein Ritual – hieß es: „Jetzt schmücken wir den Baum".
„Hier, der gehört auf die Spitze!" Ich hielt den silbernen Lametta-Stern in der Hand.
„Ist doch langweilig. Jedes Jahr dasselbe. Find ich blöd. Hat man doch gar nicht mehr, solche altmodischen Sterne! Außerdem ist der völlig zerzaust. Dieses Jahr lassen wir die Spitze einfach mal ganz frei. Das ist modern!"
Meine Schwestern, die zum Weihnachtsfest nach Hause gekommen waren, setzten sich durch.
„Und hier - die Silberfäden? Sind auch schon arg ramponiert".
„Macht nichts. Die müssen einfach sein. Geben doch erst den richtigen Glanz!"

Gegen Mittag war alles vollbracht. Die Tür zum Wohnzimmer wurde abgeschlossen. Um nicht – neugierig wie wir waren – durchs Schlüsselloch irgendetwas erspähen zu können, wurde vorher von innen ein Bettlaken vorgehängt. Wann unsere Eltern auf dem ausgezogenen Tisch die Geschenke ausbreiteten, bekamen wir nicht mit.
Endlich war es soweit.
18 Uhr. Alle drei Glocken der nahen Christuskirche läuteten. 15 Minuten lang. Ein wundervoller Klang.
Traditionell begann just zu diesem Zeitpunkt das Festmahl – bei Kerzenschein.
Nur unser Vater – damals noch nicht an der Front – bestand gänzlich unromantisch auf hellem Licht. Die Deckenbeleuchtung musste zusätzlich eingeschaltet werden.
„Ich will doch sehen können, was ich esse!"
Hatte er Probleme, das zart-rosafarbene Fleisch des gepökelten Eisbeins vom Knochen zu lösen? So schwierig war das doch nicht. Und die grünen Klöße mit dem Sauerkraut dürfte er doch wohl auch bei Kerzenschein erkannt haben. Wir protestierten. Leider meist vergeblich.
„Zum Nachtisch wird das schrecklich grelle Licht aber wieder ausgeschaltet! Sonst ist die ganze Stimmung im Eimer!"
„Von mir aus. Nachtisch mag ich sowieso nicht! Und Weihnachtsstimmung könnt ihr heute Abend noch genug haben!"

Gespannt warteten wir auf den bewussten Augenblick. Für eine halbe Stunde etwa wurden wir aus der Küche verbannt. Viel zu langsam verging die Zeit. Dann, endlich, hörten wir den vertrauten Klang des kleinen Glöckleins aus dem Wohnzimmer herausschallen. Bescherung!
Alle Kerzen brannten – am Christbaum, auf den Schwibb-Bögen, den Leuchtern, auf den geschnitzten Bergmännern und den gedrechselten Weihnachtsengeln, die auf den Fensterbänken standen. Ihr Lichterglanz ließ den Schnee drau-

ßen hell aufleuchten. Weihrauchduft – vom „Raachermannl“ verbreitet - erfüllte den Raum.
Recht schnell fand jeder „seine Ecke“ auf dem Gabentisch. Üppig fielen unsere Geschenke nicht aus. Schließlich feierten wir bereits die zweite Kriegsweihnacht. Die Freude über jedes noch so kleine Geschenk war deshalb umso größer. Was wir unseren Eltern schenken wollten, trugen wir in den Händen.
„Hier, für euch hat das Christkind auch etwas gebracht!“
Kaum hatten wir alles begutachtet, anprobiert oder anderweitig erprobt, hörten wir erneut ein zartes Läuten. Diesmal ganz von oben, von dort, wo unsere Großmutter wohnte.
„Bei Großmutter hats geläutet!“
Polternd stürmten wir die Holztreppe hinauf. Noch eine Bescherung. Auf Großmutters Tisch war alles ausgebreitet, wenn auch meist kleine und bescheidene, dafür aber äußerst praktische und nützliche Gaben. Sie hatte für jeden von uns, die wir mit ihr zusammen im Haus wohnten, das Passende ausgesucht: Für ihre fünf Enkelkinder und für deren Eltern, den vier Erwachsenen.
Damit aber nicht genug.
Nach einiger Zeit wieder Glockenklang. Eine Etage tiefer, bei Onkel und Tante, den Eltern von Heiner und Peter. Diesmal hatte das Christkind nur für uns Kinder einiges bereitgelegt.
„Da schau mal, was ich bekommen habe! Und du? Zeig her!“
Mit glühenden Wangen und voller Stolz hielten wir unsere Geschenke hoch, begutachteten und schätzten ihren Wert.
„Hier, das war sicher sehr teuer.“
„Toll, einfach ganz toll!“
Viel zu schnell vergingen die Stunden.
Noch immer berauscht von allem, was wir erlebt hatten, sanken wir schließlich erschöpft ins Bett. In unseren Träumen sahen wir alles noch einmal zum Greifen nah.

Ein „blutiges Sandkastenspiel“

Als Zweijähriger hat man gegenüber einem Dreijährigen – von kräftigerem Wuchs zumal – keine Chance. So nahm das Unglück zwangsläufig seinen Lauf. Ein kleines gelbes Blumengießkännchen war das Streitobjekt, wurde zum „Zankapfel“. Zusammen mit blechernen Förmchen, kleinen Schaufeln und Harken lag es im Sandkasten unter dem erhöht liegenden Hühnerstall, unmittelbar neben der hinaufführenden Hühnerleiter.

Hin und her ging es. Keiner mochte loslassen, weder ich noch Heiner, mein um genau ein Jahr älterer und damit auch schlagkräftigerer Cousin. Es kam wie es kommen musste. Auf einmal hatte er es mir entrissen, holte in hohem Bogen aus und schlug zu, traf mich mitten im Gesicht. Die Oberlippe riss oder platzte auf, am rechten Nasenflügel hatte es mich auch erwischt. Blut, davon reichlich. Geschrei. Aufgeschreckt stürzten unsere Eltern herbei.

Mein Vater packte mich und schnurstracks gings zu Dr. Knappe, unserem Hausarzt.

„Gott sei Dank ist die Lippe nicht bis unten gespalten. Sonst würde das Ganze wie eine Hasenscharte aussehen.“

Er griff einige Wundklammern und fügte zusammen, was vorher weit klaffte.

„An der Nase hier brauchen wir nichts zu machen. Ein kleiner Riss nur. Heilt von allein.“

Keinen Mucks soll ich von mir gegeben haben, auch nicht beim späteren Entfernen der Wundklammern.

„Hab ich selten erlebt!“ pries Dr. Knappe noch nach Jahren meine vermeintliche Tapferkeit, die wohl mehr lähmender Angst entsprungen war und deshalb jede andere Regung erstickt hatte.

Als ich wieder einmal in seinem Sprechzimmer landete, begutachtete er sein Werk.

„Na, viel sieht man ja nicht mehr. Sollte dich die Narbe eines

Tages dennoch stören, dann lässt du dir eben ein Bärtchen wachsen. Das verdeckt alles."
Bart oder Bärtchen waren aber nicht meine Welt. Ich verzichtete darauf.

Nikolausabend: Großmutters „Nuss-Regen"

War das noch draußen vor der Haustür gewesen oder kam es schon vom Hausflur her?
Poltern, erst nur leise, doch jetzt immer lauter, immer näher: Schritte, schwer und stapfend, Stiefelschritte?
„Da! Habt ihrs gehört?" fragte unsere Großmutter.
„Was denn?"
„Geläutet hats!" flüsterte sie uns zu.
Verschüchtert und gespannt saßen wir auf ihrem Sofa, wie jedes Jahr. Sie in der Mitte, wir vier um sie herum, zwei auf jeder Seite. Unter uns Dieter. Seine Mutter war „viel zu jung" – verstorben. Seitdem verbrachte er die meiste Zeit mit uns zusammen, obwohl er im oberen Ortsteil wohnte.
Zur Schule gingen wir noch nicht, erlebten die knisternde Spannung in der Advents- und Weihnachtszeit jedes Jahr erneut. Begierig aber auch ängstlich lauschten wir den Geschichten vom Knecht Ruprecht, vom Christkind und vom Nikolaus. Noch glaubten wir alles, was uns erzählt wurde. Eine unbeschwerte, eine schöne Kinderzeit.
„Schon wieder, jetzt ganz deutlich!"
Wir hatten zwar noch immer kein Läuten gehört, waren viel zu aufgeregt, glaubten ihr aber aufs Wort. Wie sollten wir auch widersprechen, am Nikolausabend.
Wieder polterte es heftig. Das war schon ganz in der Nähe, auf der Holztreppe.
„Gleich wird er da sein!" verkündete wissend Großmutter.
Wir schauten angst- und erwartungsvoll zu ihr auf.

„Meinst Du, er kommt hier herein, herein zu uns?"
„Kann sein, kann auch nicht sein. Kommt ganz darauf an, wie ihr euch im vergangenen Jahr betragen habt." Großmutter setzte ihr ernstes Gesicht auf und sah uns über ihre Brille hinweg prüfend an.
„Steht nämlich alles in seinem großen Buch. Darin sieht er ganz genau, wer nicht brav gewesen ist. Dann packt er auch mal die Rute aus! Habt ihr euch aber anständig verhalten, wirft er vielleicht nur etwas herein, durch die Tür oder auch von der Decke herunter, und verschwindet wieder."
Sichtlich erleichtert atmeten wir auf, hoffend, uns blieben so manche Schelte oder gar Schläge mit der gefürchteten Rute erspart
Jetzt war es ganz nah, dicht vor der Tür. Schritte, schwer und laut. Dann Pochen, mehr Poltern. Gebannt schauten wir, ob sich die Klinke bewegt.
Im gleichen Moment prasselte es von der Zimmerdecke: Nüsse, immer wieder Nüsse fielen herab und sprangen oder kullerten in alle Ecken. Wir hinterher, lagen auf dem Bauch, reckten uns, um auch an die zu gelangen, die unter Tisch, Stühle und Schränke gerollt waren.
„Dort, dort sind auch noch welche!" Großmutter zeigte in die Richtung, wir streckten die Arme aus und griffen zu. Alles hinein in die Hosentaschen.
Ja, was war denn das? Noch auf dem Bauch liegend und nichts ahnend, prasselte es erneut von der Decke. Ungläubig sahen wir hinauf.
„Woher kommen bloß all die Nüsse? Der Nikolaus kann sie doch nicht so einfach durch die Decke werfen."
„Der wird wohl ein Loch gefunden haben. Seht doch mal, da, wo die Lampe aufgehängt ist, da oben neben dem Haken. Ich meine, ich seh da etwas. Und wie ich den Nikolaus kenne, hat er die Nüsse da durchgeworfen."
Wir reckten die Köpfe, konnten aber nichts entdecken.
„Da ist doch gar kein Loch!"

„Aber sicher, ihr könnt das nur nicht richtig sehen, weil ihr noch zu klein seid.
Daran wirds wohl gelegen haben. Kaum hatten wir uns wieder aufs Sofa gesetzt, eifrig damit beschäftigt, die ersten Nüsse zu knacken, da fielen wieder welche herab. Diesmal nur noch vereinzelt. Rasch waren sie eingesammelt.
„So, das wird s wohl gewesen sein. Ich glaub, ich hab eben die Haustür gehört. Der Nikolaus ist sicher nach drüben zu den Pfarrerskindern. Ihr habt ja auch genug bekommen, könnt zufrieden sein."
Viel später, wir waren älter geworden, waren, wie wir stets betonten, „schon groß", gingen die ersten Jahre zur Schule, glaubten also nicht mehr so alles. Und das mit dem Nikolaus bei unserer Großmutter erschien uns doch mehr als fragwürdig.
Ich fragte meine Schwestern. Sie lachten überlegen, lachten mich und die anderen aus.
„Habt ihr nicht bemerkt, dass Großmutter die Nüsse hinter ihrem Rücken nach oben an die Decke geworfen hat? Unter den Kissen hatte sie alle versteckt gehalten."
„Und wer hat so fürchterlich gepoltert?"
„Das war Onkel Herbert mit seinen schweren Stiefeln. Er sollte euch Angst machen".
„Gebimmelt hat s aber auch."
„Na und? Der hat doch so ne Glocke".

Als ich nachahmen wollte, was Großmutter an jenem Nikolausabend so akrobatisch vollführt hatte, musste ich feststellen, dass es gar nicht so einfach war, „hinterrücks" Nüsse nach oben an die Decke zu werfen. Obgleich noch „jung und elastisch", hatte ich doch erhebliche Schwierigkeiten, mich – noch dazu weitgehend unbemerkt – derart zu verrenken. Man musste schon recht geschickt sein.
Das ist sie wohl gewesen, unsere Großmutter.

Alles relativ

Vom Küchenfenster aus konnten wir direkt auf den Eingang zum Pfarrhaus schauen. Über drei kleine Stufen führte von der gepflasterten Pfarrstraße aus ein schmaler, plattierter Weg zur Haustür, knapp zwanzig Meter lang und linkerhand an den eingezäunten Vorgarten grenzend.

Im großen Saal, Pfarrsaal genannt, der fast das gesamte Erdgeschoss einnahm, trafen sich einmal in der Woche zur abendlichen Bibelstunde die Gemeindemitglieder, vorwiegend treue Kirchgänger.

An anderen Abenden probte der Posaunenchor. Auch der Kirchenchor stimmte sich im Pfarrsaal auf die sonntäglichen Motetten ein. Religions- und Konfirmandenunterricht wurde dort ebenfalls erteilt.

Der Mittwochnachmittag blieb dem „Großmütterchenverein" vorbehalten. Neugierig verfolgten wir, wer von unseren Nachbarn oder auch weiter entfernt wohnenden, in allen Fällen aber schon recht alten und gebrechlichen Mütterchen, die paar Stufen hinaufschritt, mit oder ohne Gehstock.

In der dritten Nachmittagsstunde fanden sie sich ein, in kleinen Grüppchen – untergehakt, in Gespräche vertieft oder sich zugewandt und immer wieder stehen bleibend, wie bei Frauen so üblich -, seltener ganz allein, dann aber schnelleren Schrittes. Gelegentlich, zu besonderen Anlässen wie „runden" Geburtstagen, gab es Kaffee und Kuchen. An solchen Tagen fielen Zuspruch und Zustrom reichlicher aus.

Unsere Großmutter – das hatten wir mittlerweile herausgefunden – beobachtete stets „hinter der Gardine", wer denn so alles erschien. Ob sie gern dabeigewesen wäre, ja, sich danach sehnte oder ob sie „darüber stand", es grundweg ablehnte, konnten wir nicht ergründen. Ihr Gesicht verriet nichts. Unbeteiligt? Oder doch interessiert?

Wir, ihre Enkelkinder, fragten immer wieder:

„Sag mal, warum gehst du nicht auch rüber zu den Großmütterchen? Brauchst doch nur über die Straße!"
„Was soll ich bei den alten Leuten da drüben? Mit denen kann ich mich nicht unterhalten. Die erzählen immer nur von ihren Krankheiten! Und außerdem: Ich hab doch euch!"
Diese alten Leute, von denen sie sprach, hatten sicherlich ihre sechzig oder auch siebzig Jahre „auf dem Buckel".
Unsere Großmutter aber hatte das Fünfundsiebzigste längst überschritten.
Ja, und? Sie fühlte sich eben noch zu jung „für die da drüben"! Sie hatte u n s und wir hatten s i e !
Allesamt unter einem Dach: Drei – später, als die Urenkel hinzugekommen waren, sogar vier Generationen. Das Dreihatte sich zum Vier-Generationen-Haus gemausert.
„Da drüben hab ich nichts verloren!" meinte sie augenzwinkernd und lässig abwinkend.
Diesem Grundsatz blieb sie treu.
Bis zuletzt.

Großmutter in Nähe des wärmenden Kachelofens

Der „Blutsturz“

Zum Weihnachtsfest durfte es an nichts mangeln. Deshalb musste das „Sauschlachten“ in den Beginn der Adventszeit gelegt werden. Sollte doch auch dem Pökelfleisch, meist ein gepökeltes Eisbein, genügend Zeit zum Reifen bleiben. Je durchgezogener und damit saftiger das Fleisch, umso zarter und wohlschmeckender kam es am Heiligabend auf unsere Teller.
Frühmorgens geschlachtet, hing das ausgenommene Schwein mit „allen Vieren“ an einer aufgerichteten Sprossenleiter festgezurrt, die unter dem vorspringenden Schauerdach an die Hauswand gelehnt war, um vor möglichem Regen geschützt zu sein. Nebenan in der Waschküche dampfte das Wasser in unterschiedlich großen Kesseln, Eimern und Töpfen. Gegen Mittag kam der Zeitpunkt, an dem die „Sau“ in mehr oder weniger große Teile zersägt und mit scharfen, schmalen Messern zerteilt wurde. Je nach Verwendungszweck verschwanden die einzelnen Fleischbrocken in den Kesseln und Töpfen, wurden ins Pökelfass gepackt oder zum späteren Räuchern zur Seite gelegt.

Das Bauchfleisch, in unserer Gegend „Wellfleisch“ genannt, auf das wir sehnsüchtig gewartet hatten, lag Gott sei Dank schon nach relativ kurzer Zeit auf den Tischen, die zu langen Tafeln zusammengeschoben waren. Alle, vom kleinsten Steppke bis zu unseren Eltern, Onkeln und Tanten und zu unserer Großmutter, waren wir sozusagen generationsübergreifend beschäftigt, das Wellfleisch für die Wurstbereitung in kleine Würfel zu schneiden. Besonders verheißungsvolle, wohlriechende Stücke, ob mager oder durchwachsen, wanderten ins „Kröpfchen“ und nicht ins Töpfchen, nicht ohne vorher in Salz und Pfeffer getaucht zu werden, was erst – gut gewürzt - den richtigen Geschmack aufkommen ließ. Zu diesem Zwecke waren kleine Häufchen Salz und Pfeffer auf der

langen Tafel aufgetürmt, von jedem mühelos erreichbar und demzufolge auch fleißig genutzt.
Für uns Kinder war das der Höhepunkt des Schlachtfestes. Wir „schlugen uns den Bauch voll", voll mit Wellfleisch, ab und zu auch mit einem Bissen Brot, das in Scheiben ebenfalls aufgetürmt war.
Nur zum verdauungsfördernden „Kümmelschnaps" blieb uns der Zugang verwehrt. Umso mehr Zuspruch fand er bei den Erwachsenen. Das hob deren Stimmung gewaltig.
Mit Einbruch der Dämmerung wurden die Feinarbeiten in die einzelnen Wohnküchen verlagert. An den Tischplatten waren die Fleischwölfe festgeschraubt, auf dem Boden standen Eimer und Schüsseln mit allem, was zum „Wursten" notwendig war.
Lichter-Engel, Bergleute und Schwibb-Bögen verbreiteten von den Fensterbänken her ihren adventlichen Schein und über allem thronte der Adventskranz, der in keiner Wohnung fehlen durfte. Er unterschied sich deutlich von den sonst üblichen, aus Tannengrün gebundenen Kränzen. Was lag näher, als in einer Region der metallverarbeitenden Industrie und des dazugehörigen Kleingewerbes, Adventskränze aus Blech zu fertigen, zu lackieren und Lichtertüllen aufzulöten. Die Besonderheit aber bestand in bunten Märchenfiguren, die zwischen den Kerzen aufgebracht waren. Rotkäppchen und der Wolf, Hänsel und Gretel, dazu Rehe, kleine Tannenbäume, uns Kinder entzückten und verzauberten sie immer wieder aufs Neue. Noch klein an Wuchs mussten wir uns tüchtig recken, uns auf die Zehenspitzen stellen und aus gehörigem Abstand schräg nach oben schauen, um alles einigermaßen erkennen zu können.
So auch ich. Vor lauter Staunen und auf Zehenspitzen langsam zurücktippelnd bemerkte ich nicht, wie ich Schrittchen für Schrittchen auf die Katastrophe zusteuerte.
Ich stieß an etwas, was wohl in Wandnähe auf dem Boden stand, und „Plumps" saß ich auch schon mit dem Allerwer-

testen in einem Eimer. Blut spritzte auf! Spritzte gegen die Wand, auf den Boden und auf mich.
Wie ein auf dem Rücken liegender Käfer zappelte ich mit Beinen und Armen. Sie waren noch zu kurz, um irgendwo Halt zu finden. Der Schreck, der zunächst alle erfasst hatte, geriet allmählich zur allgemeinen Belustigung. Schallendes Gelächter begleitete meine vergeblichen Befreiungsversuche, die mich im Gegenteil immer tiefer in den Eimer hineinrutschen ließen, bis sich schließlich meine Mutter erbarmte und mich erlöste.
„Du Tollpatsch, kannst du nicht aufpassen?“ schimpfte mein Vater. „Das schöne Blut!“
Ich interessierte ihn weniger. Recht hatte er ja. Das Blut war schließlich für die bei allen äußerst beliebte Blutwurst vorgesehen. Ich aber sah nur wie eine solche aus: Ein Muster ohne Wert!

Große Wäsche

Der Waschtag nahte. Einer allein? Niemals. Drei Tage wurden meist daraus. Schließlich war „große Wäsche“ angesagt. Aus der Waschküche quollen Dampfschwaden, tauchten alles in milchiges Weiß oder Grau. Die Fensterscheiben beschlugen, von den Rahmen tropfte Wasser.
Schaute ich durch die offenstehende Tür hinein in die „Suppe“, konnte ich nur vermuten, wo sich die wuchtige Holzbottichwaschmaschine mit ihrem laut rumpelnden Rührflügel befand. Sie war in die Mitte gerückt. Ansonsten stand sie an der Wand, dort, wo sich auch der eingemauerte Waschkessel befand, der von unten wie ein Ofen befeuert werden konnte. Hatte die Wäsche lange genug gekocht, konnte das Wasser durch das dann geöffnete Ausgussrohr abfließen. Füllen ließ sich der Waschkessel nur über einen der üblichen roten Schläuche, die an den einzigen Wasserhahn, immerhin ein Mehrweghahn, angeschlossen waren.

Auf Holzbänken standen mehrere Wannen, Schüsseln oder auch Eimer. Fein- und Grobwäsche musste getrennt werden. Irgendwo da drinnen befand sich auch meine Mutter. Sehen konnte ich sie nicht. Ich hörte sie aber hin und her laufen. Ihre Holzpantoffeln verrieten es. Mal klapperte es hier, mal schepperte es dort.

Mitunter stöhnte sie. Dann wusste ich, dass sie große, naßschwere Wäschestücke aus dem Kessel in die hölzerne Schleuder hob.

So vergingen die Vormittagsstunden rasch.

„Wie spät wird es wohl sein?"

Das verschwitzte und gerötete Gesicht meiner Mutter erschien in der Türöffnung. Ihre Haare klebten an der Stirn. Das Kopftuch war nach hinten gerutscht.

„Woher soll ich das denn wissen?"

Gerade einmal drei Jahre alt, kannte ich zwar einzelne Zahlen, wusste jedoch die Zeigerstellung einer Uhr nicht zu deuten.

„Dann schau doch mal zur Kirche hoch!"

In der Waschküche hing keine Uhr. Eine Armbanduhr? Luxus. Wer besaß schon eine Armbanduhr?

Und wenn, hätte sie bei der „großen Wäsche" sowieso nicht getragen werden können.

Meine Hilfe war gefragt.

Vom Hof aus konnten wir den Kirchturm sehen, der hinter den Baumwipfeln des Pfarrgartens hervorragte Das große Zifferblatt natürlich auch, vor allem, wenn es im Sonnenschein besonders hell erstrahlte. War doch die Vorderseite des Kirchturms nach Osten gerichtet.

Ich lief zur Hofeinfahrt und schaute nach oben zur Kirchturmuhr.

Die schwarzen Zeiger hoben sich vom weißen Hintergrund weit erkennbar ab. Ihre Stellung prägte ich mir ein und ahmte sie mit meinen Armen nach. Den rechten nach oben gestreckt, den linken mit der Hand an den rechten Ellenbogen gestellt, oder umgekehrt, so rannte ich zur Waschküche.

„Ach, schon kurz nach halb zwölf! Dann aber schnell nach oben!"

Ich hatte mich mit erhobenen Armen „in Position" gestellt und Mutter hatte ablesen können, wie spät es inzwischen geworden war. Gut, allzu schwer war das insofern nicht, als es sich ja immer um die herannahende Mittagszeit, also zwischen elf und zwölf Uhr, handelte. Viel falsch machen konnte ich nicht. Ging es doch nur darum, ob es noch weit vor oder schon dicht um „halb zwölf" herum war oder womöglich schon „dreiviertel zwölf". Denn dann wurde es kritisch. Wollte doch mein Vater pünktlich auf die Minute, und das war eben punkt zwölf Uhr, das Mittagessen auf dem Tisch haben. Sonst wurde er mürrisch, oftmals unbeherrscht und unausstehlich. Der Hunger trieb ihn.

Mutter sputete sich, musste sie auch nur irgendein Eintopfgericht aufwärmen.

Mindestens drei volle Tage blieb ich als „Zeitnehmer" im Einsatz.

Auf Leinen zwischen den Wäschepfählen in unserem Grasgarten hängte Mutter erst die großen Stücke, Bettlaken, die Bezüge, Kopfkissen, Tischdecken und was sonst noch viel Platz in Anspruch nahm. Dann kam der Kleinkram. Leibwäsche für groß und klein. Ich trottete neben ihr her,
hielt ihr den Klammersack hoch.

Spielte das Wetter mit, konnte schon am nächsten Tag die Wäsche abgenommen und einzelne Wäschestücke, die zum Bleichen ausgelegt waren, aufgenommen werden.

Ich sammelte die Wäscheklammern ein, fielen sie doch beim Abnehmen recht häufig ins Gras. Bis es dann hieß:
„Wie spät ist es eigentlich?" Ich rannte wieder los.

Rauchzeichen

Verlockend sahen sie aus – die Holunderbeeren. Standen sie im Frühsommer in ihrer leuchtend gelb-weißen Blüte, setzten unsere Mütter diese duftenden Dolden zusammen mit Zitrone, Zucker und Wasser zum Gären an. Nach nur wenigen Wochen besaßen wir eine erfrischende und wohlschmeckende, in Flaschen abgefüllte Limonade. Köstlich, damit den Durst zu stillen, wenn in den Hundstagen die Sonne brannte.
Anderswo – so erfuhr ich später – wurden die Blütendolden in heißes Fett getaucht und frittiert als fruchtige Köstlichkeit serviert.
Jetzt aber lockten die prallen Beeren in ihrem leuchtenden Dunkelrot, das schon mehr braun-schwärzliche Färbung angenommen hatte.
Sie schmeckten gar nicht so übel, als wir davon naschten. Ein wenig herb schon, aber auch wieder süßlich. Daß diese Beeren in rohem Zustand genossen nicht gerade bekömmlich waren, wussten wir nicht.
Peter, unser jüngster Cousin, nahm reichlich davon. Nicht sehr lange dauerte es, bis er sein schon verdächtig blasses, schweißbedecktes Gesicht verzog, beide Hände gegen seinen Leib presste und mit einem Mal schrecklich würgte. Da war sie auch schon – die Bescherung. Ein Schwall rot-braunen Breis brach hervor, spritzte in hohem Bogen auf Büsche und Boden. Peter wischte sich Mund und Nase ab, auch sie hatte vom hervorbrechenden Strahl einiges mitbekommen, und stöhnte jämmerlich:
„Mein Gott! So ein Betrieb im Mund!"

Der Holunderstrauch bot noch mehr. Entfernten wir das weiche Mark aus seinen Ästen, gewannen wir ein Röhrchen: als Pfeifenstiel hervorragend geeignet. Den Pfeifenkopf drechselten oder schnitzten wir aus anderem Holz, lebten wir doch im Land der Holzschnitzer und Holzdrechsler.

Fertig war unsere kleine Tabakspfeife. Was heißt Tabak? Auf der Herdplatte getrocknete Blätter von Himbeersträuchern taten es schließlich auch. Zwischen dichtstehenden Büschen versteckt fühlten wir uns unbeobachtet. Der Qualm biss auf der Zunge, doch wir hielten tapfer durch und pafften still und heimlich vor uns hin. Dass die aufsteigenden Rauchkringel unseren Eltern signalisierten, **was** wir **wo** trieben, war uns nicht bewusst.

„Sofort aufhören und raus aus den Büschen!" Onkel Herberts laut-schroffes Kommando war nicht zu überhören.

Bleich im Gesicht und von Übelkeit geplagt schlichen wir aus unserem Versteck. Schimpf und Häme, die auf uns niederprasselten, hielten sich die Waage.

„Seid ihr noch zu retten? Wenn nun die Sträucher Feuer gefangen hätten. Ihr wäret allesamt verbrannt!"

O je! Entsetzlich.

„Habt ihr euch vorher wenigstens die Hosen zugebunden?"

War doch allgemein verbreitet, dass man sich bei allzu frühem Tabakgenuss „in die Hosen machte".

Mehr als beleidigte Blicke hatten wir im Moment nicht parat.

Dann aber waren wir schon wieder aufmüpfig:

„In die Hose gemacht! Wo gibts denn so was? Wir doch nicht!"

Dort wäre auch gar kein Platz gewesen: Vor Schreck war uns schon das Herz in die Hose gerutscht.

Joseph – der „Ostarbeiter"

Er gehörte einfach dazu. Unterschiede? Sie gab es nicht. Zum Frühstück und zum Abendessen saßen sie gemeinsam am Tisch: die bäuerliche Großfamilie, die Magd – der Knecht war schon seit langem „eingezogen" worden – und Joseph. Mittags brachten die Bäuerin oder die Magd das Essen hinaus aufs Feld. Joseph bewohnte seine eigene Kammer, besaß sein Bett, seinen Schrank, eine Kommode, Tisch und Stühle. Er hatte sich gemütlich eingerichtet. Das Kruzifix fehlte nicht. Joseph war Katholik, gläubig und gottesfürchtig. Und er war bescheiden, freundlich, kurz – er war umgänglich.

Für uns Kinder, unbeschwert und neugierig, noch nicht oder gerade eben eingeschult, war Joseph etwas Besonderes. Nicht unbedingt ein Exot, wenn wir uns darunter überhaupt etwas vorstellen konnten. Dafür hätte er schon ein Mohr sein müssen, so wie im Struwwelpeter. Nein, er war Katholik! Außergewöhnlich in unserer evangelisch-lutherischen Heimat. Und er war Pole! Wo Polen lag, wussten wir zwar nicht so genau, konnten es uns aber vorstellen: Im Osten! Hieß es doch: Joseph ist einer von den „Ostarbeitern".

Wir fragten nicht nach dem Wieso und Warum. Er war da, basta! Und deutsch sprach er auch – ein wenig. Das genügte, um sich mit ihm zu unterhalten.

An einem Nachmittag wars, noch in den frühen Nachmittagstunden.

Joseph und der Bauer, mein Onkel, schlugen Pfähle ein, um den Zaun der Standweide zu flicken. Viele ältere Pfähle waren angefault und morsch, teilweise schon abgebrochen. Der Draht hing lose herunter.

Noch halb vom Hügel verdeckt, konnten sie Erhard, meinen acht Jahre alten Cousin, nicht sehen, aber schön hören:

„Vater, das Vieh ist hinten im Oswaldtal ausgebrochen. Ich glaub, alle Kühe sind im Wald verschwunden!" rief er.

„Was? Das gibt s doch nicht. Ist das wahr?"

„Freilich, ich habs doch gesehn!"
„Joseph, du bleibst hier und machst den Zaun fertig. Wart bis wir zurück sind!"
So schnell es seine schweren Stiefel zuließen, lief er mit Erhard den Feldweg hinunter. Im Nu waren beide hinter dem Hügel verschwunden.
An der hinteren Weide war der Zaun niedergetrampelt. Von den Kühen keine Spur.
„Die sind alle im Wald. Das kann ja lustig werden! Komm!"
Das Vieh hatte sich nicht nur den angrenzenden Wald als verlockendes Ziel ausgesucht. Einige Kühe trotteten bereits in Richtung Haide, ein Ortsteil, der sich dem Wald unmittelbar anschloss.
„Ach du große Neune! Da, guck mal. Jetzt aber schnell, sonst fressen die in den Gärten alles ab!"
Ein Ast war rasch gefunden. Ihn als Stock schwingend, ging das Zusammentreiben los.
Es dauerte. Nach fast zwei Stunden hatten sie es geschafft. Kein Stück Vieh fehlte. Der niedergetrampelte Zaun war notdürftig repariert.
„So, komm. Mal sehn, wie weit Joseph ist".
Vom Feldweg aus konnten sie hinunter zum Wohnhaus und dem Fabrikgebäude vom Lorenz Willy blicken. Einsam lagen sie zusammen mit den Schuppen im Oswaldtal, dicht vor dem Wald. Nicht allein Verwandtschaft verband die Familien miteinander. Im Evangelium tief verwurzelt, hatten sie sich mit anderen in einer freikirchlichen Gemeinschaft – den „Lorenzianern" - zusammengefunden. Ihre Gottesdienste, Bibelstunden und Abendandachten, aber auch manche laienhafte Theateraufführungen an Festtagen, vor allem zu Weihnachten, hielten sie in ihrem Gemeindesaal ab, einem großen Raum in den Gebäuden des Lorenzschen Anwesens.

„Sieh mal, unten bei Onkel Willy wird schon wieder ein Lastwagen vollgeladen."

„Ja, ja, fleißig sind sie alle, er und seine Arbeiter. Nur müssen die nicht so rennen wie wir, müssen keine Kühe einfangen.“ fügte der Bauer lachend hinzu.
„Dafür sind wir aber an der frischen Luft. Und das ist weit gesünder, als immer nur in der Fabrikhalle zu sitzen.“
Den Hügel hatten sie fast erreicht. Schon sahen sie die Hochspannungsleitung, dann tauchten die stählernen Masten auf. Ganz oben angekommen, konnten sie die gesamte Standweide überblicken.

„Da, schau. Joseph ist fleißig gewesen.“
Wo aber war er? Sie sahen ihn nicht. Alle Pfähle waren eingerammt, der Drahtzaun wieder vollständig gezogen. Von Joseph jedoch keine Spur.
„Wie ich den kenne, wird er schon zum Gut zurückgelaufen sein, um sich nützlich zu machen. Wollt nicht herumsitzen und auf uns warten. Arbeit gibts schließlich genug, wird er gedacht haben.“
Sie liefen zum Feldweg zurück.
Plötzlich stoppten sie. Der Bauer hielt seinen Sohn zurück.
„Bleib hier. Da stimmt was nicht!“
Lag da nicht eine Art Bündel, ein unkenntliches Etwas?
Je näher der Bauer herantrat, umso mehr beschlich ihn dunkles Ahnen, obwohl er diesen Gedanken gleich wieder weit von sich wies.
„Mein Gott!“ stieß er hervor. Er zitterte, fand keine weiteren Worte. Seine Stimme versagte.
Neben dem Mast – er konnte es kaum fassen – ein schwarzer, unförmiger Klumpen.
„Joseph?“
Aber nicht doch! Joseph ist viel größer. Das hier misst doch nur einen knappen Meter, sprach er beruhigend zu sich.
Er neigte sich vor und schrie auf.
„Nein!“
Er blickte in ein verkohltes, zusammengeschrumpftes Ge-

sicht, das keines mehr war. Aus der mundähnlichen Öffnung quoll – ja, was konnte das sein? – eine dunkle Masse – schwarz, dickflüssig:
Blut! Verkocht!
Inmitten des verkohlten Klumpens entdeckte er sie: die Koppelschnalle.
Sie gehörte Joseph. Kein Zweifel!
Noch immer stand der Bauer gebeugt über dem unförmigen, verkohlten und geschrumpften Klumpen und immer mehr gelangte er zu der schrecklichen Gewissheit: Vor ihm lag Joseph! Das, was von ihm übrig geblieben war.
Seinen rechten Arm und die Hand abwehrend nach hinten gestreckt rief er Erhard zu:
„Bleib, wo Du bist – oder – lauf schnell runter zu Onkel Willy. Sag ihm, er möchte die Gendarmerie anrufen. Joseph sei verunglückt. Sie sollen jemanden heraufschicken!"
Erhard rannte los.
Sein Vater setzte sich und sah hinauf zum Ende des Hochspannungsmastes.
War Joseph tatsächlich da hinaufgeklettert, um nach ihnen Ausschau zu halten? Hatte er sich gewundert, weshalb sie so lange ausblieben, über zwei Stunden?
Anders konnte es nicht gewesen sein. Um ins Tal bis zum Wald hinunter schauen zu können, muss er versucht haben, sich seitwärts vorzuneigen. Halt finden konnte er aber nur, wenn er sich mit einer Hand oder beiden Händen an den Leitungen festhielt.
Wahnsinn!
Der Bauer stierte vor sich hin. Wie lange er gesessen hat, ohne seinen Blick vom Boden zu heben, vermochte er nicht abzuschätzen. Seinen Kopf wendete er langsam nach links, als er meinte, etwas zu hören.
Aus dem Tal drang Motorengeräusch herauf. Eine schwarze Limousine näherte sich. Vornweg ein Motorrad mit dem Gendarm.

Im Auto drei Männer. Einer in brauner Parteiuniform: Der Ortsgruppenleiter.
„Was ist passiert, Münzner?“
Der Bauer schilderte, was er vermutete, wie es zu diesem furchtbaren Unfall gekommen sein könnte.
Sie richteten ihre Blicke nach oben zum Mastende, zu den Isolatoren und den Leitungen. Dann wieder zu Boden auf das, was da bis zur Unkenntlichkeit entstellt am Wegrand lag.

„Du dürftest recht haben, Münzner. Bei den – was weiß ich – mehreren Tausend oder auch Zehntausend Volt bleibt ja nicht viel übrig. Der hat doch gar nicht gewusst, was ihn da oben erwartet. Woher auch. So was kennen die doch nicht, da drüben in Polen. Haben die überhaupt schon elektrisches Licht oder noch Tranfunseln? Na gut. Ist nicht weiter schlimm: Wieder einer weniger! Wir lassen ihn gleich abholen. Müssen nur überlegen, was wir mit ihm machen! Den Rest verbrennen wäre das Beste! Das meiste hat er ja schon selber erledigt!“
Er wollte über seinen „Scherz“ lachen, verschluckte sich aber dabei und unterdrückte es schließlich, als er in die Gesichter der anderen sah.

„Kommt nicht in Frage! Joseph ist auf meinem Grund und Boden zu Tode gekommen. Und hier bestimme ich, was mit ihm geschieht. Er war schließlich ein Mensch wie ihr und ich, und ein gläubiger noch dazu. Und so soll er auch beerdigt werden: Würdig und vor allem christlich, mit dem Segen unseres Herrn und Vaters im Himmel. Was das kostet, bezahle ich. So und nicht anders. Da könnt ihr machen, was ihr wollt. Schickt den Bestatter rauf. Er soll ihn zum Friedhof in die Halle bringen. Ich sorge dann für alles Weitere!“
Ihnen war klar, dass er sich nicht umstimmen ließ sondern unbeirrt an dem festhielt, was er sich einmal in den Kopf gesetzt hatte. Sie kannten ihn schon lange Zeit, und sie kannten ihn gut. Seine Starrköpfigkeit hatte ihnen immer wieder

Schwierigkeiten bereitet. Ihnen war bewusst, dass er mit den „Braunen“ und deren „Bewegung“ nichts am Hut hatte. Jetzt im Krieg schon gar nicht. Ihn festzunageln gelang nicht. Mit seiner sprichwörtlichen Bauernschläue konnte er sich stets ein Türchen offen halten.
„Mach, was Du willst! Überleg Dir das aber genau!“
„Das brauch ich nicht mehr. So wie ichs gesagt habe, so wirds gemacht!“
Ohne weiteres hin und her fuhr der Ortsgruppenleiter mit seinem Gefolge wieder ins Tal hinunter.

Noch am Abend sprach der Bauer mit dem katholischen Pfarrer.
„Mein lieber Münzner, alles gut und schön, und ich bin dir dankbar, dass du mich gerufen hast. Joseph war schließlich ein gläubiger Katholik. Aber ihn offiziell beerdigen, das darf ich nicht. Da würde ich mich strafbar machen. Die könnten mich deswegen verhaften.“
„Gut, wenn sie sich nicht trauen oder meinen, sie dürfen nicht, dann mach ichs eben selber.“

Auf dem öffentlichen Friedhof im Ortsteil Wildenau unterhalb des mächtigen Schlosswaldes fand Joseph seine letzte Ruhe. In einer würdigen, christlichen Trauerfeier wurde er zu Grabe getragen. Posaunen erklangen, der Bauer hielt die Grabrede. Und Erhard hielt Josephs Kruzifix in den Händen, legte es behutsam auf den Sarg, bevor dieser ins Grab hinabgelassen wurde.

Befreit vom Joch der Zwangsarbeit zogen einige „Ostarbeiter“ unmittelbar nach Kriegsende marodierend und plündernd durch die umliegenden Ortschaften, von Geschäft zu Geschäft und von Gehöft zu Gehöft. Auch bei den Nachbarn vom Münzner-Bauern wurde eingebrochen.
Sein Hof blieb verschont. Sie hatten nicht vergessen, dass

er ihnen unter Gefährdung seiner selbst und seiner Familie in regelmäßigen Abständen „Essbares“ zuschanzte, ob Kartoffeln oder – soweit verfügbar - auch Wurst, Schinken und Speck, womit sie ihre kärgliche Verpflegung heimlich aufbesserten. Joseph fand Mittel und Wege, alles unbemerkt an den Wachposten vorbeizuschmuggeln. Unter gelockerten Dielenbrettern hielten sie es in ihren Baracken versteckt.

Ob sie von seinem tragischen Unfalltod berichteten, als sie in ihre Heimat zurückkehrten, oder – was unwahrscheinlicher ist - offizielle Stellen die Nachricht übermittelten, ließ sich nicht ergründen. Eines Tages jedenfalls, Monate waren vergangen, traf überraschend ein Brief von Josephs Eltern ein. Darin bedankten sie sich beim Münzner-Bauern für alles, was er für ihren Sohn getan hatte – zu Lebzeiten und nach seinem Tod.

„Klassenführer“

„Na, wie wars heute in der Schule?“
„Wie immer.“
„Nichts passiert?“
„Was soll schon passiert sein?“
Mutter sah mich von der Seite an. Lag in ihrem Blick nicht etwas Lauerndes?
Ahnte oder wusste sie schon, was sich ereignet hatte? Woher?
Ich wich ihren Blicken aus, streifte meinen Schulranzen vom Rücken und gab mich beschäftigt.
„Wenn nichts passiert ist, dann versteh ich nicht, warum mich deine Schulkameraden ans Fenster gerufen und mir einiges erzählt haben.“
Verlegen schaute ich sie an. Ich spürte die Schamröte in meinem Gesicht.
„Was ist das denn da an deiner linken Backe? Die ist doch

geschwollen. Und einen roten Fleck sehe ich auch."
Automatisch griff ich dahin. Jetzt konnte ich mich nicht mehr herausreden und sagen, ich hätte mich an der Türklinke gestoßen. Das hatte ich mir zurechtgelegt. Sie wusste längst, was geschehen war.
„Na ja, der Döhler" – so hieß unser Direktor – „hat mir eine runtergehauen!"
„Und warum?"
Ich erzählte. Dass Herr Döhler Erdkunde unterrichtete, wusste Mutter. Als Klassenführer fiel mir die Aufgabe zu, vor Unterrichtsbeginn die für den jeweiligen Unterrichtsstoff benötigte Landkarte am Kartenständer aufzuhängen. Ich hatte sie – wie immer – aus dem Kartenraum, der neben dem Lehrerzimmer lag, geholt, in die Halterung des Ständers geklemmt und entrollt.

Herr Döhler trat ins Klassenzimmer. Er trug wie gewöhnlich Parteiuniform. Die blank geputzten Stiefel glänzten.
Ich erstattete Meldung.
Sein Blick fiel auf die Karte.
„Was soll das? Das ist die falsche Karte."
„Aber, wir haben doch …"
Er unterbrach mich.
„Nichts aber. Du holst jetzt die richtige Karte. In der letzten Stunde hatte ich doch gesagt, dass wir uns das nächste Mal der Rheinischen Tiefebene zuwenden wollen! Hast du das etwa vergessen?
Also los!"
Ich konnte mich nicht erinnern. Sichtlich beleidigt und verstimmt stürmte ich zur Tür, griff aber nicht mit der Hand zur Klinke sondern hob den rechten Fuß und öffnete sie damit.
Herr Döhler konnte das nicht verfolgen, weil ihm die aufgehängte und ausgerollte Karte die Sicht verstellte.
Mit der nunmehr richtigen Karte kam ich zurück. Ich bemerkte nicht, dass die Augen meiner Klassenkameraden er-

wartungsvoll gespannt auf mich, einige aber auch auf Herrn Döhler gerichtet waren.
„Stell die Karte hier ans Pult und komm her!"
Herr Döhler stand nahe am Fenster. Ich trat zu ihm.
Mit seinem linken Arm - er war Linkshänder – holte er aus und verpasste mir eine saftige Ohrfeige, dass ich mit Wucht gegen den Heizkörper prallte. Meine linke Wange stieß gegen eine dieser Heizungsrippen.
„Benimm dich das nächste Mal anständig! Verstanden?"
Ob ich mit „Jawoll!" antwortete? Ich weiß es nicht mehr.
Von meinem Banknachbarn erfuhr ich nur, dass einige meiner Klassenkameraden gepetzt hätten, auf welch ungehörige Weise ich die Tür geöffnet hatte. Endlich war die Gelegenheit gekommen, auch mir einmal „eins auszuwischen".
Der Grund? So, wie es immer schon gewesen war: Des einen Leid ist des anderen Freud!

1941 wechselte der Einschulungstermin. Was seit Jahren zu Ostern geschah, wurde von nun an auf den Herbst verlegt. Wieso und warum? Angeblich notwendige Schulreform. Ausgerechnet zu Beginn des dritten Kriegsjahres? Kaum möglich. Koordinierung der einzelnen Jahrgangsstufen mit dem Ziel, alsbald über militärisch nutzbaren Nachwuchs zu verfügen? Möglich. Nur so lässt sich das Kurzschuljahr erklären, das für die vor uns Eingeschulten wie gewöhnlich zu Ostern begann, aber bereits mit Beginn der Großen Ferien endete.
Nun also Schulbeginn zu „Michaelis" – so hieß es jedenfalls. Einschulungsalter: sechs Jahre. Stichtag: 1. Juni des laufenden Jahres. Schon zehn Monate vorher, im November 1940, hatte ich meinen sechsten Geburtstag feiern können, gehörte somit zu den älteren ABC-Schützen. Groß gewachsen überragte ich die meisten meiner Mitschüler. Das verschaffte mir natürlich Respekt, war offensichtlich auch Anlass dafür, dass ich eines Tages, zu Beginn des 3. Schuljahres wohl, zum Klassenführer ernannt wurde. Von der Aufnahme ins Jungvolk noch weit

entfernt, gehörten morgendliches Abzählen der Klassenstärke und zackige Meldung dem Lehrer gegenüber zum Schulalltag.
Kaum hatte er das Klassenzimmer betreten erscholl „Achtung!" Alle Schüler erhoben sich, standen neben ihren Schulbänken im Gang. Hände an der Hosennaht. Danach: „Klasse 3 K mit 32 Schülern vollzählig angetreten!" In strammer Haltung und den Arm zum Hitlergruß nach vorn gestreckt, schmetterte ich unserem Klassenlehrer die Tagesmeldung entgegen – vor versammelter Menge stehend.
Allmorgendliches Zeremoniell.
Auf diszipliniertes Verhalten in den Pausen achten, Unterbinden von ausufernden Raufereien, manchmal sogar „Selbstjustiz" üben, indem ich Mitschülern „eine verpasste", all das gehörte - oder auch nicht - zu den Aufgaben des Klassenführers. Ich sah es aber so. Dass ich damit nicht nur Freunde gewann, war die logische Folge.
Nun hatte ich dafür die Quittung erhalten.

Vom Teufel geritten?

Seltsam. Die nahen Wälder waren plötzlich voll davon: Waffen aller Art.
In der Mehrzahl Karabiner, aber auch leichte MGs, ganze Patronengurte, Kisten voller Munition unterschiedlichster Art und Kaliber.
Dabei hatten keinerlei Kampfhandlungen stattgefunden. Unsere Heimat war auch nicht auf irgendeine besondere Art erobert oder den Kriegsgegnern kampflos übergeben worden.
Weder Amerikaner noch Rotarmisten hatten einen Fuß auf diesen Zipfel Süd-West-Sachsens gesetzt.
Er blieb längere Zeit unbesetzt: genau 42 Tage lang.
„Landser" waren es. Ihre Einheiten hatten sich aufgelöst. Nichts hielt sie davon ab, auf schnellstem Wege endlich zu ih-

ren Familien zurückzukehren. Tag und Nacht hörten wir sie. Aus der Tschechoslowakei, aus den grenznahen Erzgebirgsregionen, wohin sie vor der Roten Armee und rachsüchtigen Tschechen geflüchtet waren, von überall her durchquerten sie – unbehindert – unseren Kreis: Zu Fuß, aber auch motorisiert. Ihrer Waffen entledigten sie sich in den Wäldern, luden dort auch restliche Munitionskisten ab. Marscherleichterung war angesagt.
Es dauerte, bis sich jemand um diese gefährlichen Hinterlassenschaften des 2. Weltkrieges kümmerte. Wochenlang blieb es unbeaufsichtigt, lag dort, wo es eben hingeworfen oder hingestellt worden war.
Wir hatten natürlich alles längst aufgespürt. Neugierig und abenteuerlustig pirschten wir durch die Wälder. Lebte doch das „Soldatische" in uns Kindern weiter. Jetzt endlich konnten wir echte Waffen nicht nur aus der Nähe sehen, sondern auch in die Hand nehmen.
„Ihr glaubt es nicht. Da liegen massenhaft Gewehre und Munition. Ganze Kisten" schilderten wir völlig aufgekratzt, die Gesichter gerötet, unsere Funde.
„Lasst ja die Finger davon. Das ist viel zu gefährlich. Erst vergangene Woche hat es zwei Jungen in eurem Alter beide Hände fast abgerissen, als sie mit der Munition hantierten!"
Wenige Tage später lasen wir auf Plakaten an Wänden, Zäunen und Toren:
„Herumliegende Waffen und Munition unverzüglich der Polizei melden oder an den Sammelstellen abgeben!"
Mehrere Sammelstellen waren aufgeführt.
Bauern wurden aufgefordert, Pferdefuhrwerke zusammenzustellen. Ein scheunenartiges Gebäude mit dicken Grundmauern und einem großen Tor war zum Depot bestimmt worden. Mitten im Wald gelegen, hatte es mit seinem vorgelagerten Gelände und den darauf errichteten Hindernissen der Hitlerjugend zur „Wehrertüchtigung" gedient. Im Gebäude selbst fanden die abschließenden Kameradschaftstreffen oder auch

Kameradschaftsabende statt. Fackelschein durfte dabei nicht fehlen.
Als noch Kriegsgefangener kutschierte ein Serbe ohne weitere Aufsicht die nächste Fuhre.
Zwei bis drei Jahre schon arbeitete er als Knecht beim benachbarten Bauern, sprach leidlich deutsch, war uns gegenüber immer freundlich und zu Späßen aufgelegt.
Gregor, so hieß er, hatte nichts dagegen, dass wir neben oder hinter seiner Fuhre hertrotteten, bis das Depot erreicht war. Er öffnete das gut gesicherte Tor und trug bündelweise die Gewehre in die Scheune.
Kaum war er verschwunden, rief einer: „Los, schnell! Jeder so ne Knarre. Und dann: Feuer frei!“ Und jeder von uns griff zu. Zu fünft waren wir, alle in gleichem Alter.

Hatte uns der Teufel geritten oder war es reine Prahlsucht? Wollten wir plötzlich „Krieg spielen“?
Wir zielten aufeinander. In Kopfhöhe!
Ich werde es nie vergessen, dieses Bild. Immer wieder sehe ich mich selber, das Gewehr im Anschlag auf einen anderen gerichtet, ein Auge zugekniffen und auf seinen Kopf zielend.
Was mich bewogen hat, den Lauf sinken zu lassen? Es muss das Klicken gewesen sein, das die anderen auslösten: Sie hatten den Abzug betätigt und - nichts war passiert. Sie lachten. Ein verzerrtes Lachen, unnatürlich, schreckhaft.
Ich hatte den Zeigefinger noch am Abzug, als sich die Mündung dem Boden näherte. Geschah es automatisch? Oder wollte ich auch wissen wie es ist, wenn man abdrückt?
Ein lauter Knall zerriss die Stille. Der Waldboden spritzte auf, Moosfetzen, Blätter und Tannennadeln blieben auf unseren Gesichtern kleben. Angstschweiß? So plötzlich ausgebrochen?

Gregor stürzte mit weit aufgerissenen Augen aus der Scheune, brüllte uns an, fluchte, gestikulierte mit seinen Armen, lief gehetzt um Pferde und Wagen herum.
„Was los, was los? Verdammt! Was machen? Ihr verrückt!"
Erst jetzt sah er, dass keiner von uns am Boden lag.
„Wir haben doch nur mal in den Boden geschossen!" Am ganzen Leib zitternd senkten wir unsere Blicke schuldbewusst zu Boden. Mehr kläglich als überzeugend klang unsere Entschuldigung. Kleinlautes, unsicheres Stammeln. Offen in seine Augen schauen konnten wir nicht.
„Noch einmal machen, dann ich euch schlagen und Meldung!" herrschte uns Gregor an.
Wir schlichen davon.
Keine Woche war vergangen. Wie ein Lauffeuer verbreitete sich die schreckliche Nachricht in unserem Ort:
„Habt ihr schon gehört? Furchtbar. Nicht zu glauben. Da hat doch einer vom Markt oben seinen Freund erschossen. Beim Spielen! Mein Gott, was passieren kann, wenn man mit diesem gefährlichen Zeug hantiert!"
Wie viele Nächte mögen es gewesen sein, in denen ich immer wieder schweißgebadet erwachte und mich unruhig hin- und herwälzend den Morgen erwartete? Ich habe sie nicht gezählt. Was hatte mich vor einer solchen Tragödie bewahrt? Ist es nur das „Klicken" der Abzughähne gewesen?
Mit einem einzigen Fingerzug hätte ich ein junges Leben, das noch nicht einmal richtig begonnen hatte, einfach ausgelöscht, eine Familie in unendliche Trauer gestürzt. Leichtfertig hätte ich Schuld auf mich geladen, auf meine Eltern, in erster Linie aber auf meine Mutter. Sie wäre zur Rechenschaft gezogen worden, hätte die Verantwortung für mein Handeln tragen müssen. Unser Vater kehrte erst im Mai 1946 zurück.
„Ist ja kein Wunder, bei d e r Vergangenheit!" hätte es mit Sicherheit geheißen.
Das „politisch belastete Elternhaus" blieb in den Köpfen der „Neuen" noch lange Zeit präsent.

In mir verblassten allmählich die Bilder von jenem Nachmittag, ohne ganz zu verschwinden. Gelöscht werden sie nie sein.

„...alles Begleiterscheinungen..."

Kisten über Kisten, stapelweise. Manche noch nicht zusammengesetzt, ihre einzelnen Teile nur aneinandergelehnt. Aber alle aus neuen, aus hellen Brettern zusammengezimmert, noch ganz frisch nach Wald duftend. Wie viele Bäume mochten dafür gefällt worden sein?
Kaum ein „Fleckchen Erde" vor dem Sturmlaternenwerk blieb verschont. Sogar vorbeiführende Straßen wurden teilweise einbezogen. Wohin das Auge sah - Kisten, riesige, mittelgroße, kleinere.
Große schwarze Buchstaben waren aufgemalt, mit Schablonen, von weitem sichtbar: **CCCP.**
Fremdartig.
„Das ist russisch. Kyrillische Buchstaben. Die Russen schreiben so, so ähnlich wie die Griechen, glaub ich".
Staunend standen wir – noch Halbwüchsige – davor und verfolgten interessiert alles, was sich uns bot.
„Demontage!"
„Demontage? Was heißt das?"
„Das heißt: alles wird abmontiert, verpackt und dann ab nach Russland!"

Gewaltige Stufenpressen, Ziehpressen, Exzenterpressen, Stanzen und andere Blechverarbeitungsmaschinen, die dem Sturmlaternenwerk zur Blüte und Weltgeltung verholfen hatten, in den Kriegsjahren zwangsläufig der Rüstung dienen mussten, sie wurden rigoros demontiert, in Einzelteile zerlegt oder im ganzen verpackt und abtransportiert.
„Habt ihr das gesehen? Die haben sogar die Außenwände

durchbrochen und die Fenster herausgerissen. Das sind ja riesige Löcher! Denen kann es wohl nicht schnell genug gehen!"

Während des Krieges von Bombenangriffen verschont geblieben, boten die Werkshallen mit den durchlöcherten Mauern, den herausgerissenen oder zersplitterten Fenstern jetzt, da der Krieg vorüber war, einen Anblick des Grauens: eine Trümmerlandschaft wie nach dem Beschuss durch schwere Geschütze. Wann und womit – wenn überhaupt – sollte darin eine irgendwie geartete Produktion wieder aufgenommen werden können?

„Die holen ja alles raus, nehmen uns alles weg!" riefen wir Kinder entsetzt.

„Das ist halt so, wenn man den Krieg verloren hat. Begleiterscheinungen!" Sie, die Älteren und die ganz Alten schien das alles nicht so tief zu bewegen. Ruhig, geradezu stoisch, sahen sie dem Treiben der Russen, unserer „Befreier", zu.

„Was kann uns denn noch groß erschüttern, nach all dem, was wir erlebt haben!"

In den Nachbarorten, ebenfalls führend in der metallverarbeitenden Industrie, geschah das gleiche.

Das genügte aber noch nicht.

Knapp zwei Jahre später wurden Gleise bis auf Reststrecken demontiert, die Schienen verladen und abtransportiert. Die nackten, nur noch schotterbedeckten Bahndämme durchzogen anklagend die Höhen des Erzgebirges. Eine nicht nur landschaftlich reizvolle Bahnlinie sondern vor allem eine für die heimische Industrie geradezu lebenswichtige Verkehrsader wurde „ausradiert", aus den Landkarten getilgt.

Wenigstens die Bahnhofsgebäude – in ortsüblicher Ziegelbauweise errichtet - blieben erhalten, konnten anderweitig genutzt werden.

„Ob das alles jemals dort ankommt, wohin es geschickt wird?" fragten nicht nur wir uns, als die riesigen Kisten auf behauenen Baumstämmen mühsam Meter für Meter die Hauptstraße hinunter in Richtung Schwarzenberger Bahnhof gerollt wurden.

Jahrzehnte später, ich sah im ZDF die Abendsendung „TERRA X“, worin der - nachgestellte - Bau der Pyramiden in Ägypten anschaulich geschildert wurde, stiegen die Bilder von damals wieder auf: Sklavenarbeit, anders konnte man das nicht bezeichnen.
Heimkehrer aus Sowjetischer Kriegsgefangenschaft wussten später zu berichten, wo das „Beutegut“ gelandet war: Brest-Litowsk. Zahllose Kisten mitsamt Inhalt lagen - verrottet und verrostet – auf und neben den Gleisen am berühmten Bahnknotenpunkt, wo die Spur wechselte.
Durch die geplünderten Werkshallen pfiff der Wind, durch die riesigen Mauerlöcher und die gähnend leeren Fensteröffnungen peitschte der Regen.
Kleinere oder mittelgroße Betriebe, die von der Demontage verschont blieben, gerieten in die Mühlen des Partei- und Staatsapparates, wurden zwischen den Steinen der Planwirtschaft allmählich zerrieben. Wenigen war es zunächst noch vergönnt, „halb-privatwirtschaftlich“ zu produzieren, die meisten aber wurden enteignet, ihr Betrieb in „Volkseigentum“ überführt oder gänzlich dicht gemacht.
Die systematische Entmündigung nicht nur der Unternehmer oder Kleingewerbetreibender, auch die der Arbeiter, nahm zu. Desinteressiert, perspektivlos verrichteten oder verwalteten sie ihre Arbeit nach den großspurig aufgestellten „Zwei- oder Fünf-Jahresplänen“.
So galt die Erfüllung des jährlichen Plansolls – möglichst vorfristig zum Jahrestag der Oktoberrevolution Anfang November – als das Gebot der Stunde, um als „Verdienter Aktivist“ in den Genuss von Prämien und noch weiteren Sonderzuwendungen zu gelangen.
Mit dieser allerorten geübten Praxis, der „vorfristigen Plan-

erfüllung mit dem Bleistift", wurde dem sozialistischen Schlendrian Tür und Tor geöffnet: Der Dolchstoß für eine von vornherein unproduktive Planwirtschaft, deren Untergang damit besiegelt wurde.
Wen wunderte es, wenn sich an den wenigen Tagen, an denen der Bäcker – streng nach zugeteiltem Mehlkontingent – seine Waren verkaufen durfte, in den frühen Morgenstunden bereits Menschenschlangen vor dem Laden gebildet hatten. In Dreier- oder Viererreihen standen die Arbeiter des benachbarten Betriebes in ihren „Blaumännern" an, selbstverständlich während der laufenden Schicht, um bis zum Ladenschluss, der wegen „Ausverkaufs" regelmäßig gegen zehn Uhr zu erwarten war, einen Laib Brot oder ein paar „Zeilen Semmeln" für ihre Familien zu ergattern.
Geduldig warteten sie, Menschen mit grauen, ausgemergelten Gesichtern, deren Schicksal darin bestand, auf der „falschen Seite" der Demarkationslinie, des späteren „Eisernen Vorhangs" zu leben und dort bleiben zu müssen.
Sie waren und blieben die eigentlichen Verlierer des 2. Weltkrieges. Während im Westteil des gemeinsamen Vaterlandes das Wirtschaftswunder blühte, nicht zuletzt durch den Exodus von Firmen, ganzen Industriezweigen, Unternehmern, Facharbeitern, Wissenschaftlern und Forschern aus dem Osten, „beglückten" die „Befreier" und ihre Vasallen die Bevölkerung Ostdeutschlands mit den „Segnungen des Sozialismus".

Irmgard und Natascha

Sie hießen Irmgard und Natascha. Natascha war wie die meisten von uns erst 12 oder 13 Jahre alt. Sie war die zierlichere von beiden. Obschon noch sehr kindlich, lag in ihren Bewegungen etwas Geschmeidiges, Graziöses, elfenhaft Anmutiges. Eine kleine Ballerina. Irmgard hingegen, gut zwei Jahre älter, war von mehr kräftiger Statur. Dafür wies sie schon deutlich sichtbar die „hervorstechenden" Merkmale einer heranwachsenden Frau auf. Ihrer sich formenden Figur durchaus bewusst, kehrte sie nicht selten das künftige Fräulein, vor allem aber die Überlegenheit der kleinen Russin uns gegenüber heraus. Denn sie und Natascha waren die Töchter des sowjetischen Ortskommandanten, der erst vor kurzem zusammen mit seiner Frau und ihnen Einzug ins „Mädchenheim" gehalten hatte. Ob ihre Mutter eine Deutsche oder „Halbdeutsche" gewesen ist, vermochten wir nicht herauszufinden. Auch nicht, ob Irmgard und Natascha „richtige" Schwestern oder nur Halbschwestern waren. Schwesterliche Ähnlichkeit stach nicht unbedingt ins Auge. Und „Irmgard" war auch nicht gerade ein typisch russischer Name. Natascha hingegen schon. Jedenfalls sprachen beide recht gut deutsch.

„Das hat uns Mama beigebracht." ließen sie uns nicht ohne einen gewissen Stolz wissen. Mehr erzählten sie aber nicht. Ob sie auch eine deutsche Schule besucht hatten? Und wenn, wo sollte das gewesen sein? Wir fragten nicht danach. Sie waren auf einmal da und wir konnten uns mit ihnen unterhalten. Das genügte, um sich anzufreunden. Sie waren d a s belebende Element in unserer dörflichen Eintönigkeit, nicht nur wegen der Vorteile, die sich aus der Freundschaft mit ihnen ergeben sollten. Hinzu kam, dass sie nicht etwa an irgendeinem anderen Ortsende, sondern zu unserer Freude wenige Steinwürfe von uns entfernt im „Mädchenheim" wohnten.

Das „Mädchenheim!" Welch wechselvolle Geschichte verband sich mit diesem mehr schlossähnlichen Gebäude, das in der Mitte des Dachfirsts einen kleinen spitzen Turm aufwies. Auf einer sanften Erhebung im Südwesten direkt am Ortsende gelegen, war es aus allen Richtungen schon von weitem sichtbar.

„Mädchenheim" – Ansicht vom Friedhof aus

Ida Nier, die Ehefrau des Industriellen Hermann Nier, der die in seinen Fabriken hergestellten „Feuerhand-Sturmlaternen" in alle Welt hinaus lieferte und damit seinem Unternehmen zur Weltgeltung verhalf, hatte 1924 das Heim für Mädchen und ledige junge Frauen erbauen lassen und eingerichtet, damit sie im Sturmlaternenwerk ihrem Broterwerb nachgehen konnten. Ihr zu Ehren hieß es deshalb unter Kennern auch „Ida-Heim".
20 Jahre später, 1944, „beherbergte" es wieder „Mädchen". Sie stammten allerdings aus dem Osten: Zwangsarbeiterinnen, deportiert aus Weißrussland und aus der Ukraine, gezwun-

gen, im nunmehr auf Rüstung umgestellten Sturmlaternenwerk zu arbeiten.
Wenige Wochen nach Kriegsende, im Sommer 1945, führte sie ein Transport zurück in ihre Heimat. So hieß es jedenfalls. Ob sie dort jemals angekommen oder – wie bekannt – in einem der Auffanglager Stalins gelandet sind und dort als „Kollaborateure“ ihr Ende fanden, weiß keiner.
Nun wohnten wieder „Russen“ im Mädchenheim. Die gesamte Kommandantur war darin untergebracht.
Irmgard und Natascha luden uns ein, führten uns durch ihre großzügige und geschmackvoll eingerichtete Wohnung mit für uns ungewohnt hohen Decken, servierten Kakao und selbstgebackene Plätzchen. Wir langten kräftig zu, bedankten uns artig bei ihrer Mutter und erhielten als Mitbringsel für unsere Eltern in Babyflaschen abgefülltes Öl. Obwohl es eigenartig roch und auch einen seltsamen Geschmack aufwies, war die Freude zu Hause groß. Öl zählte zur Mangelware.
Nach dem „Neuen Schulgesetz“ wurde Russischunterricht ab dem 5. Grundschuljahr zur Pflicht. Irmgard und Natascha spornten uns an, möglichst rasch wenigstens einige Brocken ihrer Landessprache zu beherrschen. Sie beflügelten uns so sehr, dass wir in denkbar kurzer Zeit kleinere russische Gedichte aufsagen oder bekannte russische Volkslieder mit ihnen zusammen singen konnten, obwohl ansonsten die Aversion gegenüber dem Pflichtfach Russisch größer nicht sein konnte. Viel später erst bereuten wir, die günstige Gelegenheit, die uns in jungen, noch lernfreudigen Jahren geboten wurde, nicht ausgiebig genutzt zu haben.
Erklingt heute irgendwo die wunderschöne Melodie von „Abendglocken“, neben „Kalinka“ wohl eines der bekanntesten und am häufigsten gesungenen russischen Volkslieder, fühle ich mich zurückversetzt und sehe sie beide wieder vor mir: Irmgard und Natascha.
Bald aber war das „russische Märchen“ ausgeträumt. So schnell wie sie gekommen waren, verschwanden sie auch

wieder. Die Ortskommandantur wurde aufgelöst. Wohin sie verlegt werden sollte? Niemand wusste es oder durfte es wissen, auch Irmgard und Natascha nicht. Sie machten nur vage Andeutungen. Wir mussten voneinander Abschied nehmen, so schwer es uns auch fiel. Hatten wir uns doch aneinander gewöhnt, waren miteinander vertraut, als wären wir zusammen aufgewachsen.
Irmgard und Natascha vergossen Tränen, auch wir konnten sie kaum zurückhalten.
Mit einem Mal geschah es: Wir lagen uns in den Armen, hielten uns fest umschlungen und – unsere Lippen berührten sich, flüchtig, scheu, mehr aus Versehen als gewollt. Ein kindlich- schüchterner Kuss, sanft und voller Zärtlichkeit. Er bescherte uns einen ersten und zugleich letzten beglückenden Augenblick, einen Hauch von schwärmerischer Glückseligkeit.
Eine Freundschaft, wenn auch nur eine Kinderfreundschaft, zufällig entstanden, gewachsen und gefestigt, nicht aufgezwungen und beitragspflichtig, ging zu Ende. Sie hatte keine Grenzen gekannt in unserer Kinderwelt, keine Unterschiede zwischen Siegern und Besiegten gesehen. In der „anderen Welt", der Welt der Erwachsenen, vertieften sich hingegen die Gräben.
Die allgegenwärtige Sorge ums Überleben, nicht zu verhungern, für ihre Kinder zu sorgen, ließ den Älteren kaum Zeit und Raum zu sehen oder auch nur zu erahnen, welch ein Berg von Schikanen, von Hindernissen jedweder Art sich vor ihnen auftürmen sollte. Dass sie sich uns Heranwachsenden auch einmal in den Weg stellen könnten, daran verschwendeten wir in unserer kindlichen Unbekümmertheit keinen Gedanken.
Das sollte sich alsbald ändern.

Glasklar – oder nicht ?

„Das alles gehört jetzt uns!"
„Wieso uns?"
„Ja, uns allen eben. Ist doch jetzt Volkseigentum. Und wir sind doch das Volk, oder?"
„Versteh ich nicht. Wenn uns jetzt alles gehört, warum steht dann hier: Diebstahl oder Beschädigung werden strafrechtlich verfolgt!?"
„Das ist nun mal so. Sonst könnte sich ja jeder nehmen, was er will."
Eine Logik, die mir unverständlich war.
Ich sah auf die Fabriken, sah durch die aufgebrochenen Tore und Fenster hinein in die Hallen. Gähnende Leere. Nur Reste von verbeulten Blechen, abgesägten Rohren, von zersplitterten Brettern, Fetzen von Pappe: Völliges Durcheinander. Unrat! Abfall! Dazu riesige Löcher im Hallenboden, in den Decken, in den Wänden.
Da ist doch sowieso nichts mehr zu holen, dachte ich mir. Alles war demontiert worden. Ab in die SU. Wozu dann diese Schilder?
Einfach lächerlich.
Ich tippte an meine Stirn und murmelte: Ihr könnt mich mal!

Was war nicht knapp in diesen Monaten nach Kriegsende. Sogar Brennholz, und das im waldreichen Erzgebirge. Grotesk! Gut, Reisig durfte aufgesammelt werden. Mehr aber nicht. Doch Reisig war im Nu verbrannt. Bei Strafe verboten – so stand es geschrieben – sich an anderem Holz, nicht einmal an Bruchholz, an Sturmschäden also, zu vergreifen. Äste absägen oder geborstene Baumstämme abholzen – alles untersagt. Wurzelstöcke, hart wie Granit, ja, die waren freigegeben.

Ein aufwendiges, kräftezehrendes und schweißtreibendes Bemühen, unter Einsatz von Spitzhacken, Sägen, Seilwinden und Ketten jeglicher Art die, Fangarmen von Kraken gleich, im Erdreich sich ausbreitenden Wurzeln zu lockern und herauszuhebeln. Ein ganzer Tag „ging drauf". In transportable Stücke zersägt wurden sie auf Lastwagen geladen. All das musste selbstverständlich „organisiert" werden, gelang nur, wenn man sich zusammentat, und, das war die Hauptsache, wenn man jemanden kannte, der imstande war, nach Feierabend wenigstens für einige Stunden einen LKW „abzuzweigen". Spät abends kehrte man erschöpft und ausgelaugt zurück. In den darauffolgenden Tagen alles in brauchbare Scheite zu hacken, forderte einem die letzten Kraftreserven ab. Knochenarbeit.
Und das nur, um Brennbares zu ergattern.
Noch knapper stand es um Glas. Daran haperte es gewaltig. Mangelware! Ob auf dem Dach, im Hausflur oder am größeren Schuppen unten im Hof, überall waren seit langem Scheiben zersprungen. Wenn Regen dagegenpeitschte, drang Wasser nach innen. Pappe oder ähnliches weichte in wenigen Wochen völlig durch.
„Augen offen halten!" hieß es. Besonders dort, wo „etwas zu holen" war.
„Muss organisiert werden, irgendwie!"
„Organisieren!" So lautete das Zauberwort in diesen Tagen. Nach dem „wie" und „woher?" fragte keiner.
Auch ich hielt die Augen offen.
Die untere Schulstraße führte an diesen Fabrikgebäuden vorbei, die durch Demontage ihres Innenlebens beraubt worden waren. Alles großflächig aufgebrochen, Fenster eingeschlagen, zersplittert.
Die angrenzende Lagerhalle aber, ein niedrigeres Gebäude in gelb-roter Ziegelbauweise mit flach geneigtem Dach, war weitgehend erhalten geblieben. In ihr hatten sich ja keine Stanzen oder Maschinen anderer Art befunden, die hät-

ten abtransportiert werden können. Regale ja, zwar leer, die Zwischenböden schief und demoliert, wenige Seitenwände standen aber noch.

Schon längere Zeit stachen mir die größtenteils intakten Fenster ins Auge. Sprossenfenstern ähnlich, entsprachen die kleinen Scheiben meiner Schätzung nach in etwa der Größe, die wir dringend benötigten. Sollten sie nicht genau passen, auch nicht schlimm. Mit dem Glasschneider würden sie eben passend gemacht. Nicht alle Scheiben waren glatt und klar, einige geriffelt, auch genarbt und milchglasähnlich – vielleicht sogar Sicherheitsglas – auf jeden Fall besser als Pappe oder Sperrholz.
Also, nichts wie ran.
Der schmale Weg, der an der Halle vorbeiführte – es handelte sich um eine Art Feldweg, unbefestigt, mit angrenzenden Gärten, die Häuser ein Stück weit entfernt – war durch vereinzelt wachsende Sträucher weitgehend uneinsehbar und von Fußgängern kaum genutzt.
Nach Süden hin stieß er auf Wiesen und Felder.
Eine günstige Stelle hatte ich ausgekundschaftet, kletterte auf den schmalen Fenstersims und fand Halt am ein wenig vorspringenden Fensterrahmen. Mit der linken Hand hielt ich mich fest, in der rechten mein Taschenmesser. Den mehr als brüchigen Kitt bröckelte ich heraus, konnte auch die bereits gelockerten kleinen Blechdreiecke, mit denen die Scheiben anfänglich befestigt worden waren, mühelos entfernen, und – wupps – schon ließ sich die Scheibe vorsichtig heraushebeln.
Der Appetit kommt bekanntlich beim Essen. Mehr und mehr geriet ich – wie von Furien gehetzt - in unbändige Arbeitswut, alles ging immer zügiger von der Hand und nach geraumer Zeit hatte ich eine ansehnliche Menge unbeschädigter Scheiben erbeutet und unter den Fenstern gestapelt.
Plötzlich war mir – ich wollte soeben auf den nächsten Fen-

stersims steigen – als würde ich beobachtet. Hatte sich nicht dort an der Einmündung des Wegs etwas bewegt? Ich wendete meinen Kopf vorsichtig nach rechts und schielte mit einem Auge zur Schulstraße. Richtig, eine Gestalt, ein Erwachsener wohl, näherte sich mir. Seine anfänglich recht vorsichtigen Schritte wurden immer schneller. Dass er drohend mit dem Arm fuchtelte, registrierte ich kaum. Ich nahm meine Beine in die Hand und lief, was das Zeug hielt.
Strategie war es sicher nicht, die kam mir überhaupt nicht in den Sinn. Instinktiv lief ich nicht in Richtung Elternhaus sondern entgegengesetzt hinaus auf die Wiesen und Felder. Dort kannte ich mich aus, wusste, dass sich ein kleines Wäldchen anschloss, das mir ausreichend Schutz bot, um unbemerkt und vor allem unbehelligt die nahe Hauptstraße, die zum Nachbarort führte, zu erreichen. Wer sollte mich dort schon suchen?
Erleichtert atmete ich auf und verständlicherweise auch viel ruhiger als vorher. Mehr schlendernd schritt ich die Straße entlang. Mit einem Mal tauchte das Gesicht meines Verfolgers wieder vor mir auf. Nein, nicht direkt, sondern geistig, aus dem frisch Erlebten heraus. Im Augenblick der drohenden Gefahr hatte ich nicht weiter darauf geachtet. Jetzt aber wusste ich, dass ich dieses Gesicht kannte: Es gehörte einem unserer Nachbarn. Täglich sah ich ihn. Mit seiner Familie, Frau, Tochter und Sohn, war er aus Schlesien in unseren Ort gekommen und nur wenige Meter von uns entfernt im Nachbarhaus einquartiert worden. „Umsiedler“, so wurden sie genannt.
Hatte er auch mich erkannt? Unwahrscheinlich. Viel zu schnell ging alles. Seinen Blicken war ich alsbald entschwunden. Ob er hinter mir hergelaufen kam, hatte ich nicht mehr sehen können. Eingeholt hätte er mich sowieso nie!
Die Hauptstraße verließ ich in Höhe Marktplatz. Von dort steuerte ich auf die parallel laufende Nebenstraße zu. Nicht unbedingt ein Schleichweg, aber ich wollte auf keinen Fall

am Gemeindeamt vorbeilaufen. Dort war im Erdgeschoss die Polizeiwache untergebracht. Womöglich hatte er Anzeige erstattet, und sämtliche Polizisten hielten nach mir Ausschau. Ihnen direkt in die Arme zu laufen, hätte mir gerade noch gefehlt.
Vorsichtshalber umkurvte ich im großen Bogen unser Haus, erreichte über die Richterstaße den nahen Friedhof.
„Hier sucht mich sicherlich keiner!" sagte ich mir. So war es auch. Von niemandem gesehen steuerte ich unser Haus an, und schon war ich verschwunden.
Bange Minuten schlossen sich an. Ich befürchtete, dass es irgendwann an der Haustür schellen würde: Polizisten mit dem Nachbarn als Tatzeugen. Vorsichtig hielt ich Ausschau. Ich sah durchs Fenster.
Da, von der Hauptstraße kommend bog er um die Ecke, allein. Erleichtert atmete ich auf, als er ins Nachbarhaus getreten war. Kurz darauf erschien er im Garten. Verstohlen sah ich hinüber. Hob er nicht immer wieder seinen Kopf und blickte auf unser Haus? Suchte er mich? Wollte er sich vergewissern, dass ich doch derjenige bin, der ihm entkam? Eine Weile beobachtete ich ihn noch.
Nichts Verdächtiges geschah. Gefahr vorüber. Vorsichtshalber verbrachte ich aber den restlichen Tag „innerhäusig".

Neugier trieb mich. Ob sie wohl noch dort liegen würden, die Fensterscheiben? Der Gedanke daran ließ mir keine Ruhe. Hieß es nicht, dass Täter irgendwann an den Ort ihres Verbrechens zurückkehrten?
Irgendwann war für mich aber schon am nächsten Tag.
„Keine Zeit versäumen!" Von Feld- und Wiesenseite pirschte ich mich im Schutz der Sträucher heran. Nichts. Keine Spur von den Scheiben. **Sense!**
Hatte er sie versteckt? Wo? Ich suchte, immer Ausschau haltend, ob mich womöglich jemand – so wie am gestrigen Tag - beobachtete. Niemand war zu sehen.

Die Scheiben aber auch nicht, weder unter den Fenstern noch in den Sträuchern.
„Der hat sie sich unter den Nagel gerissen." Davon war ich zunächst fest überzeugt. Dann kamen allerdings Zweifel auf. Hatte er sie auf der Polizeiwache abgegeben und Anzeige erstattet?
„Entwendung von Volkseigentum!" Also Diebstahl?
Noch einige Tage befand ich mich in angespannter Gemütslage. Nichts ereignete sich. Er hatte mich nicht erkannt. Und wenn, dann aber gedacht: „Wart nur, dir werd ich eins husten!", hatte den Abend abgewartet und dann die Scheiben im Schutz der Dunkelheit eingesackt.
Ich sah ihn förmlich vor mir, wie er sich ins Fäustchen lachte.
Ich lachte auch bald wieder. Die Ängste waren weg, die schönen, so mühe- und gefahrvoll erbeuteten Glasscheiben leider auch.

Alles liegt am Weg

„Alles liegt am Weg!" – erklärte er und gab mir einen Zettel in die Hand, auf dem die einzelnen Anlaufstellen bis hin zur Bahnstation verzeichnet waren.
„Alles liegt am Weg..." Wo sonst? Führen nicht Wege überall hin.
Mein Vater, im Mai 1946 aus Spanien zurückgekehrt – er war dort interniert gewesen – hatte mich täglich abkommandiert. Nach Unterrichtsschluss und Mittagessen bedrängte er mich, für ihn, d.h. für unseren Betrieb, den er nun wieder leitete, „zur Verfügung zu stehen", und zwar „sofort!"
Meinen Einwand, erst die Schulaufgaben erledigen zu wollen, was ich schließlich auch durchsetzte, ließ er zunächst nicht gelten.

„Ich…“ oder sagte er „Wir? …konnten früher unsere Schularbeiten auch immer erst am Abend machen!“
Was heißt hier „auch“? Außerdem – früher war sowieso alles anders. Heute ist aber heut! – dachte ich bei mir, entgegnete aber:
„Ich mach sie aber jetzt. So lange dauert das nicht. Und wenn ich fertig bin, kanns losgehen.“
Meine Hartnäckigkeit zwang ihn zum Einsehen. Schließlich war er auf mich angewiesen, musste ich doch nicht nur das stillgelegte Telefon ersetzen und Nachrichten übermitteln, nein, ich war Bote, Spediteur und Versandchef in einer Person.
Ob Stückgut oder Expressgut – eilige Zustellung war oftmals erforderlich – ich transportierte auf meinem Handwagen Kisten und Kartons zum Bahnhof, suchte auf dem Weg dahin Geschäftspartner, Bekannte oder Verwandte auf, überbrachte ihnen Nachrichten, auch irgendwelche Waren, die sie benötigten. Kurz, ich war Mädchen für alles. Tag für Tag, gelegentlich auch sonntags, ganz gleich ob die Sonne schien, ob es regnete oder schneite. Lag Schnee, und dieser fiel im Erzgebirge recht früh und nistete sich über längere Zeit ein, zog ich anstelle des Handwagens eben den Schlitten, auf dem Kisten und Kartons festgezurrt waren.
Auf diese Weise verging ein knappes Jahr bis zu jenem Tag, dem 8. Februar 1947, als unser kleiner Betrieb geschlossen wurde.
Eine gewisse Erleichterung meiner täglichen Einsätze sollte bis dahin aber noch möglich werden, zumindest im Sommer.
Längere Zeit schon war mein sehnlichster Wunsch, endlich ein Fahrrad zu besitzen. Ich versuchte, meinen Vater zu überzeugen und ihm mein Begehren damit schmackhaft zu machen, dass ein Fahrrad ja nicht nur für mich sondern auch für ihn eine große Hilfe wäre.

„Sieh mal, ich könnte dann viel schneller all die Botengänge erledigen."
„Ein Fahrrad. Das sagt sich so einfach. Woher nehmen? Gibt doch nichts."
Er sprach zwar nicht davon, doch auch er wusste, dass in den letzten Kriegsjahren nicht nur Fahrräder sondern auch Skier, Pelzmäntel und anderes mehr zur Unterstützung der „Großdeutschen Wehrmacht" eingesammelt wurden.
Beziehungen spielen lassen, altbekannte Kontakte wieder knüpfen, Tauschbares anbieten, hieß die Devise.
„Ich hab da einen alten Rahmen gesehen, ziemlich angerostet, aber stabil. Räder, Lenker und Sattel fehlen allerdings. Ich halt meine Augen offen."
Organisieren konnte er, mein Onkel, kannte gewisse Quellen, auch besondere Schliche.
Wenige Tage vor Kriegsende fuhr er plötzlich mit einem „Holzgaser" vor. Ein Lager mit Vorräten war aufgelöst worden. Er hatte sich reichlich bedient und den LKW mit etlichen Paaren rotbrauner Offiziersstiefel, mit Kisten und Kartons voller Konserven – Wurst, Fleisch, Corned Beef - und anderen Gütern, von denen man nur träumen konnte, beladen.
Als Eigenbedarf oder Tauschware ruhte nun das kostbare Gut in seinem Keller.
Warum also sollte er nicht auch ein Fahrrad beschaffen können.
Eines Tages war es soweit. Den angekündigten Rahmen hielt er unterm Arm. Noch dazu den Rahmen von einem Herrenfahrrad! Großartig!
„Muss natürlich entrostet werden. Aber – du siehst – stabil ist er."
Wenige Tage danach folgten Vorder- und Hinterrad. Lenker und Sattel ließen noch auf sich warten.
Ich entrostete akribisch Rahmen, Räder, sämtliche Speichen, jede Schraube und Mutter.
Nahezu aussichtslos schien es, an Bereifung zu gelangen, an

Schläuche – seien sie auch geflickt – und an noch einigermaßen brauchbare Decken.
Stand mir Freizeit zur Verfügung, widmete ich sie meinem Drahtesel, gab ihm einen leuchtend blauen Anstrich. Vater hatte Eisenlack besorgt. Und einige Tage später hielt er mir die noch fehlenden Schläuche und Raddecken mit befreiendem Lachen entgegen.
Ich besaß ein komplettes Fahrrad, das in leuchtendem Blau erstrahlte:
„Mein blauer Blitz“ – so taufte ich es.
Fehlte nur die Beleuchtung, von einem Dynamo gespeist. Nun gut, im Dunkeln fuhr ich sowieso nicht, konnte tagsüber herumflitzen, alles viel schneller erledigen als vorher und – ich hatte mehr Zeit für mich.
Ende September ist es gewesen, als ich an einem Spätnachmittag in der damals noch recht bescheidenen Hauptverkehrszeit, zwischen 17 und 18 Uhr, die Hauptstraße, ganz von oben kommend, hinabfuhr – vorbei an der Christuskirche, dem Postamt, - um nach rechts in den Pfarrweg einzubiegen: Richtung Elternhaus.
Fahrt drosseln! sagte ich mir und trat auf den Rücktritt. Der aber „fasste“ nicht, schlug stattdessen nach vorn zurück. Bei jedem erneuten Versuch – ob sanft oder fester ausgeführt – schnellte er mit einem Ruck nach vorn. Meine Füße rutschten ab, die Pedalen schlugen gegen die Fersen.
Eine Handbremse, die auf das Vorderrad hätte einwirken können, wies mein „Blauer Blitz“ nicht auf.
An der Einmündung in unsere Straße mit ihrem 90 Grad-Winkel sauste ich vorbei, steuerte mit zunehmender Geschwindigkeit, die Straße von rechts nach links schräg überquerend, die nun folgende weit geschwungene Rechtskurve an, immer darauf bedacht, dem entgegenkommenden Feierabendverkehr irgendwie auszuweichen. Das gelang. Aber nicht, dass ich stattdessen auf die Steinmauer eines genau im Scheitelpunkt der Kurve befindlichen Hauses zufuhr, in

dessen Erdgeschoss ein Lebensmittelladen eingerichtet war. In ganzer Länge schrammte ich an ihr entlang. Der Ärmel meiner Jacke riss auf, die Haut meines linken Unterarms und Ellenbogens ebenfalls. Doch – ich verlor dadurch an Fahrt, konnte aber nicht völlig stoppen. Von der Mauer mehr oder weniger abgeprallt, holperte ich über die Bordsteinkante auf die Hauptstraße zurück, die ich nun von der falschen linken auf die richtige rechte Seite zu überqueren versuchte.

Mein Vater, der auf der Bank vor unserem Haus saß und die schräg gegenüber liegende Straßenkurve einsehen konnte, war – als er begriff, was passierte – vor Schreck aufgesprungen, so glaubte ich es in einem kurzen Augenblick gesehen zu haben.

Er konnte aber nur über eine jeweils kurze Strecke, wenn die Lücken zwischen den Straßenbäumen den Blick freigaben, meine „Irrfahrt“ verfolgen.

Die untere Einmündung zum Pfarrweg steuerte ich gar nicht erst an. Der Einfahrwinkel war viel zu spitz. Blieb die nächste, die in die Richterstraße. Sie war genügend breit und überquerte den zwar befestigten aber noch offenen Dorfbach. Ich hatte Mühe, nicht gegen das Geländer zu prallen, das den Bach absicherte, schaffte es auch irgendwie, mit dem rechten Fuß die Straßendecke zu erreichen und – holpernd und stotternd zu bremsen! Ich rollte aus.

Tiefes Durchatmen, bevor ich meinen „blauen Blitz“ an Lenker und Sattel fasste und mühsam den Pfarrweg hinauf schob. Er war unbeschädigt geblieben: „Gott sei Dank!“ stieß ich hervor. Den aufgeschürften oder aufgerissenen linken Arm spürte ich nicht. Erst später.

Vater kam mir vom Hofeingang entgegen. Schrecken stand in sein Gesicht geschrieben. Das war nicht zu übersehen. Doch er herrschte mich an:

„Was ist denn mit dir los? Du bist wohl nicht ganz gescheit!“ Das waren stets seine Worte, wenn er mich „runtermachen“ wollte. Musste er wieder einmal aufkommendes Mitgefühl, vielleicht

sogar Ängste um mich, hinter Schroffheit verbergen? Konnte er sich nicht ein einziges Mal dazu durchringen? Offenbar nicht. Ihm fehlte das Gespür. Die Strenge seinen eigenen Kindern gegenüber wich erst, als seine Enkelkinder geboren waren. Ihren kleinen, bescheidenen Wünschen begegnete er stets aufgeschlossen und mit einer Zuwendung, die schon überbordend war. Bis dahin verging aber noch einige Zeit.
Jetzt hingegen wartete er ungeduldig auf meine Antwort, warum ich „wohl nicht ganz gescheit" gewesen war.

Vater mit seinem ersten Enkelkind

„Mit mir war gar nichts los. Der Rücktritt funktionierte nicht, überschlug sich immer wieder!"
Ein Vorteil ergab sich aus diesem trotz allem glücklich verlaufenen Zwischenfall: Wenig später „blitzte" an meinem „blauen Blitz" eine woher auch immer organisierte, zwar nicht gerade „blitzsaubere", dafür aber umso kräftiger zupackende Handbremse.

In einem gesunden Körper ...

Trotz der täglichen „Körperertüchtigung“, verlangten mir doch die oftmals recht langen Strecken bergauf oder bergab, ob per Fahrrad oder den Handwagen ziehend, vieles ab, lechzte ich nach richtigem Sport: „Mens sana in corpore sano...“

Ich fand ihn in der aufstrebenden „Demokratischen Sportbewegung“, wandte mich dem Handball, dem Feldhandball zu.

Unser Ort - eine Handballhochburg!

Die Mannschaften, vor allem die 1. Herren- und die 1. Jugendmannschaft, besaßen Rang und Namen, waren über den Landkreis hinaus bekannt, als sportliche Gegner respektiert und durchaus gefürchtet. Meine Schnelligkeit, im parallel laufenden Leichtathletik-Training ständig gesteigert, konnte ich auf dem damals noch „großen Feld“ vorteilhaft einsetzen.

Entweder im unteren Teil unseres Schulhofes oder auf dem großzügig angelegten und mit Aschenbahn ausgestatteten Sportplatz, zwei- bis dreimal pro Woche trafen wir uns, um unter Anleitung von Walter Günter, Sportlehrer und Trainer – aber auch Handballspieler – in einer Person, gezielt zu trainieren: Kurz- und Mittelstrecken, Weit- und Hochsprung, Kugelstoß, Speerwurf, damit verbunden das notwendige Krafttraining.

Unsere anfangs zahlenmäßig recht bescheidene Trainingsgruppe vergrößerte sich zusehends.

Sportliche Erfolge sprachen sich schnell herum, lockten weitere Interessenten an. Nicht nur jüngere und ältere Jungen, nein, auch Mädchen zeigten Interesse und fanden Gefallen an unseren Zusammenkünften, am Übungsprogramm und vielleicht auch an uns. Dank ihrer etwas spärlicheren aber dennoch züchtig-sportlichen Bekleidung fielen die sich formenden Umrisse aufkommender Fraulichkeit uns Jungen besonders ins Auge. Daran fanden wir nun wieder Gefallen, keine Frage.

Beim Speerwurftraining – Haltung korrekturbedürftig, dafür perfekte Streckung beim Ballfang

Unter ihnen Karin – ein Sprungtalent. Gertenschlank, fast zerbrechlich, als Leichtgewicht flog sie regelrecht durch die Luft. Mag sein, dass sie etwas „zickig" war – so würde ich es heute formulieren – zumindest hatte sie so ihre Eigenheiten, vor allem aber keine Ausdauer.

Ihr wäre sicherlich eine erfolgversprechende sportliche Zukunft beschieden gewesen, doch quälen konnte oder wollte sie sich nicht, zog sich mehr und mehr zurück.

„Sie hat jetzt andere Interessen." hieß es hintergründig und – mehr oder weniger abfällig – eines Tages.

Ihre Brüder hingegen blieben dem Sport treu verbunden: Etliche Jahre später trugen sie als Rennrodler mit ihren Siegen bei Weltmeisterschaften und Olympischen Spielen, ob im Ein- oder Doppelsitzer, zum „Ruhm und zur Überlegenheit der Sozialistischen Sportbewegung" bei. Am bekanntesten ist und bleibt wohl „der Köhler Tom", nämlich Thomas, der ältere von Karins Brüdern.

Eine Eigenheit des Erzgebirges oder der Erzgebirger überhaupt: „maulfaul“ sind sie, mehr oder weniger einsilbig, nicht nur in ihrer Ausdrucksweise. Alles muss kurz und bündig auf einen Nenner gebracht werden. Geschwafel ist fehl am Platz. Damit Zeit zu vergeuden, wäre reiner Luxus. So ist auch bei der Namensnennung Einsilbigkeit angesagt. Jungen-Namen sind davon besonders betroffen: Der Dieter wird zum „Diet“, der Heiner zu „Hein“, der Peter zu „Pet“, Günther zu „Günt“ und der Gerhard zu „Ger“, nicht zu Gerd, das wäre nicht mannhaft-hart genug. Siegfried ergeht es nicht anders. Er wird in „Siech“ nicht etwa in Siggi umgetauft. Das bleibt Sigrid vorbehalten. Wie überhaupt Mädchennamen meist verschont bleiben. Sie erfahren eher – wie andernorts auch - eine Verniedlichung, allerdings abhängig von der jeweiligen Stimmungslage: Bei Zuneigung kann aus Gisela „Gisl“, aus Lisa „Lisl“, aus Erna „Ernl“ werden. Im Zorn bleibt es bei „Gis“, „Lis“ und „Ern“. Längere Namen werden ebenfalls gekürzt, allerdings moderat: Annemarie kann mit „Annemie“ zufrieden sein, genauso wie Maria-Luise mit „Marlis“.

Auch „Trautel“ – auf den Namen Traute oder auch Gertraute getauft – dürfte sich über die Verniedlichung nicht geärgert haben. Eines Tages erschien sie zum Training. Zu ihr fühlte ich mich hingezogen. Sie war anmutig und rassig zugleich. Ihre stets rot-frischen Wangen glühten nach dem anstrengenden Training noch mehr, so „wie ein Weihnachtsapfel“. Das traf zwar den Nagel auf den Kopf, doch ihr gefiel es gar nicht, wenn wir ihr dieses Kompliment allzu oft machten.
Unsere Kameradschaft mündete in Freundschaft und aus Freundschaft entwickelte sich zarte Liebe. Umarmungen, scheue Küsse, mehr als ein bisschen „Schmusen“ ließen unser beider Erziehung und wohl auch der Zeitgeist nicht zu.
Bis zum Beginn meines Studiums in Leipzig, auch noch in den ersten Semestern, blieben wir befreundet. Wir tanzten

an Samstagen – wenn ich denn zu Hause war – im Saal der „Krone", wo sich nicht nur die Jugend unseres Ortes, sondern auch die der benachbarten Ortschaften traf.
Diese freundschaftliche Verbundenheit hielt – gedanklich nur, anderes war nicht möglich - über die vielen Jahre hinweg an. War ich während der DDR-Zeit wieder einmal in meiner alten Heimat, winkten wir uns aus dem Auto zu, wenn wir uns zufällig im Vorbeifahren entdeckten. Mehr erlaubte die meist knappe Zeit nicht. Nach der Wende ließen und lassen wir bei unseren jeweils kurzen Zusammentreffen Vergangenes aufleben, erinnern uns an das eine und andere und stoßen – inzwischen zur Tradition geworden - mit einem Glas Rotkäppchen-Sekt darauf an. Übers Jahr verstreute Telefonate überbrücken die übrige Zeit und halten die Verbindung im wahrsten Sinne des Wortes aufrecht.
Obwohl schon oftmals ins Auge gefasst, wieder einmal ein Weihnachtsfest im verschneiten Erzgebirge zu verbringen, blieb dieses Vorhaben bislang nur löbliche Absicht. Den wiederholten Einladungen zu ihrem Geburtstag, den Trautel am 27. Dezember feiert, konnte ich bislang auch nicht folgen. Und zusammen mit ihr an ebendiesem Geburtstags-Abend das Weihnachtsoratorium zu genießen, das alljährlich am „dritten Feiertag" in der wunderschönen barocken St. Georgen-Kirche zu Schwarzenberg zur Aufführung gelangt, bleibt hoffentlich nicht allzu ferner Zukunft vorbehalten.

Zurück zum Sport. War es das Streben nach Anerkennung? Wohl kaum. Die Schule bot dafür genügend Raum.
Sportlicher Ehrgeiz, sich mit anderen messen zu können, nicht nur innerhalb der Sportgemeinschaft sondern im Kreismaßstab, mit den Besten des Landkreises, das war die Triebfeder. Sie ließ mich an manchem frühen Sonntagmorgen mit dem Fahrrad, meinem „blauen Blitz" zu Sportfesten oder zu den Kreismeisterschaften radeln, um die am Vormittag beginnenden Vorkämpfe zu bestreiten.

Eine Meisterschaft hat sich besonders tief in mein Gedächtnis eingegraben: Die Kreismeisterschaften der Leichtathletik in der „Kampfbahn des Friedens" in Schwarzenberg.
Als Mehrkämpfer eingestuft und später auch als solcher angetreten, hatte ich den 100-Meter-Lauf, den Weitsprung und das Kugelstoßen gewonnen. Der 1000-Meter-Lauf war am Spätnachmittag als letzte Entscheidung angesetzt worden.
Walter meinte, ich sollte daran teilnehmen.
„Ich habe dich nachgemeldet. Du kannst starten!"
„1000 Meter? Das ist aber nicht so ganz meine Strecke!" Ich versuchte mich davor zu drücken.
„Außerdem haben meine Schuhe den Geist aufgegeben, wie soll ich da laufen?" Laufschuhe, womöglich mit eingearbeiteten Spikes, waren damals - und sie blieben es noch längere Zeit – eine Wunschvorstellung. Ich besaß ein Paar vorsintflutliche, von irgendjemandem ausrangierte, lederne Laufschuhe mit klobigen eingeschraubten Spikes. Wahrscheinlich „Vorkriegsware". Unser Schuhmacher zauberte sie eines Tages hinter dem Ladentisch hervor und übergab sie mir mit huldvoller Geste. Er wusste um meine Leidenschaft für die Leichtathletik. Inzwischen waren die meisten Schraubspikes aus der löcherigen Sohle herausgebrochen. Und die Sohle des rechten Schuhs riss am Mittag beim Abheben zum letzten Sprung quer durch.
„Läufst eben barfuß. So wie ich das sehe, lässt du die doch weit hinter dir, auch ohne Schuhe!
Betrachte das ganze einfach als Trainingslauf!"
Ich sah es zwar anders, aber wie sollte ich der Auffassung des Trainers widersprechen. Ich startete.
Die Aschenbahn der „Kampfbahn des Friedens" entsprach nicht den üblichen Maßen, also einer Länge von 400 Metern. Sie war kürzer. Start und Ziel befanden sich an Positionen, mit denen ich mich – ich muss gestehen – vorher nicht vertraut gemacht hatte. Lief ich doch meist nur die 100-Meter, allenfalls – selten genug – auch 200-Meter. Mittelstrecken la-

gen mir nicht. Im Training, wenn auch widerwillig, mussten sie leider Gottes „gepaukt“ werden, um Kondition zu pauken und damit auch die Standfestigkeit für die Kurzstrecken zu verbessern.

Wie ich auf den Gedanken gekommen war, blieb mir im Nachhinein unerklärlich. War ich nicht mehr so richtig bei Sinnen, befand ich mich – über einen längeren Zeitraum nichts Essbares zu mir genommen, wohl auch nichts getrunken – im Zustand der Unterzuckerung, oder war ich durch die vorausgegangenen Wettkämpfe womöglich doch zu sehr geschwächt? Jedenfalls zog ich meinen Endspurt an, als ich in einiger Entfernung einen breiteren Kreidestrich erspäht hatte, ließ das übrige Feld gut 15 bis 20 Meter hinter mir und winkte schon verhalten meinem Trainer zu, wähnte ich mich doch kurz vor dem Ziel. Als ich den vermeintlichen Zielstrich erreicht hatte, beendete ich lockeren Schrittes, leicht auspendelnd sozusagen, meinen Lauf, nicht minder erstaunt, dass die anderen Läufer an mir vorbeispurteten und der wahren Zielmarke entgegenliefen. Beim Versuch, noch einmal alles daranzusetzen, Anschluss zu gewinnen oder gar nach vorn zu laufen, versagten mir die Kräfte. War es Enttäuschung oder Erschöpfung? Es „legte mich der Länge nach hin“, treffender ist es nicht auszudrücken. Aufraffen konnte mich nicht mehr.

Ausgelaugt! Ausgepowert!

Jedenfalls – so hieß es – sei ich kollabiert.

Woran ich mich erinnern kann? Mit einem Krankenwagen wurde ich nach Hause befördert. Wie groß der Schrecken meiner Eltern war, erfuhr ich erst hinterher. Sie hatten schlimmere Verletzungen durch Sturz beim Laufen oder Springen befürchtet, auch, dass ich versehentlich von einer Kugel getroffen worden sei.

Dem aber war nicht so. Ich war lediglich fix und fertig, am Boden zerstört, hatte sogar Temperatur über 38,5 Grad. Ein Notsignal meines Körpers?

Niemals mehr im Leben habe ich in einem fort so viel Kaffee getrunken wie an jenem Spätnachmittag. Es muss sich unerklärlicher- oder wundersamerweise sogar um Bohnenkaffee, sehr, sehr dünn, gehandelt haben. Bis auf den letzten Tropfen leerte ich eine große Kanne. Die Tassen habe ich nicht gezählt. Eine nach der anderen kippte ich in mich hinein, glich auf diese Weise meinen Flüssigkeitsverlust aus und festigte zugleich meinen desolaten Kreislauf – durch Koffein.
„Zu beißen“ gab es auch etwas. Das alles brachte mich wieder auf die Beine. Am nächsten Tag fühlte ich mich, als wäre nie etwas geschehen. Muskelkater ausgenommen.

Einige Jahre später passierte ähnliches, wenn auch nicht so dramatisch wie in der „Kampfbahn des Friedens“ in Schwarzenberg:
Universitätsmeisterschaften der Leichtathletik in Leipzig.
Im Zwischenlauf über 100-Meter war ich die schnellste Zeit gelaufen, rechnete mir deshalb Chancen für den Endlauf aus.
In gewohnter Weise bereitete ich mich vor: Kurze Antritte, Lockerungs- und Dehnungsübungen, das übliche, unzählige Male praktiziert.
Verpflegung? Fehlanzeige. Ich verspürte eine gewisse Schwäche, nicht nur körperlich.
„Hier, nimm Traubenzucker! Das baut dich auf!“ riet mir Roland, mein Sportkamerad, und reichte mir ein oder auch zwei kleine Täfelchen davon. Gierig kaute und schluckte ich sie.
In der Hoffnung, dass sie mir Flügel verleihen würden, trat ich zum Endlauf an.
Start - sauber aus den Blöcken herausgekommen. Ich lief, lag vorn – bis 30 Meter vor dem Ziel. Meine Beine wurden schwer und schwerer, ich verkrampfte und geriet in Rücklage, verlor jeglichen Rhythmus und - den Endlauf.
„Was war mit dir? Du bist ja auf einmal eingebrochen, regelrecht „gestorben“!

„So fühl ich mich auch.“ brachte ich mühsam hervor.
„Ich glaube, der Traubenzucker hat mir den Todesstoß versetzt!“
Wie ich – ob instinktmäßig oder auch nicht – darauf kam, dass mir der Traubenzucker nicht geholfen sonder eher geschadet hatte, konnte ich aus physiologischer oder auch pathophysiologischer Sicht noch nicht ganz durchleuchten. Ich sagte mir aber: Du musst etwas Richtiges zwischen die Zähne kriegen, sonst kannst du alles vergessen!
Stand doch die 4x100-Meter-Staffel als letzte Entscheidung an. Und wir, das Quartett der Medizinischen Fakultät, wurden als Favoriten gehandelt.

Nach dem Training mit meinem Sportkameraden Roland, dem späteren mehrfachen DDR-Meister über 400 m Hürden (im Otto-Grotewohl-Stadion Aue, dem jetzigen Erzgebirgs-Stadion) – er hatte mich mit Traubenzucker „aufbauen“ wollen

Im Verpflegungszelt – als solches kaum zu bezeichnen und bereits in Demontage begriffen – erhaschte ich eines der letzten trockenen Brötchen und – was Wunder – die Residuen einer Bockwurst, ausgelaugt, nicht mehr warm oder gar heiß, denn der Kocher war schon längere Zeit abgeschaltet.
(Wir waren einhellig der Auffassung, dass die Bockwurst ins Wappen der DDR zu Hammer, Zirkel und Ährenkranz gehörte. Wenn es „nichts gab“, an eine Bockwurst kam man fast jederzeit heran.)

Ich stopfte, heißhungrig wie ich war, alles in mich hinein. Und siehe da, nach einiger Zeit fühlte ich mich besser, spürte, wie der Schwächezustand wich.
Ich lief an dritter Stelle und konnte, der Bockwurst sei Dank, unserem Schlussläufer den Staffelstab mit komfortablem Vorsprung übergeben: wir siegten.
„Sie benötigen eiweißreiche Kost. Mit Kohlehydraten ist ihnen nicht geholfen! Und Traubenzucker ist erst recht Gift für sie. Sehen sie zu, dass sie immer ausreichend Fleisch, auch Fisch oder Eier, Hauptsache Eiweiß, zu sich nehmen. Sonst bauen sie ab!"
Professor Dr. med. Gulotta, Neuro-Pathologe an der Universität Münster, den ich viele Jahre später wegen auffälliger Laborwerte konsultierte, erklärte mir, dass ich offenbar genetisch vorbelastet sei.
„Was du ererbt von deinen Vätern..."
Ich erinnerte mich an so manchen Kindertag. Unser Vater wurde unruhig und regelrecht unleidig, ja, ungenießbar, wie man so treffend sagt, stand nicht zum fixen Zeitpunkt, das war zwölf Uhr mittags oder halb sieben Uhr abends, das Essen auf dem Tisch. Fleisch, wenigstens aber Fisch – damals beherrschte der Hering die Küchen, – musste dabeisein. Nachmittags, zum Kaffeetrinken, konnte man ihm mit Kuchen keinen Gefallen tun. Er brauchte seine Buttersemmel, am liebsten ein großes Stück Jagd- oder Blutwurst, ...mit großen Speckgrieben... angereichert, dazu.
Kam er nicht oftmals am frühen Vormittag – mit der Arbeit war sieben Uhr begonnen worden – aus der „Werkstatt" nach oben in die Küche, sichtlich geschwächt und regelrecht zittrig, um etwas Handfestes zu sich zu nehmen?
Wie häufig hieß es dann: „Geh mal rüber zum Zenner!" (so hieß unser Fleischer). „Hol eine halbe „Warme!" Mehrmals in der Woche gab es beim Zenner-Fleischer frische Jagdwurst, die er aus dem dampfenden Kessel angelte. So schnell ich konnte, brachte ich sie ihm und seinen Arbeitern zum fast

schon rituellen zweiten Frühstück.
„Sauwohl" fühlte er sich jeweils am 1. Mai, dem „Tag der Arbeit", solange er ihn vor seiner Einberufung zusammen mit unseren Arbeitern feiern konnte.
Holzplatten waren hochgebockt und zu einer langen Tafel zusammengeschoben. „Saukopp" – einer oder auch zwei – wurde noch kochend heiß in großen Töpfen aufgetischt, dazu Sauerkraut, Pfeffer, Salz und Brot. Bier – in Krügen vom nahen Restaurant „Zur Post" geholt - floss reichlich. Hochprozentiges durfte nicht fehlen, der besseren Verdauung wegen.
Das war unseres Vaters Welt, darin blühte er – vor seiner Unterzuckerung bewahrt – regelrecht auf.
Als ich im Mai 1965 an seinem noch offenen Sarg stand – er war mit gerade einmal 64 Jahren gestorben, und ich durfte sieben Jahre nach meiner Republikflucht erstmals auf drei Tage befristet in meine Heimat reisen, um an seinem Begräbnis teilzunehmen – sah ich diese Bilder wieder vor mir.
Vieles konnte ich nun nachempfinden, manches Unbeherrschtsein verstehen, auch seine oftmals wie ein Gewitter hereinbrechendenen Grobheiten, die mich als Kind trafen.
Zu spät!

Wieder so ne „Schwamme"-Flut

„Raus aus den Federn, andere sind schon lange wach!" Heftiges Klopfen, schon mehr Hämmern an meiner Tür, die sich einen Spalt weit öffnete. Ein frohgelaunt strahlendes Gesicht zwängte sich hindurch, das gar nicht so recht zu der mehr im Befehlston vorgebrachten Aufforderung passte:
Mein Vater.
Andere sind schon lange wach? Damit konnte er doch wohl nur sich allein meinen.
„Komm, steh auf, die Sonne lacht!"

„Die Sonne lacht? Welche Sonne? Und wo? Um diese Zeit. Ja, in Japan vielleicht!“ murmelte ich schlaftrunken. Was ich durchs Fenster sah war allenfalls eine zögerlich beginnende Morgendämmerung, dazu noch nebelverhangen.
Es vergingen keine zwei Tage, an denen mich mein Vater nicht zu „nachtschlafener Zeit“, kurz vor fünf Uhr, aus dem Bett scheuchte, um mit ihm in die „Schwamme“ aufzubrechen.
Meist rief er: „Raus aus Metz!“
Ob sich das auf 7o/71 oder 14/18 bezog, ich wusste es nicht.
Ich hatte Ferien. Und deshalb hätte ich gerne etwas länger geschlafen.
Er aber zeigte keinerlei Gnade, kannte kein Erbarmen. Schließlich war e r wach, und das seit vier Uhr, schaltete laut und vernehmlich das Radio ein und wartete auf mich. Wer sonst wollte oder sollte schon um diese Zeit gewillt sein, mit ihm aufzubrechen: Zum „Schwammesuchen“.
Zu seiner Ehrenrettung: Kaffee hatte er schon gekocht. Dampfend stand er auf dem Tisch. Der Geruch allein machte munter.

Für Vater war es ein innerer Drang, ein Trieb, ein Muss. Er musste einfach hinaus in den noch frühen Morgen, über taufeuchte Wiesen und Felder schreiten, um dann im Wald tief durchzuatmen.
Tannenduft! Wenn es sich meist auch nur um Fichten handelte, doch die verbreiteten schließlich auch ihre „Fichtennadelfrische“. Und er sog sie ein, diese Frische.
„Da, atme mal tief durch! Ist das nicht herrlich? Das tut doch unheimlich gut!“
Na ja, wenn er es sagte, musste es wohl stimmen. Vielleicht war ich noch zu jung, um diese Offenbarung der Natur nachempfinden zu können. Oder ich war daran gewöhnt, verbrachten wir doch fast täglich unsere freie Zeit in den nahen

Wäldern und genossen diese „Waldesluft“ wie das tägliche Brot eben.
Jetzt kamen sie auch, die ersten Sonnenstrahlen. Sie brachen durch den sich allmählich lichtenden Morgennebel, durch die noch dichten Laubkronen, bahnten sich ihren Weg zwischen den mitunter recht eng stehenden Stämmen der Buchen, Eichen und Birken hindurch.
„Na, was sagst Du nun? Ist das nicht ein erhebendes Gefühl? Und, sei doch mal ehrlich: Allein würde es nur halb so schön sein!“
Recht hatte er. Allein wäre ich auch nie auf den Gedanken gekommen. Aber jetzt, einmal so richtig munter, machte es wirklich Spaß, sich in Gottes freier Natur – noch dazu in diesen frühen Morgenstunden – zu tummeln.
Ich sah, wie sich Vater freute, er blühte regelrecht auf. Wollte er diese Freude, die er empfand, mit jemandem teilen? Suchte er deshalb einen Verbündeten? Meist aber war es allein „seine Freude“, eine Freude, die er anderen schwerlich vermitteln konnte. Er verstand nicht, dass seine einseitige, eigensinnige und mitunter auch selbstsüchtige Auffassung „von den Dingen des Lebens“ andere nicht teilten, weil sie ihnen zuwider lief. Ob er wiederum das nicht sah, nicht sehen, nicht verstehen wollte? Einem fortwährenden Unverständnis, einem gegenseitigen Unverstandensein, war damit Tür und Tor geöffnet. Dabei blieb es. Warum?
Ergründen konnte ich es damals nicht. Heute glaube ich zu wissen: Mein Vater war – weshalb auch immer – in gewisser Weise schwach, entscheidungsschwach, unschlüssig, auch sprunghaft.
Er versuchte, seine Schwäche hinter Schroffheit zu verbergen. Mitgefühl, sich einfühlen in die Vorstellungen des anderen, sie womöglich zu teilen, das kannte und konnte er nicht, wollte es wohl auch nicht. Wenigstens schien es so. Umso überraschender sein Hang zur Sentimentalität, die ihn beim Erklingen des „Wolgalieds“ stets in Tränen ausbrechen ließ.

Suchte er Halt in der Gemeinschaft, in „der Meute", fand er dort die sonst fehlende Unterstützung, eine Legitimation für sein oftmals sonderbares Handeln? Offenbar. Und er war wohl auch überzeugt, sie in der aufkommenden „Bewegung", in der Partei zu finden, in die er recht früh eintrat. Sein Schwärmen von der dortigen Kameradschaft, von den Kameradschaftsabenden, zu denen nicht allzu häufig auch die Ehefrauen eingeladen waren, klang mir lange Zeit noch in den Ohren. Unsere Mutter war zurückhaltender. Den Eindruck, sich dort wohlzufühlen, vermittelte sie nicht. Ihr war alles zu grob und zu laut. Und deshalb suchte und fand sie auch immer wieder Gründe und Ausflüchte, nicht erneut an „diesen Abenden" teilnehmen zu müssen.

„Hier, schau mal, komm mal rüber. Ein richtiges Nest!"
Ich kroch durchs Dickicht der halbhohen Fichten, streifte an den tief herunterreichenden Ästen vorbei. Die Nadeln fielen mir in den Nacken und breiteten sich zwischen Hemd und Rücken aus, nur aufgehalten durch den Hosenbund. Da half kein Schütteln. Sie stachen.
Durch den Waldboden wölbten sich die Köpfe der „Husen", der Waldchampignons, große, schon recht „stramme Kerle" und auch kleinere, die durchaus noch ein – zwei Tage Reifezeit verdient hätten.
Alle wurden – ob klein ob groß – tief unten an ihrem Stiel abgeschnitten. Nachkommende „Schwammesucher" hätten sie sowieso gefunden und schonungslos „abgeerntet"
Wir aber waren die ersten und genossen diesen Vorteil in vollen Zügen. Unsere Körbe füllten sich immer mehr: Nicht nur die „Husen", nein, Steinpilze, auch Maronen - sogenannte „Butterpilze" - und vor allem „Birkenpilze", so hießen bei uns die Rotkappen wegen ihres birkenähnlich schwarz-weißgesprenkelten Stiels, manche essbare Täublinge und Kremplinge, alles wurde fleißig eingesammelt, bis es hieß: Nichts geht mehr. Die Körbe waren voll bis zum Rand, besondere

Prachtexemplare obenauf. Alles kerngesunde Pilze, kein Schneckenfraß, keine Raupen oder sonstige Schädlinge.
Wir traten den Heimweg an.
Ich kannte das Bild zur Genüge, hatte es immer vor Augen.
So war es auch diesmal:
Mutter empfing uns an der Haustür und schlug die Hände über dem Kopf zusammen.
„Ach du lieber Gott, wieder diese Schwammeflut! Wohin nur damit. Wer soll das alles schaffen?"
„Wenn du sie nicht willst, dann verschenk sie doch, andere freuen sich darüber!"
Nur du natürlich nicht! Das sagte er nicht, das dachte Vater nur und war sichtlich beleidigt. Die Enttäuschung, dass sich Mutter augenscheinlich nicht gerade enthusiastisch freute, seine Leidenschaft nicht mit ihm teilte, war ihm noch längere Zeit anzumerken.
Emsiges, fein säuberliches und damit auch zeitaufwendiges Putzen begann. Meine Schwestern, wenn sie denn zu Hause waren, halfen tatkräftig mit. Von gehobener, fröhlicher Stimmung konnte allerdings keine Rede sein.
Doch dann, am Abend, hellten sich die Mienen auf. Die „Schwamme", meist erst abgekocht, dann in Butter gedünstet oder auch leicht geschmort, mit Pfeffer und Salz gewürzt, gelegentlich zur Verfeinerung oder Abrundung ein Ei daruntergequirlt und Petersilie darübergestreut, dazu Bratkartoffeln – eine Köstlichkeit, die man wahrlich genießen und an der man sich so richtig satt essen konnte. Alle waren wieder versöhnt.
Nur Mutter gab leise zu verstehen: „Aber, bitte, morgen nicht schon wieder!"

Kartoffelkäfer

„Das waren die Amerikaner!"
Wer sonst? Ein Feindbild musste aufgebaut werden, um die Massen zu mobilisieren.
Die Amerikaner, diese „Sauhunde", haben sie aus Flugzeugen abgeworfen oder von Agenten ausstreuen lassen.
„Die Ernte soll vernichtet werden, um uns in Hungersnot zu stürzen!"
Hatten wir Flugzeuge gesehen? Wohl nicht. Möglicherweise waren sie nachts über uns hinweggeflogen. Und Agenten? Wo sollen sie sein? Genaues war nicht zu erfahren.
Die Kartoffelkäfer aber, sie waren plötzlich da. Wer außer dem Klassenfeind im Westen und dessen imperialistischen Auftraggebern konnte sie verbreitet haben?
„Der Westen. Ganz klar. Von dort kommt sowieso alles Schlechte!"
Schließlich wehte der Wind meist aus westlicher Richtung und nicht aus Süd-Ost, von unseren sozialistischen Brüdern in der CSSR. Von dort, vom Kraftwerk Prunerov, kamen zwar die schadstoffhaltigen Abgase, die die Wälder des Erzgebirgskamms allmählich absterben ließen, doch keine Kartoffelkäfer. Der Westwind aber, der brachte Regen, Sturm und so manches Unwetter. Warum nicht auch die Kartoffelkäfer, wenn sie die Amerikaner schon nicht selber ausgebreitet haben sollten?

Das Feindbild war geboren.
Sonderbar – im Nachhinein betrachtet – wir glaubten alles aufs Wort, fragten nicht nach, ob der Kartoffelkäfer nicht doch schon früher, weit vor dem Krieg, vielleicht schon vor dem ersten Weltkrieg, aufgetaucht war. Ob er nicht zu den hinlänglich bekannten Schädlingen gehörte, wie viele seiner Artgenossen auch? Keineswegs so bedrohlich wie beispielsweise Heuschrecken, die – wie in der Bibel zu lesen war – in

der Lage waren, binnen weniger Stunden oder Tage die gesamte Ernte zu vernichten. Immerhin sei er mit seinen gefräßigen Larven imstande, sämtliche Kartoffelfelder vorzeitig „abzuernten", hieß es. Was würde uns bleiben? Nichts als Hunger und nochmals Hunger.

Also „Tod dem Kartoffelkäfer"!
Hinaus auf die Felder, mindestens einmal pro Woche. Wer aber konnte die dafür erforderliche Zeit aufbringen, wo doch der Aufbau der Schwerindustrie mit aller Kraft vorangetrieben werden musste? Nur wir, wir Schüler selbstverständlich.
Eingehende Unterrichtung ging voraus: Auf Schautafeln (woher sie wohl stammten?) sahen wir die Schädlinge, gelb - schwarz gestreift, nicht zu groß, ihre Larven äußerst gefräßig, nicht nur auf den Blättern sondern auch an deren Unterseite zu finden.
„Alle Blätter müssen gewendet werden, um nichts zu übersehen!"

Von „ganz oben", das heißt von der Kreisschulbehörde, zentral sozusagen, erging die Anordnung:
„Einmal pro Woche an Vor- oder Nachmittagen – je nach Stundenplan – Einsatz zum Absammeln der Schädlinge. Trockenes Wetter bevorzugen. Durch Regen werden Schädlinge von den Blättern gespült, sind auf dem Ackerboden nur schwerlich zu erkennen und daher kaum auffindbar."

„Wenn morgen früh die Sonne scheint, gehts los. Denkt daran. Geeignetes Schuhwerk!"
Was hieß „geeignetes Schuhwerk"? Wir trugen, was noch einigermaßen als solches bezeichnet werden konnte, ob von unseren älteren Geschwistern oder sonst woher.
Dennoch – mit einem Lied auf den Lippen marschierten wir am nächsten Morgen los:

„Wem Gott will rechte Gunst erweisen, den schickt er aufs Kartoffelfeld…“
Dort angekommen, schwärmten wir aus, allen voran unser Lehrer. Mit Tüten, Schachteln oder kleineren Dosen bewaffnet durchkämmten wir die Furchen.
Wir fanden manches andere, nur keine Kartoffelkäfer.
„Das ist doch alles eine Riesenkacke. Guck dir mal meine Schuhe an. Ein einziger Erdklumpen!“
Entmutigt vom Misserfolg schlich sich Nachlässigkeit ein. Plötzlich die helle Stimme von Gerhard:
„Hier, hier ist einer.“ Kurz darauf lautes Triumphgeschrei: „Ich ha-a-a-b ihn!“
Weitere Siegesmeldungen – vereinzelt zwar – schlossen sich an, ohne verfolgen zu können, von wem sie kamen. Krochen wir doch gebückt die Furchen entlang, vom „Kartoffelkräuterich“ fast vollends verdeckt.
„Ich hab auch einen!“ Und schon wurde wieder ein zappelndes Etwas zwischen den Fingern fest- und hochgehalten.
„Die sind aber klein! Scheinen jüngere zu sein.“
„Dass sie nur gut einen Zentimeter groß werden, hab ich euch doch gesagt. Schon wieder vergessen? Sind schließlich keine Maikäfer!“ erklärte unser Lehrer.
Schwupp, hinein in die Tüte. Einige Larven kamen hinzu. Insgesamt aber war die Ausbeute recht spärlich, um nicht zu sagen kläglich, obwohl wir das gesamte Feld regelrecht durchgekämmt hatten. Trotzdem. Ein paar Siegestrophäen konnten wir an unsere Fahnen heften.
„So, Schluss jetzt.“ Unser Lehrer schaute auf seine Armbanduhr. „Gleich ist Mittag. Hier …“ er hielt seine Tüte hoch, „… alles hierhinein! Und dann verbrennen!“
„Oach, dürfen wir die nicht mit in die Schule nehmen und dort untersuchen?“
„Das geht nicht. Müssen hier verbrannt werden! Sucht einen geeigneten Platz aus!“
Lange dauerte es nicht, und wir hatten ihn gefunden.

„Hier, das passt. Da kann nichts passieren."
Von einem rasch aufgetürmten steinernen Wall umgeben richteten wir eine kleine Feuerstelle her.
Zu unterst trockenes Reisig, die Tüte mit den Käfern und Larven obenauf.
Unser Lehrer klopfte prüfend seine Hosen- und Jackentaschen ab.
„Ach, jetzt hab ich nicht an Streichhölzer gedacht. Glatt vergessen."
Er war Nichtraucher.
„Hat einer von euch Streichhölzer oder ein Feuerzeug?"
Wir schauten einander fragend an. Da, Rudi natürlich, wer sonst, kramte in seiner Hosentasche und zog eine Schachtel hervor. „Hier, ich hab welche." Er wurde augenblicklich zum Held des Tages erhoben und durfte zur Belohnung das Reisig entzünden.
Weiß-grauer Rauch stieg auf, dann lodernde Flammen. Die Tüte brannte. Knistern war zu vernehmen, vereinzelt auch Knacken zu hören. Es roch. Gar nicht unangenehm. Ein wenig verschmort, so wie beim Hufschmied, wenn er den Pferden die noch glühenden Eisen anpasste.
„Das kommt vom Panzer. Käfer haben ein Skelett und einen Panzer aus Chitin, hornähnlich."
Aha, deshalb der Geruch wie von verschmorten Pferdehufen.
Mit einem Mal roch es würziger. Anders war es nicht zu bezeichnen. Irgendwie nach gebratenem Fleisch. „Ich glaub, jetzt brutzeln die Larven." Eberhard sog genüsslich den Duft ein.
„Riecht nach Bratwurst!"
„Quatsch, Bratwurst. Mehr nach Kotelett riechts, nach Knochen." warf Arthur belehrend ein. Eberhard konterte: „Käfer haben doch gar keine Knochen!"
„Aber so gut wie. Hast wohl nicht zugehört?"
Wir traten den Heimweg, den Weg zurück in unsere Schule an.

Bis zur Kartoffelernte im Herbst, die dank des Absammelns der „imperialistischen Schädlinge“ gesichert werden konnte, hörte man uns Woche um Woche singen:
„Wem Gott will rechte Gunst erweisen, den schickt er ins Kartoffelfeld…“
Jahrzehnte waren vergangen. Rein zufällig stieß ich im Lexikon darauf: „…Kartoffelkäfer, Colorado-Käfer, aus Nordamerika stammend, 1874 nach Europa eingeschleppter Blattkäfer, Kulturpflanzen-Schädling, die Larven fressen vorrangig in Kartoffelplantagen…“
Stand damals unseren Lehrern kein Lexikon zur Verfügung, worin sie sich hätten informieren können, fragte ich mich. Wussten sie wirklich nichts, oder durften sie nichts wissen? Hatte die allgewaltige Partei die Hand im Spiel? War ihr der Hinweis auf Nordamerika nicht äußerst willkommen?
Nordamerika – gleich USA, also doch die imperialistischen Kriegstreiber. Was machten da schon die paar Jahre seit 1874 aus, als die Plage in Europa laut Lexikon ihren Anfang nahm. Wenn die Partei das für nebensächlich hielt, dann war es auch so. Lexikon hin oder her. Die Partei wusste es schließlich besser. Wie immer.

8. Februar 1947

Am 8. Februar 1947 brauchte der Tag etwas länger, um sich durch die Morgendämmerung zu kämpfen. Wolkenverhangen, grau in grau, war der Himmel, und der nicht mehr frische, schon reichlich verschmutzte und vermatschte Schnee auf Wegen und Straßen hob sich davon kaum ab. Mit einem gebrochenen Weiß konnten nur noch die Gärten und Wiesen aufwarten, aber auch nur dort, wo der Schnee unberührt geblieben war.
Bemerkt hatten wir sie nicht. Erst als das Gartentor geöffnet wurde, nahmen wir sie wahr. Sie näherten sich der Haustür.

Waren sie zu fünft oder zu sechst? Zwei davon trugen Uniform, die anderen Zivil, Jacken und Mäntel, ebenfalls grau in grau.
Hatte sie unser Vater gesehen? Unten, durch die Fenster der Werkräume?
Er stand plötzlich in der Haustür und sah sie fragend an. Einer von ihnen zog ein Papier aus der Manteltasche und hielt es ihm entgegen.
„Hausdurchsuchung!"
„Hausdurchsuchung? Weshalb?"
„Das wirst du schon sehen!"
Man kannte sich im Ort. Die meisten duzten sich, das war so üblich.
Als Mitglied der NSDAP und des Gemeinderats lastete zudem die Vergangenheit auf ihm. Welchen Posten er in der Partei innehatte? Ich wusste es nie so genau. Er trug jedenfalls „braun", Hemd, Uniformrock und -hose, Mantel und Mütze. Alles wies schon auf eine gehobenere Funktion hin.
Den Hausdurchsuchern war er von seiner Tätigkeit in Partei und Gemeinderat her hinlänglich bekannt. Mit Ausnahme der zwei Polizisten gehörten sie der ehemals verbotenen KPD an, wurden im Ort nur als Kommunisten – und das mit einem recht abfälligen Unterton – betitelt.
Noch 1941 war unser Vater im Alter von immerhin schon vierzig Jahren einberufen worden. Als Erzgebirger schnee- und skierfahren von Kindheit an, wurde er mit seiner Einheit in Südfrankreich am Fuße der Pyrenäen eingesetzt.
Der rasche Vorstoß der Alliierten nach ihrer Invasion an der französischen Mittelmeerküste im Sommer 1944 trieb seine Einheit immer tiefer in die Pyrenäen hinein. Um nicht in die Zange genommen und eingekesselt zu werden, blieb nur ein Weg offen:
Der Weg über die Berge ins deutschfreundliche Franco-Spanien. Dort fanden sie sich in einem Internierungslager wieder, in Lerida, nahe der Stadt Burgos del Ebro.

Als er im Mai 1946 mit Baskenmütze und Oberlippenbart und trotz strapaziöser, langwieriger Reise noch immer braungebrannt zurückkehrte, schwärmte er von Spanien, war von der dortigen Lebensart begeistert, tanzte uns „Sardanas“ vor und überraschte uns mit den Worten:
„Wir ziehen von hier weg, wandern aus nach Spanien!“

Auf Posten – Vater mit Schäferhund in Südfrankreich

Kontakte hätte er schon geknüpft. Handwerker seien dort sehr gefragt, noch dazu solche mit Erfahrung als Kaufmann und im Führen eines kleineren Unternehmens. In der Übersiedelung nach Spanien sah er für uns alle die einzigartige Chance, eine krisensichere und ausbaufähige Existenz zu schaffen. Wir Kinder waren begeistert.
„O ja. Großartig! Toll! Spanien! O lé!“ Wir sahen uns schon bei immerwährendem, herrlichen Sonnenschein unter Palmen liegen und Apfelsinen essen. Mehr wussten wir natürlich nicht.
Mutter aber lehnte ab. Nicht unbedingt aus Angst vor einer ungewissen Zukunft, nein, ihr bisheriges Leben hatte nach Ruhe und Beständigkeit verlangt. Und die hatte sie hier gefunden. Ihr Vater war im 1. Weltkrieg gefallen, die Mutter kurz darauf gestorben. Fünf Kinder, ein Junge und vier Mädchen, wurden als Vollwaisen bei nahen und fernen Verwandten untergebracht, unter ihnen aufgeteilt. Sie kam nach Beierfeld zu

Großtante und Großonkel, die einen Kolonialwarenladen besaßen, gewann glücklicherweise in deren Tochter, ihrer Großcousine, eine Freundin „fürs Leben“. Nach ihrer Entlassung aus der Volks- und einer weiterführenden Kaufmännischen Schule ging sie „in Stellung“ – so hieß das damals – um, wieder entfernt von der neu gewonnenen Heimat, bei einer gutbürgerlichen, begüterten Fabrikantenfamilie die Haushaltsführung mit allem Drum und Dran zu erlernen.
Von dort zurückgekehrt, half sie im Geschäft aus und verkaufte Kolonialwaren.

Mutter in jungen Jahren mit ihrer Großcousine Marthel

Mit 24 Jahren heiratete sie unseren um zwei Jahre älteren Vater. Sesshaft war sie geworden, hatte nunmehr endgültig Fuß fassen können, besaß schließlich eine Familie. Deshalb bäumte sich ihre mittlerweile ausgeprägte Bodenständigkeit gegen das Ansinnen, alles hier Erworbene aufzugeben und in Spanien neu beginnen zu müssen, mit Macht auf.
„Nicht mit mir. Ich geh von hier nicht fort. Wir bleiben hier, hier in Beierfeld! Mag kommen, was will!“
Brach der „Widder“ aus ihr heraus, in dessen Sternzeichen sie hineingeboren war? Diese Entschlossenheit kannten wir bei ihr sonst nicht. Stets mehr als duldsam den „unteren Weg“ gehend, fast schon unterwürfig, auf Ausgleich bedacht, zeigte sie plötzlich ihre Hörner.

Die Delegation der provisorischen Gemeindeverwaltung hatte mit der Durchsuchung begonnen, nichts blieb ausgespart. Privat-, Geschäfts- und Werkräume wurden durchkämmt, Schränke und Schubladen durchwühlt, Regale geleert, sämtliche fertiggestellten Waren beschlagnahmt, noch nicht verarbeitetes Material, Rollen von Aluminium- und anderen Blechen, gleichfalls konfisziert.
Vater hatte eine vor Monaten erlassene Verfügung, wonach sämtliche Buntmetallbestände, also Kupfer- und Messingbleche, erfasst und abgeliefert werden sollten, nicht befolgt. Derart wertvolle Materialien wollte er nicht so „mir nichts dir nichts“ opfern.
„Wer weiß, was sich eines Tages damit erreichen lässt.“ dachte er laut. Also hatte er sie versteckt, versteckt in einem der Schuppen, der unter seinem Bretterboden eine Erdaushebung aufwies. Der kaum sichtbare Zugang war mit Gartengeräten, kleineren Kisten und unseren klapprigen Fahrrädern verdeckt. Es kam jedoch, wie es kommen musste: Ausgerechnet beide Schuppen durchstöberten die „Genossen“ peinlichst. Ob sie einen Hinweis erhalten hatten? Oder war es ihr Spürsinn, getrieben von dem Bestreben, unbedingt einen Vor-

wand zu finden, den wenigen Privatunternehmen, die von der Enteignungswelle noch nicht erfasst worden waren, den Garaus zu machen? Jedenfalls steuerten sie zielsicher auf das Versteck zu. Es war mehr als Entdeckerfreude, es war Schadenfreude, die sie auch offen zur Schau trugen:
„Sieh mal einer an, was hier alles versteckt worden ist. War wohl fürn Schwarzmarkt gedacht? Weißt du, dass das Sabotage ist?"
Nebenan im kleineren Schuppen lagerten wir Holz. Als Brennmaterial in Scheite gespalten, hatten wir es dort locker aufgetürmt. Ich weiß nicht, ob wir mit einer Hausdurchsuchung gerechnet hatten. Wohl nicht. Es lag mehr an dem schon Monate zuvor ergangenen Erlass, der uns Kinder bewegte:
„Sämtliche Bücher und Bilder aus der Zeit des Dritten Reiches sind unverzüglich zur Vernichtung abzuliefern!" Spezielle Sammelstellen waren eingerichtet worden.
Auch unsere „Zigarettenbilderalben"? Das konnte doch, das durfte einfach nicht sein. Fleißig und begierig auf jedes neue hatten wir über Jahre hinweg die Bilder gesammelt und sorgfältig in die Alben eingeklebt: „Deutschland erwache!" und „Adolf Hitler".
Auch Heiner, der ältere meiner beiden Cousins, die zusammen mit ihren Eltern im Obergeschoß unseres Hauses wohnten, wollte sie unbedingt behalten. Wir suchten Verstecke.
„Ich mach das hier!" Ich wählte den kleineren Schuppen aus und schob beide Alben ganz tief in den Holzstapel hinein.
„Nee, das ist mir zu leicht!" Nun gut, Heiner war ein Jahr älter als ich und meinte, dass seine „Schätze" im Heuhaufen des Kaninchenstalls besser aufgehoben seien.
„Du wirst sehen, da findet sie keiner!"
Er irrte. Einer von den „Häschern" ertastete sie beim Durchwühlen des Heuhaufens und zog sie heraus.
„Ja, was haben wir denn da? Das gibt es doch nicht. Seht mal. Kommt mal alle her!" Sie kamen.

Nur Heiner war nicht dabei. Wie üblich machte er sich beim benachbarten Bauern nützlich, half dort, wo Not am Mann war. Wollte er doch auch einmal Landwirt werden.
Ich aber war da, war greifbar.
„Warum hast du die versteckt und nicht abgegeben? Was willst du damit?“ fuhr mich der „Häscher“ an. Die roteingebundenen Alben hielt er in seinen Händen, streckte sie mir entgegen, als wollte er sie mir um die Ohren schlagen.
Ja, was wollte ich damit. Was sollte ich antworten? Sollte ich sagen:
„Die gehören mir doch gar nicht!“
Sie hätten mir nicht geglaubt. Also, blieb ich standhaft und antwortete trotzig:
„Die tun doch niemanden was!“
O je, was hatte ich da gesagt. Mein Vater wurde blass, kam auf mich zu und „Schwupp“ – hatte ich mir eine Ohrfeige gefangen.
Die Gesichter der anderen nahmen vor Zorn und Entrüstung rot-bläuliche Färbung an. Sie schüttelten ihre Köpfe.
„Das ist doch die Höhe! Dieser Rotzjunge! Da kann man mal sehen. Das steckt immer noch drin, dieses Gift!“
Ob es dieser Zwischenfall, der Fund dieses „Giftes“ gewesen war, was allem die Krone aufsetzte, oder ob die anderen Verfehlungen ausreichendes Belastungsmaterial ergeben hatten, Vater wurde jedenfalls in barschem Ton aufgefordert:
„Zieh dir etwas über. Du kommst mit!“
Sie führten ihn zur Polizeiwache ins Gemeindeamt.

„Wie konntest du auch nur!“ schimpfte meine Mutter.
„Ja, was hätte ich denn sagen sollen? Dass sie Heiner gehören? Die hätten mir doch sowieso nicht geglaubt. Wenn Heiner …, ja dann …“ Ich druckste herum.
Spät am Abend kehrte Vater zurück. Aschfahl im Gesicht, ein gebrochener Mann. Nein, körperliche Gewalt hatte man ihm nicht angetan. Er war psychisch zermartert worden.

Unser Betrieb wurde stillgelegt. Sein und unser aller Brot musste er fortan im Uranbergbau der Sowjetischen Aktiengesellschaft, der SAG WISMUT, verdienen.
Mühsam und leise kam über seine Lippen, wobei er in die Ferne schaute:
„Wären wir ausgewandert, nach Spanien, hätten wir das alles nicht ertragen müssen!“
Mutter schwieg betroffen. Was sollte sie dazu auch sagen?

Unser Schulhof - ein „Mitschurin-Garten“

Vor unserer Schule breitete sich der von hohen Bäumen gesäumte großflächige Schulhof aus. Zweiteilig war er. Der obere Teil wies zwar keine asphaltierte Decke auf, der reichlich sandige, mit kleineren Steinen durchsetzte Boden aber war einigermaßen eben und glatt. Generationen von Schülern hatten ihn festgetrampelt. Sommertags durften wir in der großen Pause nach draußen, die Beine vertreten, uns auslaufen, konnten „Fangen“ oder irgend etwas anderes Lustiges spielen, im Winter tobten an allen Ecken und Enden Schneeballschlachten. „Völkerball“ war das beliebte Spiel während des Sportunterrichts. Mit einem Medizinball, nicht zu groß und nicht zu schwer, schossen wir uns gegenseitig ab. Wer als letzter übrig blieb hatte gewonnen.
Erst zwei oder zweieinhalb Jahre waren vergangen, als auf ihm noch exerziert wurde: Das Fähnlein des Jungvolks übte dort „Stillgestanden!“, „Rührt euch!“, „Ganze Abteilung kehrt!“ oder „Richt euch!“. Das war vorüber. Die neue Jugendorganisation, die eigentlich eine Kinderorganisation war, die „Jungen Pioniere“, wartete noch auf ihre Gründung.
Zum unteren Teil des Schulhofes führte eine kleine, durch seitliches Geländer gesicherte Treppe. Bis auf eine schmale Anlaufbahn, die zu der in der Ecke befindlichen Sprunggrube wies, war er mit spärlichem Rasen bedeckt. Die sandgefüllte

Sprunggrube diente nicht nur den Hoch- und Weitsprungübungen im Rahmen des Sportunterrichts, sondern auch der noch jungen „Sparte Leichtathletik" unserer örtlichen Sportgemeinschaft.
Nicht allzu hohe Bäume und einige wenige Sträucher schirmten den unteren Teil nach beiden Seiten ab. Dort verliefen jeweils Straßen, die „Untere" und „Obere Schulstraße". Ostwärts schauten wir auf die Rückfront des Gemeindehauses.
Der Blick von dort in Richtung Schule entbehrte nicht einer gewissen Romantik. Als Schüler empfanden wir das nicht.

Unsere Schule – die Volksschule in Beierfeld

Erst später, viele Jahre nach der Schulzeit, genossen und schätzten wir immer wieder aufs Neue diesen Anblick: Unsere Schule! 1912 hatten Lehrer und Schüler in ihr Einzug gehalten. Seitdem war sie weitgehend unverändert geblieben: Die Stufen, die vom Hof aus zur säulengerahmten Eingangstür führten, die großen Fenster, die durch ihre Sprossen kleiner und „wohnlicher" erschienen, und hinter denen sich nicht nur unsere Klassenzimmer sondern auch der größere Musikraum mit dem Flügel und das Physikzimmer mit seinen speziellen Einrichtungen an Katheder und Bänken verbargen, die Dachgauben und schließlich oben in der Mitte des Dachfirsts der kleine, ebenfalls schiefergedeckte Turm mit der großen, weit sichtbaren Schuluhr an seiner Vorder- und Hinterfront – das alles atmete Geborgenheit. Und – wir fühlten uns auch geborgen in dieser, unserer Schule, vergaßen die wenigen uns strafenden Disziplinarmaßnahmen rasch. War ich erkrankt, fühlte ich mich in zweierlei Hinsicht bestraft, einmal durch die Krankheit selbst und zum anderen, dass ich „meine Schule" nicht besuchen konnte.

„Von der Sowjetunion lernen heißt siegen lernen!" So die Parole der „Neuen Zeit", auf zahllosen Transparenten unübersehbar.
War der Beweis dafür schon einmal erbracht worden? Was wussten wir überhaupt von der großen, gewaltigen SU? Dass in den neuen Lehrbüchern, ob in Physik, Chemie und erst recht in Biologie manche Erfindungen nunmehr russischer und nicht mehr der uns geläufigen Herkunft waren, versetzte nicht nur uns sondern in erster Linie unsere Eltern in Erstaunen, wenn sie einen Blick in die Bücher warfen. Was Wissenschaftlern, ob Physikern, Chemikern oder Lehrern und Ingenieuren bekannt gewesen sein mag, war der breiten Masse bislang verborgen geblieben. Die „Weite des Zarenreiches", so lasen wir, soll der Verbreitung von Erfindungen und Entdeckungen hinderlich gewesen sein. Westliche Länder mit ihren damals schon besser funktionierenden Kommunikationsmöglichkeiten hätten deshalb unbestreitbare Vorteile genossen. Insofern seien eben nur deren Erfinder zu Weltruhm gelangt. Dass Russland bereits 1856 ein von der Firma Siemens & Halske installiertes Telegrafennetz mit einer Gesamtstrecke von 11 000 Kilometern besaß, während Preußen zum

gleichen Zeitpunkt nur über eine Fernleitung von Berlin nach Frankfurt verfügte, wussten die wenigsten.

Eines schönen Tages waren plötzlich zwei Namen in aller Munde: Mitschurin und sein Schüler Lyssenko.

Als verheißungsvolle „Chefbiologen Stalins" feierten sie größte Züchtungserfolge mit irgendwelchen Getreidesorten, die um ein Mehrfaches höhere Erträge als herkömmliche Saaten erzielten.

Nacheifern hieß es. Alle Schulen mussten sich von heute auf morgen an diesen ominösen Züchtungen beteiligen und im Wettbewerb miteinander messen. Dieser „freiwilligen Verpflichtung" fielen auch weite Anteile unseres schönen Schulhofes zum Opfer.

Mit Spitzhacke, Spaten und Schaufel gruben wir ihn um, schufen „Mitschurin-Gärten", legten darin Beete an, setzten emsig Nutz- oder Zierpflanzen nach den neuesten biologischen Erkenntnissen und Erfahrungen Lyssenkos, etikettierten sie gewissenhaft, warteten gespannt auf wundersame Erfolge, um im Kreisvergleich gegenüber anderen Schulen auftrumpfen zu können.

Ob es am rauen Erzgebirgsklima lag oder ob es sich bei den Verheißungen doch nur – wie sich später herausstellte - um Humbug handelte, die Erfolge blieben jedenfalls aus. Alle hochgezüchteten Pflanzen verkümmerten kläglich. Einer der vielen Träume von der „Überlegenheit des Sozialismus" war nach kurzem Aufblähen wie eine Seifenblase geplatzt. Alle anderen folgten, leider viel zu spät! Unser Schulhof aber blieb auf Jahre hinaus verschandelt. Um aus der Not eine Tugend zu machen, ließen sich die Mitschurin geopferten Areale eine Zeit lang als normaler Schulgarten mit heimischer Bepflanzung nutzen, bis schließlich der ursprüngliche Zustand dank zahlloser „freiwillig geleisteter Aufbaustunden" wieder hergestellt werden konnte.

Schwärmerei oder „frühe Weichenstellung“?

Sie zogen mich in ihren Bann, immer wieder aufs Neue. Filme, die im nahen Lichtspieltheater gezeigt wurden. Wöchentlich wechselten sie, hielten sich aber auch länger auf dem Spielplan.
2. Woche! oder gar 3. Woche! stand auf dem breiten Streifen zu lesen, der schräg über das Filmplakat geklebt war. Zuspruch und Andrang waren groß.
Dreißig, auf den hinteren Plätzen fünfzig Pfennig – mehr kostete der Eintritt zur Kindervorstellung am Samstagnachmittag nicht.
Und dann konnte ich sie sehen: den Schulmeister, den Dorfschulze, den Pfarrer, den Apotheker und – den Landarzt!
Am Stammtisch saßen sie, im Gehrock. Die holzgetäfelte „Gaststube“, von Öl-Lampen und Kerzen in schummeriges Licht getaucht, verbreitete Gemütlichkeit und Geborgenheit. Von den Zigarren und aus ihren Pfeifen stiegen Rauchschwaden an die niedrige Holzdecke. Durch die Butzenscheiben drang schon lange kein Licht mehr. In dieser winterlichen Zeit hatte sich frühzeitig Dunkelheit über die verschneite Landschaft gelegt.
Draußen, an die Deichsel des Pferdeschlittens geschirrt, stand geduldig der „Braune“ des Landarztes, den Futtersack mit Hafer umgebunden. Auf Abruf! Es dauerte nicht allzu lange, bis sich aus dem Dunkel der Bäume eine Gestalt löste und auf das Gasthaus zu eilte.
„Herr Doktor, bei der Grete vom Schreiner scheint es soweit zu sein. Die Hebamme ist schon da. Kommen Sie schnell!“
„Meine Herren, die Pflicht ruft. Kann dauern. Für Grete ist es das Erste. Bis morgen dann!“
Liebevoll strich der Landarzt über die Stirn seines „Braunen“, befreite ihn vom Futtersack, tätschelte aufmunternd den Nacken und setzte sich in den Schlitten. Er ergriff die Zügel und schnalzte mit der Zunge.

„Hü! Hannes! Auf gehts, die Grete braucht uns!“
Pferd und Schlitten verloren sich im Dunkel der hereinbrechenden Nacht.
Ich träumte davon, sah mich in der Rolle des Landarztes. Ob es der Beruf war, zu dem ich mich hingezogen fühlte? Schwer zu sagen. Es war wohl mehr die Atmosphäre, an der ich mich berauschte: mit dem Pferdeschlitten durch die verschneite Landschaft, im Sommer mit der Kutsche, einem Landauer, immer „auf dem Sprung“.
Das „Landarztidyll“ war es aber nicht allein, was mich faszinierte.
„Ach, sei so nett und hol mir doch bitte mal die große runde Weihnachtsdecke aus dem Schrank im Schlafzimmer, aus dem Glasschrank. Sie müsste im oberen Fach auf dem rechten Stapel liegen.“
Da lag sie nicht. Mittendrin im Stapel entdeckte ich sie. Als ich die oberen Decken wegnahm, stieß ich auf ein großes, dickes Buch in schwarzem Einband. Neugierig zog ich es aus seinem Versteck hervor: „Das große Arztbuch“. Die geschwungenen und verzierten Buchstaben waren goldgeprägt.
Viel Zeit blieb mir nicht, dennoch schlug ich es auf. Verstohlen riskierte ich nicht nur ein Auge. Was hatte ich da entdeckt? Abbildungen eines n a c k t e n Mannes und einer n a c k t e n Frau auf Hochglanzpapier! Als ich mit den Fingern über die etwas erhabenen und verdickten Stellen strich, stellte ich zu meiner Überraschung fest, dass beide „aufklappbar“ waren: In einzelnen Schichten offenbarten sich die inneren Organe.
Mehr verwirrt als verblüfft stellte ich das Buch vorsichtig zurück, nahm die Weihnachtsdecke und brachte sie meiner Mutter.
Ob sie mir ansah, welchen Schatz ich soeben entdeckt hatte?
War es nur Neugier oder „Forscherdrang und Entdeckerlust“?
Jedenfalls fasste ich insgeheim den Entschluss, intensiver nachzuforschen, sobald sich eine günstige Gelegenheit bot.

Diese Gelegenheit bot sich wenige Wochen später, ohne dass ich nachhelfen musste.
„Der Mensch“ – so hieß das Thema des Biologieunterrichts. Gab es darüber Lehrbücher, noch dazu Bücher mit farbigen Abbildungen oder ganzseitigen Farbtafeln? Nein, in der Nachkriegszeit blieben die knappen Papiervorräte wichtigeren Druckerzeugnissen vorbehalten.
Ich erinnerte mich natürlich, wollte aber nicht eingestehen, dass ich nicht nur gestöbert sondern auch ausgiebig Einblick in die mit bislang unbekannte Welt genommen hatte.
„Wenn es doch Bücher gäbe. Dann hätte ich wenigstens eine Vorlage.“
Ich jammerte, machte mich missmutig an meine Hausaufgaben. Unser Lehrer hatte zwar in gewohnt künstlerischer Art einiges über das „Innere des Menschen“ an die Wandtafel gezaubert und uns selbstgefertigte Skizzen mitgegeben. Wir sollten sie in unsere Hefte übertragen. Ich fand sie aber zu schematisch und vor allem zu klein, nicht übersichtlich genug.
Mutter verließ das Zimmer. Hatte ich sie mit meinem Jammern genervt? Es dauerte.
Mit einem großen Buch, d e m „großen schwarzen Buch“ kehrte sie zurück, legte es mir mit Bedacht vor die Nase. Dass sie dabei befangen war, sah ich ihr an. Sie hatte mit einem Mal diese roten Flecken am Hals. Wir kannten sie. Gewöhnlich traten sie auf, wenn sie sich erregte oder auch ärgerte, wenn sie – recht selten allerdings – wütend war. Diesmal war es wohl mehr Verlegenheit. Ob sie sich fragte: Habe ich jetzt eine Tabuschwelle überschritten?
Dass wir mit zwölf oder dreizehn Jahren nicht mehr einschränkungslos an den Klapperstorch glaubten, dürfte sie geahnt haben. Aber ein weiblicher Körper mit allem „Drum und Dran“? Dazu ein Ungeborenes im Mutterleib – mit dem Kopf nach unten! Die „nackte Realität“ in ihrer Gänze? Einfach so dahingelegt. Sie wird mit sich gerungen haben: Soll

ich oder soll ich nicht? Soll ich meinen Sohn damit konfrontieren? So mir nichts – dir nichts?
„Da, schau mal. Vielleicht kannst du damit etwas anfangen."
So zögerlich, wie sie fragte, so rasch wandte sie ihren Kopf zur Seite und ging einige Schritte vom Tisch weg. Als ob sie sich schämte.
„…damit etwas anfangen...?" Aber natürlich!
Und wie ich konnte. Voller Begeisterung blätterte ich darin und – dann kam mir die Idee.
Nicht so klein wie im Buch abgebildet und so schematisch, wie sie unser Lehrer gezeichnet hatte, sondern viel größer wollte ich alles darstellen, eine richtige Schautafel sollte es werden, so groß, wie es das Material, was mir zur Verfügung stand, zuließ.
Auf Wellpappe aufgeleimt, die als Untergrund diente, um das Ganze zu stabilisieren, bastelte und malte ich einen ganzen Menschen – männlich – vom Hals bis zum Feigenblatt, das die „Scham" züchtig verdeckte, so wie auf der Vorlage.
Brust- und Bauchraum gestaltete ich genauso aufklappbar, wie es das Original im großen schwarzen Buch darbot. Schicht um Schicht ließen sich die einzelnen Organe erst öffnen, dann nach beiden Seiten umschlagen, bis die hintere Brust- und Bauchwand befreit von allem zum Vorschein kam.
In der Schule erregte es Aufsehen. Sicher, Lehrer und Mitschüler wussten von meiner Leidenschaft zu zeichnen und zu malen. Oft genug wurden Bilder, die wir unter Anleitung unseres Lehrers geschaffen hatten, in kleineren „Galerien" auf den Schulfluren zur Schau gestellt. Diesmal aber war es ein anschauliches Objekt. Barg es eine gewisse Aussagekraft in sich? Wies es bereits auf ein bestimmtes Ziel? Ich selber wusste es noch nicht.

Wie unter einer Käseglocke

Bastian hieß er – und so sah er auch aus:
Tiefbraune Augen, kohlschwarzes Haar, nicht immer frisch gewaschen, meist fettig-glänzend und strähnig. Er gehörte zu uns, zu uns Schülern der Klasse „10 A" – „A" stand für „sprachlicher Zweig" – an der Oberschule in Schneeberg. Die 10. Klasse – so benannt nach dem Neuen demokratischen Schulgesetz – entsprach in etwa der Obersekunda herkömmlicher Bezeichnung.
Neben seinem Haar schien es bei Bastian mit dem Bedürfnis nach Reinlichkeit auch sonst nicht zum Besten bestellt.
Herausgeputzt waren wir zwar alle nicht, trugen meist das auf, woraus ältere Geschwister oder Cousin und Cousine herausgewachsen waren. Wir bemühten uns aber, unsere armseligen Klamotten wenigstens sauber zu halten und darin einigermaßen adrett auszusehen.
Nicht so Bastian. Ihn schienen fleckige, auch verschmierte Hosen, Hemden oder Pullover nicht abzuschrecken. Noch weniger seine Socken. Wie viele Tage oder Wochen sie seinen Füßen Wärme geboten hatten, verriet – gelinde ausgedrückt – ihr sehr strenges Aroma. Daran waren seine Schuhe, aus IGELIT in einem Guss gefertigt, nicht ganz schuldlos. In Ermanglung anderen Schuhwerks wurden sie zum Renner der Saison: Ein milchig-weißes gummiartiges Kunststoffprodukt der aufkommenden „Plaste- und Elaste" - Industrie der jungen DDR, hervorgegangen aus den ehemaligen, nunmehr enteigneten IG-Farbenwerken. Sie waren auch – allerdings keinesfalls als Luxusausführung zu betrachten – in einem blass-trüben Gelb-Beige-Ton und sogar als Stiefel erhältlich. Gummiweich, somit auch gummidicht, saßen sie wie angegossen, und so wirkten sie auch: Hautatmung oder auch nur die Spur einer Luftzirkulation ließen sie nicht zu. Trotz aller Weichheit rieben die Halbschuhe mit ihren zu kantigen Rändern hinten an der Ferse. Die Haut wurde regelrecht

weggescheuert, Reizungen und Entzündungen folgten. Sie waren langwierig. Ob Abrieb von Plaste-Partikeln dabei eine Rolle spielte, irgendwelche Giftstoffe die hartnäckigen Entzündungen unterhielten, ließ sich nicht in Erfahrung bringen. Folge war jedenfalls, dass die Betroffenen eine Zeitlang überhaupt keine Schuhe tragen konnten. Sandalen, soweit vorhanden, oder aber Filz-, auch Holzpantoffel, waren der einzige Ausweg.
Bastian hatte damit keine Last. Er war nicht so empfindlich, er war dickfelliger, nicht nur an der Ferse, sondern insgesamt.
Man brauchte in diesen IGELIT-Monstern keine längeren Strecken zurückgelegt zu haben. Es genügte, sie eine kurze Weile zu tragen und schon kam das Empfinden auf, Füße und Socken befänden sich in einem Dampfbad.
Ob Bastian keine anderen Schuhe besaß, oder ob es ihm lästig war, heute diese oder morgen jene zu tragen, kümmerte uns zunächst nicht. Er hatte jedenfalls seine IGELIT-Exemplare zum Favoriten erhoben. Und so schlüpfte er Tag um Tag frühmorgens hinein und zog sie erst spätabends wieder aus.
Eines Vormittags müssen seine Füße ihm in ihrer Not gemeldet haben: „ He, uns ist das hier drinnen zu mulmig geworden. Befrei uns aus diesem Martyrium!“ Bastian erhörte ihren Hilferuf, zumal er offenbar selber merkte, dass seine Füße im „eigenen Saft kochten“.
Die dritte Unterrichtsstunde – Geschichte bei unserem Direx – hatte gerade begonnen, als Bastian in der hinteren Reihe sitzend und daher von uns zunächst unbemerkt dem Befreiungsakt nachkam.
In Sekundenschnelle war unser Klassenzimmer von einem beißenden Gestank nach altem Käse, vermischt mit penetrantem Schweißgeruch, erfüllt. Seine dampfenden IGELIT-Schuhe und seine schweißdurchtränkten Socken hatten unser Klassenzimmer in eine Käseglocke verwandelt.
„Bist du wahnsinnig? Das ist ja furchtbar!“ war das einzige, was wir mit zusammengedrückten Nasenlöchern und ver-

sucht, den Atem anzuhalten, hervorpressen konnten, ehe wir Fenster und Tür aufrissen und fluchartig das Zimmer verließen.

Im Treppenflur rangen wir nach Luft.

„Mein Gott, hier stinkts ja auch schon. Macht doch die Tür zu!“

Genau, der Gestank nach Fäulnis und Verwesung hatte sich in Windeseile im Flur ausgebreitet. Uns blieb nichts anderes übrig, als den Rest der Unterrichtsstunde im Freien, nämlich auf dem zur Hofseite offenen aber überdachten Gang, der Schule und Turnhalle verband, zu verbringen. Glücklicherweise folgte die Große Pause. Als wir danach zurückgekehrt waren, öffneten wir die Tür unseres Klassenzimmers nur einen Spalt, um ganz, ganz vorsichtig zu schnuppern.

„Entwarnung! Die Luft ist rein! Wir können.“

Bastian hatte die Große Pause genutzt, der ihm befohlenen Fußwaschung aufs gründlichste nachzukommen. Nun saß er barfuss auf seinem Platz. Schuhe und Socken musste er draußen auf dem Gang, der auch zu den Außentoiletten führte, gehörig lüften lassen. Wie die Faust aufs Auge passten sie dorthin. Erziehungsmaßnahmen seien vonnöten, ließ unser Direx verlauten, und dabei richtete sich sein strenger Blick auf uns Internatsschüler. Bastian gehörte schließlich dazu.

„Also, erstens, ab sofort wird kontrolliert, und zwar morgens und abends, ob Bastian seine Füße gewaschen hat, wie es sich gehört. Zweitens muss er häufiger seine Socken wechseln. Mit solchen Stinkern wie heute erscheint er hier nicht mehr. Und, drittens, werden wir versuchen, brauchbare Schuhe für ihn aufzutreiben.“

Knappe Befehle waren wir von unserem Direx gewohnt. Den früheren Offizier konnte er schwerlich verbergen. Inzwischen hatte er seine Gesinnung gewechselt, dazu hatte die „Gehirnwäsche“ im „Nationalkomitee freies Deutschland“ während seiner sowjetischen Gefangenschaft beigetragen.

Ein wochenweise wechselnder Prüfdienst musste von uns Internatlern eingerichtet werden, um zu kontrollieren, ob Bastian die ihm auferlegten Säuberungspflichten gewissenhaft erfüllte. Zudem hatten wir ihn angewiesen, nur jeweils als Letzter den Waschraum zu betreten. Wir wollten schließlich während unserer Morgen- und Abendtoilette einigermaßen frische Luft atmen dürfen.
„Nach uns die Sintflut!" In diesem Fall hieß sie Bastian. Er beugte sich dem Mehrheitsbeschluss, wenn auch missmutig und widerwillig. Mit Wasser stand er nun einmal auf Kriegsfuß. Das ließ sich nicht von heute auf morgen ändern. Eine nochmalige Käseglockenatmosphäre blieb uns aber erspart.
Wie einige unserer Klassenkameraden verließ nach Beendigung des 10. Schuljahres auch Bastian mit Mittlerer Reife die „Penne". Seine IGELIT-Schuhe, die ihm nicht nur ans Herz sondern regelrecht an die Füße „gewachsen" waren, nahm er selbstverständlich mit. Fortan war die Luft wieder rein.

Kalt erwischt

Wenige Wochen vor Beginn unseres Abiturs mit seinen schriftlichen und mündlichen Prüfungen standen die Vorzensuren in den einzelnen Fächern weitgehend fest. Nur bei „Wackelkandidaten" sollte die restliche Zeit genutzt werden, Klarheit zu schaffen. Dazu zählte ich mich nicht mehr. Erst vor wenigen Tagen hatte ich meine Vorzensur festigen können.
„Das schenk ich mir. Ich war vergangne Woche dran. Also, Sendepause!"
Ich vertiefte mich somit in alles andere, nur nicht in das, was für den nächsten Tag angesagt war.
In Geographie sollten wir über das Thema: *Die unermesslichen Reichtümer der großen Sowjetunion* referieren.

Klasse 12 A mit Klassenlehrer „John“ Fröhlich im Frühjahr 1953, wenige Monate vor dem Abitur

Mit ihren riesigen Rohstoffvorkommen nicht allein an Eisen, nein, auch an Silber, Gold, Edelsteinen und vor allem Uran, den Kohlegruben im Donez-Becken, den fischreichen Flüssen und Seen, den durch Flutung ganzer Täler geschaffenen Stauseen zur Elektrifizierung der Schwerindustrie, der Transsibirischen Eisenbahn, der in Bau befindlichen „Neuen Magistrale“, den dicht besiedelten Großstädten, nicht zuletzt der berühmten Moskauer Metro – mit all dem sollten wir uns auseinandersetzen, um die Überlegenheit des Sozialismus im allgemeinen und in seiner Vielfalt erfassen zu können.
Völlig gelassen – weil zuversichtlich – saß ich auf meinem Platz, lehnte mich zurück, bereit, dem Vortrag einer Mitschülerin oder eines Mitschülers, die Herr Hähnel, unser Geographie-Lehrer, zu deren oder dessen Festigung der Vorzensur gleich aufrufen würde, zu lauschen.
Vor mir mein Schreibblock, für Notizen vorgesehen.
Länger dauernder Blick ins Klassenbuch, kurzes Überlegen,

daraufhin richteten sich Herrn Hähnels Augen – so schien es – zunächst in die Ferne oder auf die gegenüberliegende Wand, mit einem plötzlichen Kopfwenden aber auf mich.
„Du sitzt so ruhig und gelassen da. Mir scheint, du möchtest uns was erzählen. Dann leg mal los!“
Ich sah in sein Gesicht. Entdeckte ich da nicht den Anflug eines versteckten Grinsens? Aber ja doch. Kein Zweifel. Er wusste, dass er mich „kalt erwischen“ würde. War ihm zugetragen worden, dass ich aus den bekannten Gründen auf Vorbereitungen verzichtet hatte? Hatte er vielleicht sogar mitbekommen, als ich am vorherigen Nachmittag in unserem Aufenthaltsraum mehr laut als leise herumposaunte, dass ich mir das alles schenken wolle? Oder erinnerte er sich an seine Schulzeit, die ja noch nicht allzu lange zurücklag? Welcher Schüler rechnet schon damit, zweimal hintereinander aufgerufen zu werden?
Mich traf der Schlag. Was tun? Fassung war angesagt.
„Musst Souveränität bekunden!“
Das nahm ich mir fest vor, holte tief Luft und schlug meinen Block auf, hielt ihn aber so in meinen Händen, dass die leeren Blätter nicht einzusehen waren.
Dann legte ich los. Ich versuchte es zumindest. Mein anfänglicher Redeschwall, der das Thema durchaus korrekt behandelte, geriet mehr und mehr ins Stocken, weil sich Gedanken und Überlegungen weniger schnell entwickelten, als ich sie aussprechen wollte.
Stieg mir die Röte ins Gesicht? Traten mir Schweißperlen auf die Stirn?
„Zeig mir doch bitte mal dein Konzept!“
Sichtlich verlegen reichte ich ihm den leeren Block. Allgemeines Grinsen machte sich breit.
„Sieh mal einer an. Hoch interessant, geradezu phänomenal!“ meinte Herr Hähnel und blätterte die leeren Seiten eine nach der anderen um.

„Dann komm doch mal vor und zeichne die Umrisse der Sowjetunion mit all dem, was du so flüssig daherplaudern wolltest, an die Tafel. Zeichnen wirst du ja wohl noch können! Oder hast du das auch plötzlich verlernt?“
Ich stieg nach vorn, breitete die dreiteilige Tafel wie ein Triptychon aus, zog sie weiter nach oben, damit sie auch von allen eingesehen werden konnte. Obwohl groß gewachsen, erreichte ich die oberen Regionen nicht. Das war aber unbedingt erforderlich, wollte ich doch die „ganze Größe“ der SU mit meiner Kreide umreißen. Also kletterte ich auf das Katheder und begann in luftiger Höh zu zeichnen.
In weit ausladenden Armbewegungen – Herr Hähnel meinte, ich solle nicht so „herumfuchteln“, ich stünde ja nicht als Dirigent vor dem Schulchor, – malte ich mehrfarbig Städte, Flussverläufe, die Strecke der Transsibirischen Eisenbahn bis Wladiwostok, Gebirgsketten – natürlich den Ural – das Kaspische Meer, den Baikal- und den Aralsee und alles, was „Rang und Namen“ hatte, auf das Triptychon.
Meine Gedanken hatten sich – der mir wider Erwarten auferlegten „Beschäftigungstherapie“ sei Dank – einigermaßen geordnet, so dass ich die notwendigen Erläuterungen, den „Text zum Bild“, anbringen konnte.
„Wenn du statt der Kreide Kerzen in den Händen hieltest, könntest du gut und gerne einen Weihnachtsengel abgeben, so wie du da oben stehst.“ höhnte Herr Hähnel.
Alle lachten.
Hat er nicht mehr zu sagen – dachte ich. Doch.
„Du kannst den Auftritt beenden und von deiner Bühne herunterkommen.“ Sein Kommentar trug erneut zu allgemeiner Belustigung bei.

Ich war gespannt, wie er meine Verlegenheitslösung benoten würde.
„Na ja, im Großen und Ganzen …“ er schob eine Pause ein, fuhr dann fort: „… aber, du wolltest mich blöffen. Mehr als

eine – sagen wir – eine etwas geschönte Drei, also eine Drei-Plus, kann da nicht herausspringen."
Ich war zufrieden.

Fünf Jahre später, fast auf den Tag genau – Anfang März 1958 – hatte ich diese Bilder wieder vor Augen, sah mich auf dem Katheder stehen und die große Sowjetunion mit „allem Drum und Dran" an die Tafel zeichnen. Ja, in ihr kannten wir uns – pflichtgemäß – aus. Wo die Wolga, der Don, wo Dnjepr, Ob, Jennisei und Amur fließen, das vermochten wir „mit geschlossenen Augen" aufzumalen.

Am Ufer vom „Vater Rhein" Anfang März 1958, wenige Wochen nach der „Republikflucht"

Jetzt stand ich aber an Deutschlands Schicksalsstrom, an den Ufern des „Vater Rhein".
Noch vor wenigen Wochen hätte ich mir diesen Augenblick nicht vorstellen, allenfalls davon träumen können. Erst meine Flucht von einem Teil in den anderen unseres Vaterlandes ließ diesen Traum Wirklichkeit werden. Ich hatte „Feindesland", „kapitalistisches Ausland", einen „NATO-Staat" als

das Land meiner Zukunft erwählt. Was wusste ich davon? Nicht allzu viel. Der Lehrplan sah „Wichtigeres“ vor. Wozu also dafür Unterrichtsstunden vergeuden, wenn dorthin zu reisen nicht nur verpönt sondern verboten war, für Schüler und Studenten sowieso.

Gut, Hamburg, Bremen, natürlich auch Lübeck wegen Thomas Mann mit den „Buddenbrooks“, Köln und Kölner Dom, Frankfurt – nicht nur Goethes und der Paulskirche wegen –, München, vielleicht noch Heidelberg mit seiner altehrwürdigen Universität, von diesen Städten hatten wir gehört: Grundschulwissen, erworben, als die DDR noch nicht „existent“ war und der „Große Bruder“ noch nicht die Lehrpläne ausfüllte. Wir hatten auch gelernt:

Iller, Lech, Isar, Inn fließen rechts zur Donau hin – Altmühl, Naab und Regen fließen ihr entgegen.

Die Rheinische Tiefebene, der Rheinfall von Schaffhausen, der Bodensee, der Schwarzwald und die Vogesen, Hunsrück, Taunus, Fichtelgebirge, Bayerischer Wald und – selbstredend – die Alpen mit der Zugspitze, dem höchsten Berg Deutschlands, das war uns ebenfalls beigebracht worden.

Doch dann, an der „weiterführenden Schule“, der Oberschule, beherrschte in der Regel nur noch ein Thema den Geographieunterricht:

Die Sowjetunion!

Nicht unbedingt geologische oder geografische Merkmale standen im Mittelpunkt, nein, alles wurde ideologisch aufbereitet.

Inhalt des Lehrstoffs:

Die „Umgestaltung der Natur durch den Menschen“!

Mit welch immensem Aufwand, auch unter dem „friedlichen Einsatz“ von Atomkraft, wurden Berge gesprengt, um Flussläufe zu begradigen oder gar umzuleiten, um Staudämme zu errichten.

Riesige Wasserkraftwerke sorgten für die Elektrifizierung des Landes. Lautete doch der berühmte Leitspruch Lenins:

Kommunismus – das ist Sowjetmacht plus Elektrifizierung des ganzen Landes!

Dass in wenigen Jahren ganze Landstriche verödeten, Flussläufe und Seen austrockneten, ein Fischsterben ungeheuren Ausmaßes einsetzte – waren die Fische doch ihrer Laichplätze und ihrer natürlichen Nahrungsquellen beraubt – wurde verschwiegen, blieb „Staatsgeheimnis". Das ganze Dilemma dieser gewaltigen Zerstörung einst fruchtbarer Regionen offenbarten erst viel später Reporter mit ihren erschütternden Fernsehberichten. Den verbliebenen Rest an Natur vergiftete die sozialistische Schwerindustrie.

„Im Mittelpunkt steht der Mensch!"

Diesem großspurig dahergesagten Leitbild wollte der Sozialismus verpflichtet sein.
Raubbau an Mensch und Natur ist sein wahres Gesicht gewesen.

Weit ab vom Geschehen

Vorüber war sie, die Abiturfeier am Vormittag des 13. Juni 1953. Sie hätte einen Tag früher stattfinden sollen. Doch Unerwartetes war aufgetreten.
Die letzten mündlichen Prüfungen am 10. Juni hatten wir geschafft. Das musste begossen werden, keine Frage.
Also, auf in den Ratskeller. Bier floss. Ich trank mein erstes Glas überhaupt – mit 18 Jahren! Dafür war nicht allein der Sportclub schuld. An Bier hatte ich bislang einfach keinen Gefallen gefunden. Ob es an dessen Qualität lag, konnte ich nicht beurteilen.
„Na, heute kannst du aber nicht nein sagen!"
Wollte ich auch gar nicht. Ich stieß mit meinen Klassenkame-

raden an. Wir waren zu fünft. Allesamt Internatler! Zwei oder drei Tische entfernt hatten sich einige unserer Lehrer niedergelassen. Sie sahen genau so durstig und erleichtert aus wie wir. Keiner von ihren Schülern war „hängen geblieben“, alle hatten das Ziel erreicht.

Wir riefen den Ober: „Bitte eine Runde für die Herren am Tisch dort!“

Mit ausladender Armbewegung wiesen wir nach drüben, um wenig später unsere Gläser in eben diese Richtung den Lehrern entgegenzuhalten und ein wohlgefälliges „Prost! Und vielen Dank für alles!“ auszusprechen.

Stolzerfüllt, aber dennoch mit einer im Sitzen angedeuteten Verbeugung, quittierten wir das „Gegenprosten“ unserer Lehrer.

Der feucht-fröhliche Abend zog sich hin. Ein Glas folgte dem anderen. Längst hatten die Lehrer den Ratskeller verlassen, wir saßen noch immer.

„So, jetzt reichts. Komm, lass uns gehen!“

Friebus und ich räkelten uns mühsam hoch und wankten zum Ausgang.

„Wir genehmigen uns noch eins oder auch zwei“ rief Peter und blieb mit den anderen beiden sitzen. Trotz hörbar schwerer Zunge war sein Entschluss von einer in dieser bierseligen Stimmung bewundernswerten Souveränität. Er neigte dazu.

Auf irgendeine Weise gelangten wir – unsicher aber unversehrt – zum Rosental, in unser Internat. Lange dauerte es nicht, bis wir in tiefen Schlaf versanken.

Hatten wir etwas hören können? Irgendwelchen Lärm, ein Poltern, Klirren, Bersten? Nein.

Am noch frühen Morgen große Aufregung!

„Die Friedensecke ist zertrümmert!“

Links neben der Eingangstür war im Erdgeschoß die obligatorische Friedensecke errichtet worden: Kleiner fahnenbedeckter Tisch, Blumengebinde, an der Wand darüber das

gerahmte Bild Wilhelm Piecks, des Staatspräsidenten. Das kämpferische „Alle Kraft für den Sieg des Sozialismus", selbstverständlich in großen, weit sichtbaren Buchstaben aufgeklebt, fehlte nicht.
Und jetzt? Alles war demoliert. Fahnentuch und Blumen lagen auf dem Boden, die Buchstaben teilweise von der Wand gerissen, die restlichen hingen schief, der kleine Tisch – er wies nur noch dreieinhalb Beine auf – umgekippt. Und das Bild des Staatspräsidenten? Was war damit geschehen? Ein grober Sprung im Glas zog sich von der einen zur anderen Rahmenhälfte. Gott sei Dank war das Foto unversehrt geblieben.

Nicht allzu lange blieb verborgen, dass Peter und seine beiden ebenfalls trinkfesten Begleiter diese „schändliche Tat" begangen haben mussten. Aus dem „einen oder auch den zweien", die sie sich noch genehmigen wollten, waren wohl doch mehrere geworden.
Das Lehrerkollegium tagte. Was soll geschehen? Den „Übeltätern" das Abitur aberkennen? Schlecht durchführbar, schließlich hatten sie die Noten in den einzelnen Fächern korrekt erlangt.
Die Abiturfeier zur Strafe gänzlich ausfallen zu lassen? Wäre ungerecht gegenüber allen anderen.
„Waren die nicht zu fünft im Ratskeller gewesen?" Aber sicher doch. Unsere Lehrer hatten uns ja längere Zeit gegenüber gesessen. Und wir waren auch noch zu fünft, als sie den Ratskeller verließen. Dass nur drei länger ausgehalten hatten, konnten sie nicht wissen.
Wir beide, Friebus und ich, waren dem Internatsleiter, Herrn Hähnel, aufgefallen, als wir – weit vor dem Zapfenstreich um 22:00 Uhr – die Treppe zu unseren Zimmern hinaufwankten, sichtlich bemüht, keine allzu lauten, verräterischen Geräusche zu verursachen. Und zu diesem Zeitpunkt so erklärte Herr Hähnel – wäre die Friedensecke „in all ihrer Pracht"

noch zu erkennen gewesen.
Er habe die Toilette aufgesucht, und der Lichtschein aus seinem Zimmer sei in Richtung Haustür gefallen. Ergo – wir konnten überhaupt nicht als Mittäter infrage kommen.
„Eine politische Provokation! Und das zum Abitur!"
Unser Direx war entsetzt, ja, er war empört, dass „so etwas" an seiner Schule, noch dazu unter den Internatsschülern, geschehen konnte. Ihnen galt doch sein besonderes Augenmerk. Dem elterlichen Einfluss – zumindest während der gesamten Woche – entzogen, war er bemüht, sie in seinem, dem fortschrittlichen, sozialistischen Sinne zu formen und zu schmieden.
Und nun das.
„Wenn sich das herumspricht! Was für ein Bild wirft das auf u n s?"
Mit u n s meinte er aber sich allein. Sah er doch plötzlich s e i n Werk in Gefahr. Sollte er s e i n e Schule trotz aller Bemühungen wirklich nicht „im Griff" haben?
„Na ja, so schlimm das auch sein mag, zu hoch sollten wir das aber nicht hängen. Die hatten doch nur einen über den Durst getrunken, waren nicht mehr so ganz zurechnungsfähig, haben sich wahrscheinlich überhaupt nichts dabei gedacht. Vielleicht ist einer von ihnen, „angesäuselt" wie sie waren, einfach über die Türschwelle gestolpert und gegen den Tisch geprallt, wollte sich womöglich dort festhalten und hat dabei alles heruntergerissen. Provokatives sehe ich darin nicht. Ist doch nicht das erste Mal, dass so etwas passiert. Gabs früher auch schon. Erinnern wir uns doch an Spoerls „Maulkorb". Was macht man nicht alles, wenn man jung ist und sich noch dazu leicht und unbeschwert fühlt."
Die Meinung der mehr konservativ eingestellten Lehrer setzte sich letztlich durch. Die Vernunft siegte.
„Aber, Strafe muss sein! Die Zensur fürs Betragen wird heruntergesetzt! Um zwei Noten!

Und für eine entsprechende Abänderung der gesellschaftlichen Beurteilung plädiere ich auch!"
Gut, damit können die „Unholde" sicher leben, wurde allseits mit Erleichterung gedacht und gesagt.

Das alles brauchte natürlich Zeit – nochmalige Sitzung des Lehrerkollegiums, Umschreiben der infrage kommenden Zeugnisse, vor allem der gesellschaftlichen Beurteilung. Die für den 12. Juni geplante Abschlussfeier musste somit um einen Tag verschoben werden.

Nun aber hieß es Abschied nehmen: von der Schule, den Lehrern, den Mitschülern und von einigen Schulkameraden, die einem besonders nahe standen, vom Internat und vor allem von Armin, Boy, Erhard, Kalle und Wolfgang, unseren „Friebus". Diesen Spitznamen hatte er aus Kirchberg mitgebracht. Aus unerklärlichen Gründen waren sie in der dortigen Grundschule – ohne bislang an Latein auch nur gerochen zu haben – mit einem Mal auf die Masche gekommen, ihren Namen die Endung „us" anzuhängen. So war aus Friebe eben „Friebus" geworden. Er hört noch heute darauf.

Nicht die „Fünf von der Tankstelle" sondern aus dem Internat – (von links nach rechts: Armin, Erhard, ich, Kalle und Boy) - der Sechste (Friebus) fotografiert

Über vier Jahre hinweg hatten wir nicht nur die gesamte Internatszeit sondern die letzten zwei Jahre davon auch den Schlaf- und den Arbeits- oder auch Wohnraum miteinander geteilt. Freundschaften waren entstanden.
Bettzeug und all das, was sich im Spind an Schulsachen, Kleidung und übrigen Krimskrams befand oder im Laufe der Zeit angesammelt hatte, wurde eingepackt. Heimwärts gings.

Die Vertrautheit mancher in den Ferien zu Hause verbrachter Sommer empfing mich. Doch alles erschien plötzlich viel schöner, bunter, leichter, beschwingter. Das bestandene Abitur euphorisierte, alle Last war abgefallen. Und – nicht zu leugnen – Stolz erfüllte einen.
„Gut gemacht! Glückwunsch!“ Geschenke folgten. Rundherum Anerkennung.
Nur mein Vater konnte sich nicht verkneifen zu bemerken: „Schließlich haben wir dich dafür auf die Schule geschickt! Wozu sonst?“
„Denk dran“ meinte Onkel Erwin, der es als Lehrer ja wissen musste, „das war lediglich ein erster kleiner Schritt. Der Ernst des Lebens beginnt jetzt erst. Du wirst es alsbald spüren!“
Bis dahin, sagte ich mir, bleibt aber noch Zeit, viel Zeit.
Erst einmal die Tage genießen, vor allem den samstäglichen Tanzabend im Saal der „Krone“, mit den hiesigen Freunden und – natürlich – mit Freundinnen zusammentreffen. Darauf freute ich mich besonders.

Lenkten Radiomeldungen davon ab? Keineswegs. Zunächst spärliche, äußerst abwartende Berichterstattung von irgendwelchen Unruhen unter den Arbeitern in sozialistischen Großbetrieben, den Kombinaten, zu allererst in Berlin, der Hauptstadt der DDR. Von Streik und Aufruhr war die Rede, geschürt von West-Agenten, die den „friedlichen Aufbau des Sozialismus in der DDR sabotieren“ wollten. Wie konnte es auch anders sein. Aufrufe, Disziplin und Staatstreue zu wah-

ren, zum Arbeitsplatz zurückzukehren, wiederholten sich fast stündlich.
„Auf den Baustellen der Stalinallee ist der Teufel los!" wurde gemunkelt. Dass es auch in Magdeburg, Leipzig, Halle, Bitterfeld, Leuna und in anderen industriellen Zentren gärte und rumorte, davon erfuhren wir nichts.
Schließlich die groß angekündigte Rede des Industrieministers der DDR, des Genossen Selbmann:
Rücknahme der Normerhöhung, Senkung der Preise für Gebrauchsgüter. Eine „Neue Ökonomische Politik" wurde ausgerufen! Wieder einmal!
Dass Panzer der Sowjetarmee Streik und Demonstrationen niederwalzten und niederschossen und wie viele Opfer beklagt wurden – das alles konnten wir erst viel, viel später im West-Fernsehen verfolgen.

50 Jahre danach, anlässlich unseres Goldenen Abiturjubiläums, hatten zwei unserer Mitschüler in einem Zeitdokument über diesen Tag geschrieben:
„Es war der 17. Juni 1953 – der Tag, als der erste Aufstand gegen die Staatsmacht der DDR mit aktiver Unterstützung westlicher Geheimdienste geprobt wurde. So jedenfalls haben wir damals die Lage eingeschätzt. Wir lebten zu weit ab vom Ort des Geschehens. Die vorausgegangenen Normerhöhungen zur Steigerung der Arbeitsleistung und den darauf folgenden Protest der Arbeiter hatten wir nicht mitbekommen. Das sollten wir erst später erfahren".

In der Tat! Seit eh und je lebten wir „zu weit ab".
Nicht erst seit 1945.
Hier, in der Abgeschiedenheit des Erzgebirges mit seinem weitgehend kleinstädtischen, dörflichen Charakter, erfuhr man nie etwas Genaues. Und wenn, dann entweder aufgebauscht oder verharmlost. Viele waren wichtigtuerisch bemüht, „ihren Senf" hinzuzufügen, das weiter zu spinnen, wovon sie auch nur im Entferntesten gehört oder was sie

vielleicht auch nur vermutet hatten: Flüsterpropaganda!
Das Offizielle – von Rundfunk, dem Volksempfänger, verbreitet und in den Zeitungen zu lesen – prägte voll und ganz unsere Meinung. Wie sollten auch offizielle Meldungen falsch oder gefälscht sein? Zu Obrigkeitshörigkeit waren wir erzogen, von Kindesbeinen an.
„Das alles wird schon seine Richtigkeit haben!"
„Ja-wolll!" Kernig und zackig mit drei oder sogar mehreren „L"! Anders konnte und durfte es nicht sein.
„Hier stehts doch, schwarz auf weiß!"
Papier ist geduldig! Richtig.
Aber dass besagte Geduld ganz offiziell für unrichtige, vielleicht sogar für absichtlich gefälschte Berichte missbraucht würde, wiesen wir weit von uns.
„In der heutigen Zeit doch nicht!"
Unwichtig, welche Zeit wir meinten, die „von heute" nur oder auch „die von gestern".
Bei dieser Auffassung, ja, Gewissheit, blieb es – weit ab vom Geschehen.
Hatten wir seinerzeit, in der Zeit „von gestern" also, die einige Jahre zurücklag, jemals von Verhaftungen, Deportationen, von Straf- oder Konzentrationslagern, von Gaskammern, von Massenerschießungen und anderen Greueltaten gehört?
Nein! Nichts davon war bis zu uns vorgedrungen.
Oder doch? War womöglich auch hier in unserem kleinen Ort irgendetwas geschehen, was aufzuhorchen oder zu hinterfragen sich gelohnt hätte?
An einer Hauswand, ein paar hundert Meter von uns entfernt, las ich, als ich – im Herbst 1941 eingeschult – buchstabieren und lesen gelernt hatte, auf dem Firmenschild: **Buchdruckerei Blumenthal - Arischer Betrieb**.
Arisch? Dieses Wort kannte ich nicht, konnte damit nichts anfangen. Ich befragte meine Mutter.
„Weil Blumenthal kein richtiger deutscher Name ist. So heißen Juden!"

Herr Blumenthal sei aber keiner mehr, erklärte sie. Schon seine Vorfahren hätten ihr Blut durch Heirat mit Deutschen so vermischt, dass er, Blumenthal, heute praktisch als reinrassiger Deutscher gelte, somit arisch sei.

„Ich habe gehört, er sei sogar in der Partei. Kann auch sein in der SA."

Blut vermischt? Was sollte ich mir darunter vorstellen? Eine Schüssel, einen Eimer, worin herumgerührt wurde? So wie beim „Sauschlachten"? „Reinrassig"? Was sollte ich darunter verstehen? Na ja, bei Hühner-, Kaninchen- oder Hunderassen kannte ich mich einigermaßen aus. Und zusammen mit schwarzen, braunen oder hellen, auch weißen Pferden, also mit Schimmeln oder Apfelschimmeln, mit schwarz- oder braunweiß gefleckten Kühen waren wir in Nachbarschaft eines Bauernguts wohnend praktisch aufgewachsen. Auch Neger, Chinesen und natürlich Indianer, also Schwarze, Gelbe oder Rothäute hatte ich auf Bildern gesehen. Wir schmückten uns ja fast täglich mit Hühnerfedern und malten unsere Gesichter an, um als kriegerische Indianer mit Pfeil und Bogen durch die Wälder zu streifen. Das alles war uns nicht fremd. Aber reinrassig deutsch? Noch dazu „arisch"? Ich wusste nur, dass wir als Europäer zur weißen Rasse zählten.

„Soweit mir bekannt ist, versteht man unter arisch, dass jemand der nordischen Rasse angehört und nicht jüdisch ist!" fügte Mutter hinzu, als sie meinen fragenden Blick bemerkte.

„Und warum steht das auf dem Firmenschild? Bei anderen Betrieben habe ich so etwas nicht gesehen."

„Die heißen ja auch nicht Blumenthal. Die haben richtige deutsche Namen!"

„Blumenthal klingt doch auch deutsch."

„Mag sein. Das alles ist nicht so einfach zu erklären."

Sie erzählte recht zögerlich, immer wieder innehaltend und nachdenkend, sie habe zwar nicht miterlebt, aber davon gehört, dass vor ein paar Jahren überall in Deutschland Schau-

fensterscheiben jüdischer Geschäfte eingeschlagen worden seien. Auch Betriebe habe man geplündert.
„Von der SA, hieß es. Ob das stimmt, kann ich nicht sagen."
„Hier bei uns auch?"
„Ich glaub im Oberdorf, dort beim Erz-Hof. Schräg gegenüber. Ein Betrieb, der den Hutzlers gehörte. Die hatten wohl irgendetwas versteckt, wurde erzählt. Jedenfalls soll die SA nicht nur im Betrieb sondern auch in der Wohnung alles auf den Kopf gestellt haben. Sogar die Federbetten hätten sie aufgeschlitzt. Muss hinterher wie im Hühnerstall ausgesehen haben."
„Und?" - „Was u n d ?" - „Was wurde gefunden?"
„Woher soll ich das wissen? Ich hab nichts erfahren."
„Sind sie eingesperrt worden, die Hutzlers?"
„Keine Ahnung. Die waren auf einmal verschwunden. Wohin – das erfuhren wir nicht."

Wusste sie nichts oder wollte sie, durfte sie nichts wissen? Unverständlich, zumal sich gewöhnlich jede Neuigkeit, war sie auch noch so nebensächlich, wie ein Lauffeuer ausbreitete.
„Ich will das alles gar nicht wissen. Was ich nicht weiß, macht mich nicht heiß!" So lautete meist das geflügelte Wort, das einem verhalf, aus der Verlegenheit zu flüchten.
Dabei dürfte manches weder zu überhören noch zu übersehen gewesen sein. Für die Erwachsenen zumindest.
(Nach vielen Jahren erst verbreitete sich die Kunde, Hutzlers hätten seinerzeit – über welche Wege auch immer – Deutschland noch rechtzeitig verlassen können. Sie gelangten in die USA. Von dort meldeten sich einige Monate nach der Wende die Nachkommen Hutzlers. Wohlgemerkt, nach der Wende, nicht zu DDR-Zeiten! Ihnen wurde der Besitz wieder übertragen. Ein Immobilien-Makler verwaltet derzeit Grundstück und Gebäude.)

Ob vor Ausbruch des Krieges oder in den Kriegsjahren – wir fuhren zu „Schocken" nach Aue, wenn etwas Besonderes gekauft werden sollte. Die seinerzeit kreisfreie Stadt Aue, keineswegs eine sonderlich große sondern durchaus überschaubare Stadt, war für uns schon die „große Welt", und „Schocken" war **d a s** Kaufhaus schlechthin, „bestens sortiert" hieß es. Nicht nur Kleidung, Trikot-, Strumpf- oder Strickwaren, Bett- oder Tischwäsche, Schuhe, kurz alles, was man benötigte, das gab es bei „Schocken".

HO-Kaufhaus am Altmarkt in Aue, ehemals Kaufhaus „Schocken", nebenan die ehemalige Konditorei „Fibelkorn"

Ob die breite Masse der Käufer den Namen „Schocken" jemals hinterfragte oder ihn darauf zurückführte, wie ihn der Volksmund geprägt hatte? Sprach sich doch herum, dass man dort alles „schockweise", erwerben konnte, so wie „im Dutzend billiger" und das gleich fünfmal, somit äußerst preiswert. Zu großen Sprüngen reichte das kärgliche Einkommen ja nicht.

Dass sich hinter „Schocken" eine alteingesessene Kaufmanns-Dynastie verbarg, die nicht nur in Sachsen sondern in ganz Deutschland eine angesehene und leistungsfähige Kaufhauskette errichtet hatte, und das schon zu Beginn des zwanzigsten Jahrhunderts, interessierte kaum jemanden. Noch weniger, dass die Gründer des Schocken-Konzerns und deren Nachfolger allesamt jüdischen Glaubens waren.

Als zu Beginn des Kriegsjahres 1939 ein neuer Name – MERKUR – über dem Haupteingang prangte, wurde das

zwar zur Kenntnis aber nicht in den eigenen Sprachschatz aufgenommen.
Unverändert hieß es: „Wir fahren nach Aue zu Schocken“.

Nicht nur für uns Kinder sondern auch für unsere Mütter bedeutete die Busfahrt nach Aue eine willkommene Abwechslung, eine erlebnisreiche und immer wieder ersehnte Fahrt in die „große Welt“. Lockte doch nach getätigten Einkäufen „Fibelkorn“, ein nicht zufällig neben dem „Kaufhaus Schocken“ gelegenes vorzügliches Cafe´, das an Süß- und Backwaren mit allem, was das Herz begehrte, aufwartete. Unübertroffen der Bienenstich. Weit und breit gab es keinen besseren. Hieß es: „Wir fahren morgen nach Aue zu Schocken“, dann klickte es bei uns. Wir wussten, ohne Bienenstich würden wir Aue nicht verlassen.
Zu ganz besonderen Anlässen, sie ergaben sich nicht allzu häufig, bestellte Mutter ein Eis. Keines der üblichen Waffelhörnchen, nein, einen richtigen Eisbecher mit kleinem bunten Schirmchen obenauf. Herausragend das rötlich-violette Pflaumen-Eis. Ich kann mich nicht erinnern, später irgendwo und irgendwann eine solche Köstlichkeit vorgefunden oder gar geschleckt zu haben.
Die Schaufensterscheiben des „Kaufhauses Schocken“ blieben in der sogenannten „Reichskristallnacht“ überraschenderweise verschont. Wie viel, viel später zu erfahren war, hatte zunächst ein englisches Firmenkonsortium und alsbald die Deutsche Bank AG sämtliche „Schocken-Kaufhäuser“ in Deutschland „übernommen“.
Ob jemand aus unserem Ort nach dem wieso und warum gefragt hatte? Wohl kaum.
Warum auch hinterfragen.
„Das wird schon alles seine Richtigkeit haben!“ Immer wieder der gleichlautende Satz.
Zweifel? Woran und warum?
Entwickelte sich nicht alles „zum Guten“? Deutschland

„erwachte“ doch endlich, dank der „großen nationalen Bewegung“. Eine „neue Zeit“ war angebrochen! Und „ER“ – „unser Führer“ – war von der Vorsehung ausersehen, das Deutsche Volk aus den düsteren Jahren der Vergangenheit in eine lichte Zukunft zu führen.
„Führer befiehl, wir folgen Dir!“ Wir folgten – wie in einem Rausch.

In aufgelöster Marschordnung zur Kreistagung der NSDAP in Niederschlema (unter ihnen in Zaunnähe Vater, halb verdeckt vom „Vordermann“ – 4. von li.)

„Der Judd“ – auch abfällig „Jidd“ genannt, meist in der Einzahl und mit Doppel-dd nicht nur geschrieben sondern auch so ausgesprochen – war, so ist uns nicht zuletzt durch Veit Harlans Film „Jud Süß“ regelrecht eingeimpft worden, seit eh und je d e r personifizierte „Halsabschneider“, der „geldgierige Wucherer, verschlagen, klein von Wuchs, buckelig, schmierig, mit Hakennase und zotteligen Haaren“: ein „Blutsauger“ eben, der nur darauf aus war, Schande über unser Volk zu bringen.
Ihm eine Träne nachweinen? Wozu? Also weg damit.

Ins Arbeitslager? Ins KZ? Wo sollten die sein? Wir hörten nichts und wir sahen nichts.
Die Weite jeglichen Horizonts fehlte. Nicht nur umliegende Berge, die bewaldeten Höhen des Erzgebirges, engten den Blickwinkel ein und „verbauten" die Sicht nach draußen.
Der „Volksempfänger" und die „Wochenschau", der „Völkische Beobachter" – sie waren die Informationsquellen. Das genügte. Ausländische Sender zu empfangen, dazu fehlten uns die notwendigen Voraussetzungen.
Ahnungen – wenn es sie denn gab – oder gar Gewissheit, woher? Sie hätten in uns keinen Nährboden gefunden, keinen Widerhall erzeugen können. Sie wurden verworfen, mit einer Handbewegung hinweggewischt: Feindpropaganda! Sich damit auseinandersetzen oder gar belasten?
Wozu und warum?
Sollten wir die allgemeine Zufriedenheit durch Gedanken an sowieso nicht Beeinflussbares, Unabänderliches, ja, an Naturgewolltes – an höhere Gewalt – stören oder gar zerstören, womöglich Zweifel an der Wahrhaftigkeit unseres Tuns und dem der großen Volksgemeinschaft aufkommen lassen?
Niemals.
Wer kann mit acht, neun oder auch zehn Jahren erfassen und beurteilen, was politisch rechtens, was moralisch vertretbar ist? Was die Schule und auch die Kirche lehrten, was im Elternhaus zu hören war, was all die anderen Erwachsenen von sich gaben, was sie im Brustton der Überzeugung verbreiteten, blieb in uns haften.
Meine Schwestern, immerhin sieben und sechs Jahre älter und stolze BDM-Maiden, waren sie ebenso ahnungslos? Kein Zweifel.
Und ich – kaum zehn Jahre alt geworden – trug als frischgebackener Pimpf nicht weniger stolz meine Uniformjacke über Hemd und kurzer schwarzer „Manchester-Hose", führte auf dem Schulhof vor dem in Reih und Glied angetretenen Fähnlein auf Befehl eine zackige Kehrtwendung aus – wenn

auch übereifrig in falsche Richtung „rechtsherum". Trotz des „Dreimal kurz gelacht! Ha, ha, ha!" fühlte ich mich herausgehoben aus dem übrigen Haufen.
Vor Begeisterung und Abenteuerlust, in Kindheit und Jugendzeit stets abrufbar, waren wir zu allem bereit. Und so traten wir, so gut wir konnten, voller Eifer für „die gerechte Sache" ein. Kamen jemals Zweifel auf? Nisteten sie sich womöglich in unser kindliches Hirn ein? Nein! So wie sich uns die Welt, unsere kleine, darstellte, so erschien sie uns gut. Unzulänglichkeiten? Wir sahen keine.
Auf einmal hieß es: Krieg!
Krieg? Na wenn schon. Kriege gab es schon immer, seit Menschengedenken.
Die Hölle von Verdun und die Schlacht an der Somme mit ihren nahezu zwei Millionen Toten waren längst vergessen, wenn man jemals etwas davon erfahren hatte. Die Schmach vom „Versailler Diktat" aber, sie saß tief. Diese Scharte musste ausgewetzt werden! Und nun hatte uns die Geschichte – welch „glückliche Fügung!" – einen geschenkt, der bereit war, die Wetzsteine zu schärfen. Vergeltung also, ja, Rache!
„Rache ist unsere Tugend, Hass unsere Pflicht!" – eine Parole nur, doch immer wieder erneut zum Schwur erhoben, eingeimpft in uns, wie in Stein gemeißelt, bereitete sie den Boden für die furchtbare Saat, die später aufging. Regelrecht versklavt, nicht nur im Denken, im Handeln auch.
Steter Tropfen höhlt den Stein!
Den Sieg auf unsere Fahnen geheftet, erlebten wir die ersten Kriegsmonate wie im Rausch.
Niemand hinterfragte, was an der doch „immer siegreichen Front" geschah, von der – stets mit dem gewaltigen Anfangsmotiv aus Franz Liszts „Les Preludes" angekündigt – die nahezu täglichen Sondermeldungen berichteten.
Auch nicht, als die ersten Urlauber, Wehrmachts- oder SS-Angehörige (?), von ihren Heldentaten erzählten?
Von Hand zu Hand gingen sie, die kleinen Schwarz-Weiß-

Fotos mit den gezackten Rändern.
„Hier, die wurden aufgeknüpft!"
An Dachvorsprüngen, an Masten und Bäumen hingen sie. Ein Schild vor der Brust. Was darauf stand, war nicht zu erkennen. Uniform trugen sie nicht. Zivilisten waren es.
„Partisanen! Haben uns aus dem Hinterhalt beschossen, diese dreckigen Hunde." fügte er erklärend an.
„Und die hier – alles Flintenweiber! Gehörten dazu." Sie hingen an Straßenlaternen.
„Ihre Brut haben wir auch ausgelöscht!"
Stolzerfüllt und beifallheischend in die Runde blickend wurde geschildert, wie Säuglinge und Kleinkinder mit den Köpfen gegen Mauern geschleudert wurden, dass das Gehirn herausspritzte.

Was ging wohl in diesem Moment in jedem einzelnen von uns, die wir gebannt zuhörten, vor?
Fragten wir nach, ob er, der davon berichtete und die Fotos herumreichte, nur Beobachter, Zeuge oder Mittäter, also doch Täter gewesen war? Mussten wir nicht blankes Entsetzen, Abscheu und Scham empfinden. Schauderte uns?
„Du sollst nicht töten!"
Gottesfürchtig erzogen, nicht streng religiös aber bemüht, die zehn Gebote zu achten, hätten wir doch gegen solch barbarisches Vorgehen protestieren müssen. Haben wir uns aber – von Unbehagen und Ekel erfasst – abgewandt von diesen Menschen, die zu solchen Untaten fähig waren?
„Mit dem will ich nichts mehr zu tun haben!"
Flüsternd – hinter vorgehaltener Hand – fällten einige wenige ihr Urteil. Offen auszusprechen, was einen bewegte, traute sich niemand. Die Folgen wären unabsehbar gewesen. Also Vorsicht, Ruhe bewahren, und so hing man sich den Mantel des Stillschweigens um.
„Du magst ja Recht haben. Aber es herrscht Krieg. Und im Krieg kann es nicht nach üblichem Recht und irgendwelcher

Ordnung gehen, da gelten andere Gesetze! Da muss man sehen, wo man bleibt. Sonst überlebt man nicht!"
Beschwichtigung und Rechtfertigung zugleich – ganz vereinzelt und ganz, ganz leise. Mehr war nicht zu vernehmen.
„Denn der Mensch hat die furchtbare Eigenschaft, sich gleichsam nach eigenem Belieben gefühllos zu machen!" – Bertolt Brecht wusste den Menschen einzustufen.

So waren auch wir der Überzeugung, dass recht gehandelt wurde, ja, wir hielten es für gerecht, für unabwendbar, die „erhabene Idee vom Großdeutschen Reich", vom Sieg der „Herrenmenschen" über „minderwertige" Rassen, über die „Pollacken", die „bolschewistischen Horden", das „Russenpack", über „Untermenschen", über „unwertes Leben" in „Treue zu unserem Führer" zu verfolgen und eines Tages zu verwirklichen.
Heißt es nicht in der Bibel: „So gebt dem Kaiser, was des Kaisers ist und Gott, was Gottes ist"?
Unseren Kaiser sahen wir in ihm, dem Führer, der uns mit dem Endsieg beglücken und eine glorreiche Zukunft schenken wollte.

In den weiteren Kriegsjahren verblassten Bilder, die – wenn auch nur entfernt – an eigene Schuld, an schuldhaftes Verhalten unserer Wehrmacht hätten erinnern können. Sie gerieten in Vergessenheit. Stattdessen schürten Berichte und Bilder von Greueltaten der im Osten vorrückenden „bolschewistischen Soldateska", der „Sowjethorden", in uns Wut und Hass, ließen uns nach innen und außen immer härter werden, immer gefühlskälter. Unser Hass richtete sich nicht nur gegen den äußeren Feind. Verstärkt traf er die „inneren Feinde", diejenigen, die nicht „unsere Sache" verfolgten, sie im Gegenteil sabotierten, um den Endsieg zu verhindern.
„Die wollen uns den Schergen und Schlächtern Stalins ausliefern! Das darf niemals geschehen!" bestärkten wir uns gegenseitig.

In unserer Abgeschiedenheit erlebten wir ihn nicht, den Bombenterror der Alliierten. Nur in der Ferne färbte sich der nächtliche Himmel rot, als Chemnitz, Zwickau und andere näher gelegene Städte in Schutt und Asche fielen. In der „Wochenschau" sahen wir die noch rauchenden Trümmerberge von Berlin, Hamburg, Köln, Leipzig und Dresden, die Leichenberge und das Elend der Überlebenden auf den verschütteten Straßen, hörten aber auch die immer schriller klingende, peitschende Stimme von Goebbels, dass sie zwar unsere Städte zerstören können aber nicht unsere Herzen:
„Unsere Mauern brachen, unsere Herzen nicht!"
„Jetzt erst recht!" hieß die Parole, die uns zusammenschmiedete.
Wir sehnten den Tag herbei, an dem die angekündigten Wunderwaffen endlich zum Einsatz kommen würden.
„Wollt ihr den totalen Krieg?"
Diese Frage stellte Goebbels am 18. Februar 1943 den im Berliner Sportpalast Versammelten, die bejahend ihren Arm zum Hitlergruß erhoben und mit glühenden Augen an seinen Lippen hingen. Sie alle wollten ihn, den totalen Krieg.
Zwei Jahre später, die Rote Armee rückte unaufhaltsam in Richtung Westen vor, und es war nur noch eine Frage der Zeit, wann sie die Reichshauptstadt Berlin eroberte, quittierte der Reichspropagandaminister das ihm erneut entgegenschallende „Jaaaa!" wie ein Prediger mit beschwörenden Gesten und den Worten:
„Unsere tapferen Soldaten werden in diesen Kampf hineingehen wie in einen Gottesdienst!"
Auf dem Abreißkalender das fettgedruckte Datum dieses verheißungsvollen Ausspruchs :

12. März 1945!

Gab es Stimmen, die uns hätten zuflüsterten können, dass wir irrten? Anderswo vielleicht. Drangen sie aber bis zu uns, weitab vom Geschehen? Oder wollten wir sie nicht wahrnehmen? Fragen über Fragen, die wir heute stellen. Damals jedoch nicht.

Der „großen Sache", die uns ins Verderben führte, blieben wir treu, hingen mit unseren Augen an den Lippen des „Führers", schenkten seinen Worten bedingungs- und kritiklos Glauben und Vertrauen.

Wie sonst ist zu deuten, dass am Abend des 20. Juli 1944 die Christuskirche in unserem Ort bis auf den letzten Platz gefüllt, ja, überfüllt war, um in einem Dankgottesdienst für „unseren Führer" zu beten, den die „göttliche Vorsehung" vor dem „schändlichen Anschlag einer gewissenlosen Clique", die „ein Komplott schmiedete", bewahrt hatte?

Die SA-Uniform und die blank geputzten Stiefel, die der Pfarrer trug, verdeckte der Talar – absichtlich oder unbeabsichtigt – nur unvollständig.

Benutzt und missbraucht, betrogen um vermeintliche Ideale, die in anderen, in normalen Zeiten (?) genauer Prüfung niemals standgehalten hätten, in „jener Zeit", die uns gefangen hielt, fragten wir nicht danach, stellten sie nicht auf den Prüfstand.

„Den Teufel spürt das Völkchen nie, selbst wenn er es am Kragen hätte..." Gleichgültig ob der Teufel Hitler, Stalin, Mao oder Pol Pot hieß, ein jeder hatte sein Völkchen „am Kragen" gepackt, führte es mit seinem Würgegriff ins Verderben.

„Es irrt der Mensch solang er strebt!" heißt es gleichfalls in Goethes „Faust".

Offenkundig strebten und irrten wir geradezu periodisch wiederkehrend.

Nichts hinzugelernt, sondern immer wieder offen und bereit, verführerischen Ideen zu verfallen, sie womöglich begeistert mitzutragen. Das taten wir. Die Farbe der Uniformen und der Fahnen, die „uns voranflatterten" spielte dabei keine Rolle. Anders lässt es sich nicht erklären.

In den Herbstferien 1949 muss es gewesen sein. Die ersten Wochen als Internatsschüler der Oberschule in Schneeberg lagen hinter mir. Unter den Kirschbäumen in unserem Obstgarten harkte ich Laub zusammen.
Er lief auf der anderen Seite der Straße. Als er mich sah, überquerte er sie und trat an das Geländer des Baches, der am Garten vorbeifloss.
„Na, wie fühlst du dich als frischgebackener Oberschüler?" rief er über den Zaun hinweg.
„Ach, ganz gut soweit!"
„Bist du nicht zufrieden?"
„Doch."
„Das hört sich aber nicht so an."
„Ist aber so."
Nach einer Weile, in der er mich nachdenklich musterte, fragte er ganz unverblümt:
„Sag mal, hättest du nicht Lust, Samstagnachmittag hinauf ins Sportlerheim zu kommen? Wir sind eine kleine Gruppe, wollen uns unterhalten, auch singen, kurz: einen netten Nachmittag machen. Aus deiner alten Klasse wollen auch einige kommen. Auch Sportkameraden. Wär das nichts für dich? Sagen wir – so gegen drei Uhr?"
„Mal sehen!"
Ich war überrascht und – zugegeben – verwirrt zugleich. Ich kannte ihn, nicht näher zwar, aber doch so, wie man sich in einem kleineren Ort eben kennt. Der Altersunterschied zu mir war deutlich größer als der zu meinen Schwestern. Und er trug Uniform, die eines Hilfspolizisten der 1949 geschaffenen Volkpolizei.
Was beabsichtigte er?
Wusste er oder wusste er nichts davon?
Schreckte doch meine Schule, die Volksschule in Beierfeld, nicht davor zurück, mich noch im März 1945 (!) der NSDAP-Kreisleitung als „geeignet" für die NAPOLA, der Nationalpolitischen Lehranstalt, zu empfehlen. Dunkelhaarig und

braunäugig entsprach ich keineswegs dem Prototyp eines „germanischen Herrenmenschen". Schulisches und Sportliches waren wohl ausschlaggebend.
Werwolf! Kanonenfutter! Meine Mutter schätzte die ausweglose Situation in den Frühlingstagen des Jahres 1945 richtig ein, sie roch die Gefahr, lehnte das „Angebot" mit der Begründung ab, nicht allein entscheiden zu können. Der Vater sei an der Front für eine Zustimmung nicht zu erreichen.
Seit Monaten habe sie keine Post von ihm erhalten.
Die Infamie wurde komplettiert, als mir dieselbe Schule – die Leitung hatte zwar gewechselt, aber nicht alle Lehrer waren ausgetauscht worden – vier Jahre später den Zugang zur weiterführenden Schule, der in der nahegelegenen Kreisstadt für Schüler unseres Ortes zuständigen Oberschule, verwehrte.
„Du wirst eine Maurerlehre antreten!" hieß es auf dem Arbeitsamt, wo ich mich einzufinden hatte. Keine Rolle spielte, dass ich bei der zentralen Abschlussprüfung, die zugleich als Aufnahmeprüfung für die weiterführenden Schulen galt, als Kreisbester abgeschnitten hatte.
Sippenhaft?
Das „politisch belastete Elternhaus" hatte seinen Schatten auf mich geworfen. Gemeint waren mein Vater und dessen recht frühe und somit langjährige Mitgliedschaft in der NSDAP. Erneut kämpfte meine Mutter um mich, nannte die Ungerechtigkeit beim Namen: „Was kann denn der Junge dafür? Wollen Sie ihn für die politische Einstellung seines Vaters büßen lassen?" Ihrem hartnäckigen Drängen gaben die Verantwortlichen der Kreis-Schul-Behörde schließlich höchst widerwillig nach, ordneten jedoch meine Unterbringung in einem Internat an, um dem „schädlichen Einfluss des Elternhauses" entzogen zu sein.

Und jetzt, nur wenige Wochen später, die Einladung von Werner, so hieß er.
Hatte er mich von sich aus, einfach aus dem Augenblick he-

raus, angesprochen oder handelte er im Auftrag höherer Stellen? Sollte er mich auf die „richtige Seite“ ziehen, mich für die fortschrittliche Bewegung gewinnen?
Samstagnachmittag.
„So gegen drei Uhr“ hatte er gesagt.
Ich ging hinauf ins obere Sportlerheim. Ein unteres – ehemals beides Schützenheime – gab es auch, das aber nicht mehr für den Sport sondern vorwiegend als Gaststätte genutzt wurde. Das obere lag hingegen in unmittelbarer Nähe des Sportplatzes. In seinem Untergeschoss waren Umkleide- und Waschräume für die jeweiligen Mannschaften – ob für Fuß-, Handball oder Leichtathletik – eingerichtet. Alles war mir vertraut.

Viele hatten sich bereits versammelt, als ich eintrat. Die meisten kannte ich. Sie waren allesamt in etwa gleichaltrig. Nur Werner – nicht unbedingt größer aber eben sichtbar älter – ragte aus ihnen heraus. Er trug nicht die dunkelblaue Uniform des Hilfspolizisten, in der ich ihn gesehen hatte, er trug „Blauhemd“ und begrüßte mich mit „Freundschaft“. Ansonsten sah ich nur vereinzelt „blau“.
„Find ich prima, dass du gekommen bist! Wirst dich bestimmt wohlfühlen!“
Worüber gesprochen und was verkündet wurde, was damit gesagt werden sollte? Genau weiß ich es nicht mehr. Um die „neue Zeit“, um den Weg aus dem vom Naziregime hinterlasseren Chaos in eine bessere Zukunft ging es.
„Bau auf, bau auf, Freie Deutsche Jugend bau auf! Für eine bessere Zukunft bauen wir die Heimat auf…!“
Die anderen kannten das Lied und sangen kräftig mit. Mir wurde ein Textblatt in die Hand gedrückt. Die Melodie? Sie gefiel mir, war einfach, prägte sich rasch ein. Eine Strophe folgte der anderen.
„Bau auf, bau auf -…!“ Warum nicht? Zerstörtes aufbauen, nach vorn blicken, eine „gerechtere Welt“ schaffen! Wir als Jugend müssten voranschreiten!

Voranschreiten!
Wieder einmal voranschreiten. Das hatte ich noch im Ohr. Doch diesmal schritten wir ja „Seit an Seit“ und ließen die „alten Lieder klingen“. Ich hatte sie vorher noch nie gehört, die „alten Lieder“, erlernte sie aber rasch. Und dass „die neue Zeit mit uns zieht“ fand ich toll. Durfte ich dabei abseits stehen? Nein! Ich schritt mit.
Wiedergutmachung sei schließlich gefordert.

Wieder flatterte die Fahne voran – im Blauhemd der FDJ marschierten wir hinterher

Wiedergutmachung? Davon hatte ich nicht nur gehört sondern auch reichlich gesehen. Und ich sah sie wieder: Große Holzkisten. **CCCP** in uns damals noch fremden kyrillischen Buchstaben aufgepinselt. Auch sie hatte ich wieder vor Augen, die aufgebrochenen Mauern und Fenster, die leergefegten Fabrikhallen: Demontage! Reparationsleistungen! Wiedergutmachung eben.
„Wenn man Schuld auf sich geladen hat, dann muss man dafür büßen. Und wir haben viel Unheil verbreitet, überall in Europa, nicht nur in der Sowjetunion!“

Wir aber – weit ab vom Geschehen – sahen uns nicht einbezogen, fühlten uns nicht schuldig, nicht einmal mitschuldig! Wir hatten nichts getan.
„Was soll denn das. Diejenigen, die sich schuldig gemacht haben, sollen sich auch dafür verantworten. Wir doch nicht. Außerdem sind es nur einzelne gewesen. Die meisten haben sich anständig verhalten! So wie wir auch!"
Das war unsere einhellige Meinung.
Und hatte das deutsche Volk nicht auch seinen Blutzoll entrichten müssen?
„Denkt an die Millionen Tote, an die zerstörten Städte, an die verwüsteten Landschaften, an all das Elend, das über uns hereingebrochen ist!"

Wann ich einige Zeit später das Blauhemd der Freien Deutschen Jugend kaufte, weiß ich nicht mehr. Eines Tages besaß ich es und trug es auch. Und ich marschierte mit. Aus Überzeugung? Mit Bewusstsein, dem richtigen?
„Ich glaube, dir fehlt noch das richtige Bewusstsein!" hörte ich anfangs recht häufig. Meist begleiteten durchdringende Blicke diesen Vorwurf.
„Deine gesellschaftliche Arbeit lässt zu wünschen übrig. Du hast doch das Zeug dazu, könntest Vorbild sein. Also, das muss sich ändern!"
Gesellschaftliche Arbeit? Damit wurde alles wohlgefällig umschrieben, was dem vermeintlichen Fortschritt und damit der Partei diente. Der Griff in die Vergangenheitskiste? Wussten sie von meinem „Makel", der Empfehlung für die NAPOLA? Nach sechs Jahren noch nicht vergessen?
„Musst dich anstrengen" sagte ich mir. Meine sportlichen und kulturellen Aktivitäten allein schienen nicht auszureichen.
Ich erwarb das Abzeichen „Für gutes Wissen" in Silber, machte mich mit dem Inhalt der zur Prüfung geforderten „fortschrittlichen" – ausnahmslos sowjetischen – Literatur vertraut, wusste Antworten auf brennende politische Fragen,

Die Handballmannschaft und die siegreiche 4x100 m Staffel der Oberschule Schneeberg

schilderte – „wissenschaftlich untermauert" – die Perspektiven, die sich auf dem Weg vom Sozialismus zum Kommunismus für die Menschheit ergeben würden, interpretierte die vier Leitsätze des Dialektischen Materialismus.

Und das alles nicht nur, um nicht abseits zu stehen, sondern um dazuzugehören. Besaß ich nicht das Mitgliedsbuch dieser Jugendorganisation, gehörte – mit der vorübergehenden Leitung des Schulchores beauftragt – als „Kulturfunktionär" der Zentralen FDJ-Schulgruppenleitung an? Funktionär! Wie sich das anhörte.

Ich sah meinen Vater in seiner braunen Uniform als „Politischen Leiter" der NSDAP-Ortsgruppe und Mitglied des Gemeinderates vor mir. Und nun ich, nicht im Braunhemd mit Hakenkreuzbinde sondern im Blauhemd mit dem Emblem der aufgehenden Sonne. Ein Funktionär – so wie er seinerzeit, nur hatte sich die Farbe geändert. Ich fragte mich, was er wohl dazu sagen oder – falls er schwiege – auch nur denken würde.

Nicht sämtliche Wochenenden konnten wir Internatsschüler zu Hause verbringen. „Freiwillige Arbeitseinsätze" häuften sich. Wir schleppten Ziegel oder Steine, bewegten mit Schaufel und Spaten Erdmassen beim Bau der Talsperre, des Schwimm- und Fußballstadions, bei der Erweiterung des Kreiskrankenhauses. Aktivitäten, die in die „gesellschaft-

liche Beurteilung" einflossen: „...hat soundsoviel freiwillige Aufbaustunden und damit einen wertvollen Beitrag zur Festigung des Sozialismus und des Friedens geleistet...!"
Verblieben die Wochenenden, an denen wir nach Hause fuhren. An eines erinnere ich mich noch ganz genau.
Meinem Vater berichtete ich von meiner neuen Funktion, der des Chorleiters.
„Na und, warum nicht? Ich hab früher auch im Kirchenchor gesungen!" lautete seine knappe Antwort ohne aufzublicken und die Zeitung auch nur einen Moment aus der Hand zu legen. Hatte er nicht mehr zu sagen als diese paar scherzhaften Worte? So verstand ich sie zumindest. Meist waren doch seine Bemerkungen zu meinen FDJ-Aktivitäten verächtlich oder bissig, und oftmals führten unsere Diskussionen zu einem wortgewaltigen Streit. Jeder versuchte, seinen Standpunkt zu vertreten.
„Grünschnäbel seid ihr! Was wisst ihr schon von Politik! Mit dem, was man euch eintrichtert, könnt ihr niemanden hinterm Ofen hervorlocken!"
Ließ ich auch nur anklingen, ob er sich denn dessen bewusst war, als doch recht frühes Parteimitglied ein Regime vertreten zu haben, auf dessen Geheiß schrecklichste Greueltaten verübt worden waren und ob ihm diese Verbrechen bekannt gewesen seien, wandte er sich enttäuscht und mit grimmigem Gesicht von mir ab, um nach einer Weile zu antworten:
„Was heißt hier „Greueltaten" und „auf dessen Geheiß"? I c h hab k e i n e begangen. Auch nicht als Soldat. Wofür soll ich mich entschuldigen? Dass ich glühenden Herzens alles geglaubt habe und dem voller Überzeugung gefolgt bin, was ich für richtig hielt, wie andere auch? Diejenigen, die heute behaupten, sie seien von Anfang an dagegen gewesen, haben genauso wie ich die Hand zum Führergruß erhoben. Außerdem: Was weißt d u oder was wisst i h r schon davon? Die Zeit damals war eine ganz andere. Über etwas zu urteilen, das man nicht hautnah miterlebt hat, grenzt schon an Arroganz.

Die „Neun-mal-Gscheiten", die heute plötzlich wie Pilze aus dem Boden schießen, haben doch keinen blassen Schimmer. Frag doch mal herum, wer damals etwas gewusst hat oder gewusst haben will. Du wirst kaum jemanden finden. Und hier bei uns schon gar nicht."
Er ging zur Tür, drehte sich aber auf halbem Weg um und fügte noch hinzu: „Werd erst mal richtig erwachsen, dann wirst du vieles mit anderen Augen sehen und so manches begreifen."
Er sollte recht behalten. Ich begriff später „so manches".

Begriff ich aber die Zeit, in die ich hineinwuchs, die für mich damals Gegenwart und Zukunft zugleich war?
Anfang der 50er Jahre:
„Pfingsttreffen der Freien Deutschen Jugend" im Ostteil Berlins und ein Jahr später „Weltfestspiele der Jugend und Studenten", wiederum in Ost-Berlin, zur „Hauptstadt der Deutschen Demokratischen Republik" erhoben – ich durfte dabeisein.
Staffellauf durch die Ostberliner Straßen, Kulturveranstaltungen, Laienspiel – oder musikalische Darbietungen auf Plätzen und Bühnen – begeistert nahmen wir daran teil. Als Mitglieder der Sportgemeinschaften oder unserer Kreis-Kultur-Gruppen fühlten wir uns einbezogen

Im Güterwagen zum Deutschlandtreffen der FDJ

in das mit enormem Aufwand in altbekannter Gigantomanie inszenierte Spektakel. Störten uns die Massenunterkünfte in Sporthallen, Schulen oder sonstigen Gebäuden? Beschwerten wir uns über stacheliges Stroh, das als Nachtlager diente, über mangelhafte sanitäre Einrichtungen, über Engpässe in der täglichen Versorgung mit Ess- und Trinkbarem?

Haus der Freien Deutschen Jugend in Berlin-Ost – das Stalin-Bild durfte nicht fehlen

Nein! Mängel registrierten wir nicht. Im Gegenteil. Dankbar schwenkten wir das Stück Dauerwurst, das halbwegs frische Brötchen, bissen mit Appetit in den Apfel, schlürften die Limonade. Alles genossen wir stolzerfüllt, mag es auch noch so kümmerlich gewesen sein. Schließlich waren wir doch Teil eines „gewaltigen Ereignisses“, des „friedlichen Zusammentreffens der Weltjugend“.

„Im August, im August blühn die Rosen …“ sangen wir, und „Kim aus Korea …“ – so hieß es weiter im Text – war auch dabei.

Wir ebenfalls. Wir waren überzeugt, richtig zu handeln, unsere Kräfte „für den Frieden“ einzusetzen, getreu dem, was uns glauben gemacht worden war.

Auftritt unserer Kultur-Gruppe zu den III. Weltfestspielen der Jugend und Studenten in Ost-Berlin

„Ex Oriente Lux – Ex Oriente Pax" prangte in weißen Lettern auf selbstverständlich rotem Grund als weithin sichtbares Transparent an einer Wand im Eingangsbereich unserer Oberschule.

Am Licht, das aus dem Osten kam, dort wo die Sonne aufging, bestand kein Zweifel.

Das Zweite aber? *„Ex Oriente Pax"*? Anmaßend? Vermessen? Ohne den Wahrheitsgehalt, der durch „das Lateinische" offenbar noch wahrer erscheinen sollte, anzuzweifeln, schauten wir an jedem Schultag auf diese östliche Friedensverheißung. Derart großspurig verbreitete „Gesetzmäßigkeiten", uns durch zahllose Plakate, Spruchbänder und Transparente regelrecht eingeimpft, bestimmten seit dem ersten „historischen Ereignis", der Vereinigung der Kommunistischen und der Sozialdemokratischen Partei zur Sozialistischen Einheitspartei Deutschlands, und dem zweiten, der Gründung der DDR, des ersten Arbeiter- und Bauernstaates auf deutschem Boden, unseren Alltag.

Chorprobe zur Bauernkantate von J.S. Bach in der Aula unter dem Emblem der FDJ

„Wir sind Deutschlands neues Leben – und der Frieden mit uns zieht!"
Sobald wir die Aula betraten, schauten wir auf diese gleichfalls verheißungsvollen Worte, die die Stirnwand zierten. Wer wollte sich ihnen entziehen?
Durften wir doch mithelfen, die schreckliche Vergangenheit zu bewältigen, durften das ewig Gestrige bekämpfen und Großes, unsere eigene und des gesamten Volkes Zukunft nämlich, aufbauen – friedlich vereint mit allen fortschrittlichen Kräften dieser Welt.
Schlichen sich Misstöne in dieses stets auf Wohlklang bedachte und vom ZK der Partei dirigierte orchestrale Spiel ein?
Hörten wir sie heraus? Nein.
Sonst hätte ich doch die Drangsalierung von Mitschülern, die sich weigerten, der GST, beizutreten, als das empfunden, was es gewesen war: ein abscheuliches Kesseltreiben! Trotz aller jugendlicher Begeisterung, sich im Schießen, im Handgranatenweit- und Zielwurf, im Motorradfahren zu üben, Gepäck-

märsche als sportlichen Wettkampf zu sehen, war mir genau wie anderen bewusst, dass die mit „Gesellschaft für Sport und Technik“ etikettierte Organisation einzig und allein der vormilitärischen Ausbildung diente, den „Kampfgruppen der Volkseigenen Betriebe“ gleich.

Im Ernstfall, so hieß es, und darunter wurde stets der Angriff feindlicher Aggressoren verstanden, in solch einem Fall sollten wir bereitstehen, „die sozialistischen Errungenschaften mit der Waffe in der Hand“ zu verteidigen.

Die „Friedenskeule“, bei jeder Gelegenheit diente sie als Alibi, wurde auch hierbei fleißig geschwungen.

„Wenn du für den Frieden bist, wie du sagst, warum weigerst du dich dann, in die GST einzutreten. Bist du nicht gewillt, unsere gemeinsame Sache mitzutragen und, wenn erforderlich, unsere und damit auch deine Heimat bei Bedrohung mit der Waffe in der Hand zu verteidigen?“

„Natürlich bin ich für den Frieden.“

„Na bitte, dann unterschreib hier!“

„Das kann ich nicht. Eine Waffe in die Hand nehmen, das vereinbart sich nicht mit meiner christlichen Einstellung!“

„Mein Gott noch mal, was heißt hier christliche Einstellung. Wir sind doch alle Christen. Aber wir scheuen nicht davor zurück, im Ernstfall unser Land gegen äußere und innere Feinde zu verteidigen. Und du lehnst das ab?“

Den Aufnahmeantrag, den wir ihm immer wieder unter die Nase hielten, schob er uns zurück.

Er weigerte sich hartnäckig, ihn zu unterschreiben. Gut, er musste keine Konsequenzen, außer Missachtung wegen „ungenügenden Staatstreue“, befürchten.

Dennoch: Erbärmlich, wie wir uns aufführten. Erbarmungswürdig der Anblick, der sich uns bot, als derjenige, den wir uns „zur Brust“ genommen hatten, vor Verzweiflung förmlich in sich zusammensank und mit tränenerstickter Stimme das zu verteidigen versuchte, was ihm sein Gewissen vorgab.

Bei diesem scheußlichen Spiel mitzumachen, war ich mir nicht zu schade.
Die Saat ideologischer Verblendung keimte auch in mir. Stetig wohldosiert einfließender Dünger hatte den Boden, der anfänglich keinesfalls dafür geeignet schien, aufbereitet.
Dass die daraus sprießenden Keimlinge eines Tages, für mich gerade noch rechtzeitig, welken würden, fand seinerzeit in meine geschulte Gedankenwelt keinen Eingang.

Die Wahl zur Volkskammer stand kurz bevor.
Als aufdringlich – und für uns, die dazu verpflichtet wurden in höchstem Maße demütigend – empfand ich, agitierend von Haus zu Haus zu ziehen, um die Bewohner davon zu überzeugen, dass es ihre Pflicht sei, für die Kandidaten der Nationalen Front zu stimmen. Im Blauhemd, als äußeres Zeichen unserer fortschrittlichen Gesinnung bereits aus der Ferne erkennbar, hielten wir Einzug in die uns zugewiesenen Straßen.
„Der Häuserkampf beginnt!" raunten wir uns zu.
Am politischen Auftrag, alle Kräfte für ein überzeugendes Votum zur Volkskammerwahl zu mobilisieren, zweifelten wir als treue FDJ-Mitglieder zwar nicht. Uns missfiel dieses Andienen. Noch Schüler, halbwüchsig und ohne genügende Lebenserfahrung, sollten wir uns bemühen, Erwachsene mit unseren angelernten, schlagwortartigen Argumenten zu überzeugen.
Nicht überall wurde uns geöffnet. Doch wenn, dann spulten wir unseren Text herunter.
„Sie wissen, dass am kommenden Wochenende die Volkskammerwahl stattfindet. Es geht dabei um die Erhaltung des Friedens. Sie sind doch sicher auch dafür!"
„Natürlich sind wir für den Frieden. Vom Krieg haben wir doch die Schnauze voll!"
„Na also, dann tragen Sie sich bitte hier in die Liste ein, sichern zu, dass Sie die Kandidaten der Nationalen Front wählen!"

Das war denn doch zu viel verlangt. Wir sahen in verständnislose Gesichter, ernteten Kopfschütteln. Die Tür wurde uns vor der Nase zugeschlagen. Enttäuscht schlichen wir davon. Ich kam mir vor wie ein lumpiger Hausierer, der seine Ware anpries. Unsere „Ware" hieß aber Frieden! Allerdings ein Frieden, wie ihn das Sozialistische Lager verstand. Ob die anderen genau so dachten? Ich spürte, wie unser Enthusiasmus allmählich erlahmte.
Trotzdem versuchten wir erneut, unsere agitatorisch geschärften Überredungskünste anzubringen.
„Ja, aber bedenken Sie doch, nur die Kandidaten der Nationalen Front garantieren …"
„Hat keinen Sinn!" sagte ich resignierend, als unsere Argumentation mit wegwerfender Handbewegung unterbrochen und damit auch beendet worden war.
Was sollte das Ganze auch? Waren nicht alle für den Frieden, „für den Weltfrieden!" sogar, wie es immer hieß? Daran konnten doch wenige Jahre nach Kriegsende keine Zweifel bestehen. Diesen zweifelsfreien Friedenswillen aber ausschließlich mit der Wahl der Einheitskandidaten bekunden zu sollen, stieß auf achselzuckendes Unverständnis und letztlich auf schroffe Ablehnung.

„Die meisten Hausbewohner standen unserer Agitation nicht offen und positiv gegenüber!"
So meldeten wir in gebräuchlichem Funktionärskauderwelsch unserem Direktor die erlittenen Pleiten.
„Sehr mager!" quittierte er sichtlich verärgert das Ergebnis unseres Einsatzes.
Das war es in der Tat.

Trotz unseres agitatorischen Misserfolgs glänzte die Volkskammerwahl mit Ergebnissen in astronomischer Höhe von über 99% für die Kandidaten der Nationalen Front. Nicht nur Hausgemeinschaften, Belegschaften oder die Kampfgruppen

der Volkseigenen Betriebe, nein, auch die Mehrzahl der Bürger der DDR, Einzelpersonen also, stimmten, wie von ihnen erwartet, „willig-freiwillig offen“ ab, ohne den Gang zur einzigen Wahlkabine zu wagen. Absichtlich weit in eine Ecke des Wahllokals gerückt, hätten sich alle Blicke vorwurfsvoll auf die „Abweichler“ gerichtet.
„Ein überzeugendes Votum für unser Ziel, den Aufbau des Sozialismus!“ Die fettgedruckte Überschrift auf der Titelseite des „Neuen Deutschland“ war nicht zu übersehen.
Und allem voran flatterte die „Friedenstaube“ Picassos.
Dass auch sie als Feigenblatt für die Missetaten diente, die „im Namen des Friedens“ begangen wurden, dessen waren wir uns nicht bewusst. Wir ließen uns einbinden in „das große Ganze“, wollten nicht zurückstehen. Wir sollten wir auch. Die schulische, die gesellschafts-politische Erziehung hatte Früchte getragen. Und das nicht zu knapp.

„Wissenschaftlich bewiesen, historisch untermauert, dialektisch!“
Basta! So wurde er uns gelehrt, der Marxismus-Leninismus, „die Lehre aller Lehren“, die um den „Stalinismus“ ihre Vervollkommnung erfuhr. Eine zeitlang zumindest.

Wie lautete auf dem Abiturzeugnis die Beurteilung meiner „gesellschaftlichen Tätigkeit“?
„F. leistete hervorragende gesellschaftliche Arbeit als Mitglied der zentralen Schulgruppenleitung der FDJ, als Leiter des Schulchores und in der Demokratischen Sportbewegung“.
Und diese Beurteilung, ein nur wenige Worte umfassender Satz, trug entscheidend dazu bei, mir das Tor zum Studium zu öffnen. Daran bestand kein Zweifel.

Wie verhielt sich die „breite Masse“? Wie stand es um die Werktätigen, die Arbeiter und Bauern, und – vor allem – um die „schaffende Intelligenz“?

Den wieder schneidigen Aufmärschen im Stechschritt – noch in allzu naher Erinnerung – wurde erneut zugejubelt. Das Jubeln hatten sie eben in sich, noch immer oder schon wieder. Bewundernswert diese Treue zum Staat, zu „ihrem Staat", zu „ihrer Partei"? Auf immer und ewig?
Wohl doch nicht.
Der Bevölkerung blieb nichts anderes übrig, als sich ihrem Schicksal zu ergeben, sich in „ihrem Staat" auf irgendeine Art und Weise einzurichten, irgendwelche Nischen zu suchen, sich mit der Verwaltung des Mangels abzufinden, in Kompensationsgeschäften dringend benötigte Waren, Ersatzteile oder anderes zu organisieren und in ihren „Datschen" auf Besserung zu hoffen. Hieß doch die großkotzig hinausposaunte Weissagung Honeckers zum 40. Jahrestag des Bestehens der DDR, nur wenige Wochen vor dem Ende seines sozialistischen Traums:
„Den Sozialismus in seinem Lauf hält weder Ochs noch Esel auf!"
Der Glaube daran war längst erschüttert. Die „Eselsrolle" musste er, der unerschrockene Erich, Staatratsvorsitzender und Generalsekretär des ZK der Sozialistischen Einheitspartei Deutschlands, auf eine andere, eine besondere Art selber spielen: Um „dem Knüppel aus dem Sack" zu entgehen, machte er sich auf und davon.
„Wer zu spät kommt …"

Zum Abitur befindet man sich auf dem Höhepunkt seines Wissens – heißt es gemeinhin. Auf einer gewissen Höhe seines Allgemeinwissens, sittlich-moralische Reife eingeschlossen, träfe den Kern der Sache wohl eher. Nicht umsonst wird das Abitur als Reifeprüfung betrachtet. War unsere Kritikfähigkeit in gleicher Weise gewachsen und gereift? Konnte sie unter der gezielten ideologischen Ausrichtung, die wir alltäglich erfuhren, mit dem erworbenen Wissen Schritt halten? Wohl nicht. Erst allmählich entwickelte sie sich, nahm zu, als

Fehler und Versäumnisse gehäuft auftraten, Unzulänglichkeiten, die auch uns schmerzhaft trafen, immer offenkundiger aber niemals eingestanden wurden.
Regte sich ein Fünkchen Kritik, wurde es mit der ideologischen Keule totgeschlagen.
„Was du da vorbringst ist sektiererisch, vor allem aber konterrevolutionäres Gedankengut. Du vertrittst damit nicht die reine Lehre! Du arbeitest dem Klassenfeind, Diversanten und feindlichen Agenten in die Hand, wenn du diese abweichlerischen Tendenzen ins Spiel bringst!"
Ein Spiel war es aber weiß Gott nicht. Bitterer Ernst konnte daraus werden, übte man nicht rechtzeitig und reumütig Selbstkritik. Sie entwickelte sich zu einer Art Hochkultur. Funktionäre, Anhänger der „Nomenklatura", blieben nicht verschont. Beschämend ihre Auftritte, meist waren es ihre letzten öffentlichen, wenn sie das von höchster Stelle, vom Zentralkomitee befohlene „reinigende Ritual" mit schuldbeladener Miene demonstrieren und ihre schwerwiegenden Fehler eingestehen mussten. Als erzieherische Maßnahme fürs Volk immer wieder offen zur Schau gestellt, ob in der „Aktuellen Kamera" oder in eigens dafür gesendeten Sonderberichten.

„Einsicht in die Notwendigkeit! Alle Kraft für den Sieg des Sozialismus!" hieß die Losung.
Und das seit Jahren. Immer wieder neu.
„Wann wird er denn nun endlich gesiegt haben? Wann dürfen wir die Früchte ernten, die uns vom Baum des Sozialismus so üppig versprochen worden sind?" - fragten wir uns.
Als hätten sie unsere stummen aber zweifelnden Fragen erraten, lautete die Antwort der allzeit zu einer beschwichtigenden, aber stets ideologisch überfrachteten Aussage bereiten Funktionäre:
„Wir müssen Geduld aufbringen! Die äußeren und inneren Feinde, die unsere friedliche Aufbauarbeit sabotieren wollen,

gilt es, in die Schranken zu weisen! Und dazu seid vor allem ihr, die Jugend, die FDJ aufgerufen. Ihr seid die Vorhut der Partei!"
Kampfparolen, sie wiederholten und erschöpften sich.
Die versprochenen Früchte aber hingen weiterhin hoch, unerreichbar hoch, unsichtbar – weil überhaupt nicht vorhanden: vorgegaukelt – eine Fata Morgana!

Die Verführbarkeit der Jugend - seit eh und je ihr ureigenstes Attribut. Ob sich jemals etwas daran ändern wird, ist zu bezweifeln.

Ich erinnerte ich mich an frühere Schilderungen meiner Schwester. Als Leiterin des örtlichen Kindergartens und Kinderhorts war ihr von „höchster Stelle" aufgetragen worden, Vorbereitungen für die „Aktion Schneeflöckchen" zu treffen. Hinter dieser märchenhaft anmutenden Umschreibung verbarg sich ein geplantes Manöver; alljährlich im Februar.
„Rein spielerisch – selbstverständlich!" wurde versichert.
Unter der Führung von Offizieren der NVA und unterstützt von Kampfgruppen des benachbarten VEB MEWA sollten die Kinder – vorher zielgerichtet unterwiesen und geschult – die umgebenden Wälder durchstreifen, um „feindliche Agenten", die mit dem Fallschirm abgesprungen sein sollten, aufzuspüren und gefangen zu nehmen bzw. „unschädlich zu machen".
Dem erfolgreichen Ausgang würde sich – von vornherein als Belohnung in Aussicht gestellt – ein Manöver-Ball anschließen.
Fasziniert von dieser „ehrenvollen und den Frieden sichernden Aufgabe" schwärmten die Kinder aus, stapften durch verschneite Wälder, spähten nach den feindlichen Agenten, überquerten zugefrorene Bachläufe, spürten nicht die eisigen Winde, die über die Höhen wehten und ihre Gesichter röteten. Begeisterung, ja, Hingabe trieb sie, mobili-

sierte all ihre Kräfte und stählte ihre noch zarten Körper. Die „feindlichen Agenten" wurden eingekreist und festgenommen.
Belobigung, Auszeichnungen mit der üblichen Vergabe von Orden und Abzeichen folgten.
Zum festlichen Abschluss: Manöverball!
Während der logistischen Vorbereitung zur „Aktion Schneeflöckchen" war auch ein dem kindlichen Alter angepasstes Theaterstück mit bescheideneren ballettartigen Szenen einstudiert worden, um den spielerischen Charakter zu unterstreichen.
Ähnlich Tschaikowskys „Schwanensee" schwebten nicht Schwäne sondern „Schneeflöckchen" übers Parkett. Dann endlich: Tanz.
In bauschigen Tüllkleidchen und mit weißen Feder- oder Wattekrönchen im Haar herausgeputzt schwangen die Mädchen mit „ihren Offizieren" und den uniformierten Mitgliedern der Kampftruppe mehr oder weniger hüpfend das Tanzbein zu bekannten DDR-Schlagern.
Die kleinen Gesichter nicht nur durch die vorher erlittene Kälte sondern nunmehr vor Erregung gerötet, die Augen leuchtend, so verbrachten sie in Hochstimmung den restlichen Nachmittag und frühen Abend. Das Gefühl „ihre Pflicht mit höchster Anerkennung und mit Auszeichnung erfüllt zu haben" beflügelte sie alle. Hatten sie doch „ihren Staat" von feindlichen Agenten gesäubert und damit vor „schändlicher Aggression" bewahrt – „rein spielerisch".
Das altbewährte Muster! Noch intensiver, noch ausgeklügelter. Um ja keine Zeit ungenutzt verstreichen zu lassen, sollte das „richtige Bewusstsein" der Jüngsten, mit dem blauen Halstuch geschmückt, so früh wie irgend möglich gebildet werden: Mit der Einschulung, im Alter von sechs Jahren also, traten sie in die Organisation der „Jungen Pioniere" ein.
Das Eintrittsalter in Hitlers „Jungvolk" betrug zehn Jahre.
Die „rotlackierten Nazis" hatten es noch eiliger als ihre Vorgänger.

Hass auf andere, eingeimpft in noch kindliche Seelen oder in unbedarfte Gemüter, immer wieder geschürt von allgewaltigen „Führern" – erleben wir heute die Ernte einer spät aufgehenden Saat, wenn wir nahezu täglich mit Bildern von gewaltbereiten Demonstranten konfrontiert werden?
Ist es die Sehnsucht nach Kampf, nach Krieg, die „Friedensmüdigkeit" derer, die Schrecken und Elend eines Krieges nur vom Hören-Sagen oder aus Filmen und Fernsehspielen kennen?
Kapuzen-Shirts oder -Jacken, Wollmützen und Baseball-Kappen bis zur Unkenntlichkeit tief ins Gesicht gezogen, Kampf- und Tarnanzüge zur Freizeit- oder Tageskleidung erwählt – drückt derartige Kostümierung ein solches Begehren aus: „Ersatzkriegsschauplätze" zu schaffen, auf Straßen und Plätzen, in Sportarenen?
„Zieht jungen Männern eine Uniform an und gebt ihnen eine Waffe in die Hand, schon sind sie zu allem bereit!"
Der Mensch – ein Herdentier - der *„die furchtbare Eigenschaft hat, sich … gefühllos zu machen…"* wie Brecht längst erkannt hatte – lautet so die lapidare Antwort, im Großen wie im Kleinen?
Fragen über Fragen.
„Gewalt überschattet Tag der Arbeit … brennende Blockaden bremsen Neonazis …"
Würde Missachtung, ja, Verachtung besagter Neonazis einen aufkommenden Rechtsradikalismus nicht wirksamer eindämmen als ihm in Presse, Rundfunk und Fernsehen fortwährend Aufmerksamkeit zu schenken, sobald sich ein Häuflein Verblendeter zu einer Demonstration durch Vorortstraßen zusammenrottet? Sie ins Leere laufen zu lassen, auf Straßen, deren Anwohner mit herabgelassen Roll- oder Fensterläden und verriegelten Haustüren ihre Abneigung unübersehbar und damit weit eindrucksvoller zum Ausdruck brächten als alles Gefasel auf Kundgebungen oder in der Presse, wäre das wohl wirksamere Mittel. Was nützt der

Aufruf zu Gegendemonstrationen, die in zwar friedlicher Absicht beginnen, dann aber durch militante Krawallmacher nach dem immer gleichen Strickmuster in das bekannte Chaos münden? Spielen sie nicht denen in die Hände, die man „bremsen" wollte?

„...Linksautonome randalieren, werfen Scheiben ein und Container um... zünden auf Bahngleisen Holzhaufen an ... bewerfen Polizisten mit Farbbeuteln und Pflastersteinen ... S-Bahn- und Fernverkehr für Stunden blockiert ....

„...Jugendliche aus der linken Szene greifen am Tag der Befreiung spontan Polizisten an ..."

Links. Immer wieder Links.

Auf der parteipolitischen Bühne von nun an „Die Linke", rekrutiert aus altbekannten, abgewrackten SED- und Stasikadern, die den zweiten Unrechtsstaat auf deutschem Boden nicht nur geschaffen sondern mitgetragen und vor allem in ihrem Sinne gestaltet und dessen Bevölkerung in Diensten der „Firma" Erich Mielkes überwacht haben, aus „Edelkommunisten", Anhängern der ehemaligen KPD und KPD-ML, desillusionierten Sozialdemokraten, aufgemotzt mit selbsternannten Weltverbesserern, den noch immer illusionsschwangeren „Achtundsechzigern" und RAF-Sympathisanten, die allesamt nichts hinzugelernt haben und als „Heilsbringer" erneut das Füllhorn mit den Segnungen eines „realen Sozialismus" über uns ausschütten wollen. Wo bleibt der „Aufstand der Anständigen", die sich sofort mit allgewaltigem Aufschrei erheben und sich zu kilometerlangen Lichterketten formieren würden, gründeten Neo-Nazis, NPD, DVU und andere „Rechtsstehende" auf gleiche Weise eine derartige Partei der ewig Gestrigen? Wieso bleibt „Links" trotz aller schrecklicher Erfahrungen nicht nur des deutschen Volkes sondern vieler Völker Europas und der Welt nach wie vor „salonfähig", haftet daran noch immer das „antifaschistische Gütesiegel" wie seinerzeit an Stalin? Weil er zu den „strahlenden Siegern der „antifaschistischen Anti-Hitler-Koalition" gehörte, sah man

im Westen jahrelang äußerst großzügig über Stalins Verbrechen hinweg, die er nicht nur am eigenen Volk begangen hatte. Geistert noch immer die Illusion von einem „Sozialismus mit menschlichem Antlitz“ durch die Hirne Unbelehrbarer? Wie war das mit dem Teufel, der das Völkchen am Kragen hatte...? Die Masse folgt willig, ohne zu fragen wohin, lässt sich blindlings „führen“, ganz gleich von wem. Ihm, Goethe, war das *„nichts Neues auf der Welt“*, denn *„wer lange lebt, hat viel erfahren...“* Und wir, die wir gleichwohl vieles erfahren haben, sollten wir es nicht endlich wissen?
Die Antwort darauf fiele mir nicht schwer.

Hilfspfleger

„Schaffens Sie s allein? Ich geh nicht so gern da rüber!“ Ich sah Schwester Marlis an, dass sie eine für sie günstige Antwort erhoffte. Mit „ist doch klar“ räumte ich jeden Zweifel aus.
Nur keine Blöße geben, dachte ich. Außerdem: War ich nicht Manns genug?
Sie hatte mir ja schon geholfen, den in der Nacht Verstorbenen nach unten zum Ausgang zu bringen und ihn auf die dort stehende „Leichenkarre“, eine Trage auf fahrbarem Gestell mit gewölbter, haubenartiger Abdeckung zu ziehen. Nun aber machte sie sich sichtlich erleichtert auf und davon, fuhr mit dem Aufzug wieder nach oben.
In der Nacht war er gestorben: Sabsch. Ich hatte ihn gepflegt.
Während der vorklinischen Semester ein mindestens sechswöchiges Praktikum als Krankenpfleger abzuleisten, um die Medizin sozusagen von der Pike auf zu ergründen, gehörte zum Studium, das ich ein Jahr zuvor, am 31. August 1953, an der „Karl-Marx-Universität“ Leipzig begonnen hatte. Die Semesterferien – genauer gesagt – die Ferien zwischen dem

1. und 2. Studienjahr blieben dafür vorbehalten (die Bezeichnung Semester gehörte gemäß der Neuen Demokratischen Hochschulordnung der Vergangenheit an).
Das „Ernst-Scheffler-Krankenhaus“ in Aue, benannt nach Ernst Scheffler, dem ersten Nachkriegslandrat des Kreises und früheren verdienten kommunistischen Arbeiterführer, lag nicht nur in der Nähe meines Heimatortes, sondern bot auch als Kreis-Krankenhaus mit seinen zahlreichen Abteilungen alles an Möglichkeiten, was für die Ausbildung zum Arzt gefordert war.
Neuerbaute große Bettenhäuser (manche unserer „freiwillig“ geleisteten Aufbaustunden hatten dazu beigetragen), darin die Stationen der Inneren Medizin, der Geburtshilfe und Gynäkologie und – gesondert – der Isolierabteilung untergebracht, ergänzten den bereits 1930 entstandenen ursprünglichen Bau mit den Operationssälen, den Stationen der Chirurgie, Urologie und HNO-Krankheiten. Ich wurde der Station 16, einer „inneren“, zugeordnet. Sie wies 28 Betten auf.
Schwester Hanna, die alles beherrschende Stationsschwester, sorgte für Ordnung, Disziplin und vor allem für Ruhe auf dem Stationsflur. Wie eine Glucke wachte sie über ihre Küken. Das Bild, wie sie – einer Kommandeuse auf ihrem Kommandostand gleich – an ihrem Schreibtisch saß, forderte aber auch Respekt und Ehrerbietung heraus. Wehe, auf dem Flur erscholl ein auch nur geringfügig lauter gesprochenes Wort. Sofort öffnete sich die Tür des Stationszimmers und die aufrechte Gestalt von Schwester Hanna erschien, noch aufgerichteter als sonst schon. Mit dem gekrümmten Zeigefinger beorderte sie den Sünder zu sich.
„Was geht hier vor? Bei uns herrscht Ruhe, absolute Ruhe. Wenn Sie jemandem etwas sagen wollen, dann gehen Sie gefälligst zu ihm und sagen ihm das in einem vernünftigen Ton. Soviel Zeit werden Sie doch wohl haben. Geschrieen wird hier nicht. Verstanden?“

Wir verstanden. Nicht dass wir beleidigt oder gar erzürnt gewesen wären. Das in keiner Weise. Schuf ihre Strenge doch die Atmosphäre, die auf einer Station mit Kranken und Schwerkranken herrschen sollte.

Deshalb schätzten wir sie, wären für sie durchs Feuer gegangen: Sie war gerecht, von „edlem“ Sinn, schenkte unseren Sorgen und Nöten ihr Ohr, half uns, munterte uns auf, wenn wir mit unseren Kräften „am Boden lagen“. Und sie konnte zupacken, war sich nicht zu schade, frühmorgens beim „betten“ zu helfen, wenn eine Kraft ausgefallen war. Dabei strahlte sie sogar eine gewisse Wärme aus und – welch Wunder – Scherze kamen über ihre Lippen. Nein, spröde war sie nicht, auch nicht unnahbar. Wohl distanziert. Etwas anderes als die Anrede „Sie“ gab es für sie nicht, auch nicht gegenüber langjährigen Mitarbeitern. Aber war das nicht der allgemein herrschende Ton, die Form, die im täglichen Miteinander half, sich gegenseitig zu respektieren?

„Kumpanei ist Lumperei!“ Dieses Sprichwort hatte seinen Sinngehalt noch nicht verloren. Nur wenige hielten sich nicht daran.

Schwester Marlies, die Zweitschwester, war zwar nicht das ausgesprochene Gegenteil, unterschied sich aber vom Gemüt und von ihrer Figur her doch deutlich von ihr.

Bereitwillig opferte sie ihre Ellenbeugen, bot uns die prall gefüllten Venen an, damit wir „üben“ konnten: Vorerst Blutentnahme, später auch intravenöse Injektionen.

Insgesamt war sie etwas praller, aber keineswegs dick. Sie war „schön mollig“ und mit einer gewissen Anmut ausgestattet. Nicht gerade „unwiderstehlich“, wie Goethe als unbestrittener Kenner über Frauenschönheit und Anmut geschrieben hat, aber doch begehrenswert. Allzu gerne hätten wir mit ihr ein Schäferstündchen verbracht. Sie aber hatte nur Augen für „gestandene Männer“. Wir Studenten waren für sie noch immer „Buben“. Trotzdem „siezte“ auch sie uns.

Ihren Favoriten lernten wir niemals kennen, hörten nur von

ihm, wenn sie im Gespräch mit den anderen Schwestern gelegentlich Gutes oder auch weniger Gutes von ihm erzählte. Es kam auch vor, dass sie seelisch völlig aus dem Gleichgewicht geraten war: Liebeskummer eben!
Mit einem damals recht frechen Spruch nahmen wir sie hoch, wenn sie am Montagmorgen ziemlich unausgeschlafen und sichtlich „mitgenommen" zum Dienst erschien.
„Sagen Sie mal, waren Sie gestern Abend in der Kirche?"
„Ich, wieso in der Kirche?"
„Sie sehen so „verorgelt" aus!"
Einige Tage herrschte dann Funkstille, „stille Messe" sozusagen. Auch ihre prallen Venen verweigerte sie uns.
Obwohl der Station 16 zu- und somit Schwester Hanna untergeordnet, wachte über mich noch ein anderer: Otto, der Oberpfleger.
Seit vielen Jahren am Krankenhaus tätig, erfahren in allen Pflegesituationen, ausdauernd und belastbar, füllte er eine noch ganz spezielle Funktion aus: Die des Prosektors!
Das verlieh ihm einen besonderen Nimbus.
In den unteren Räumen des Ärztekasinos, wenige Meter vom Krankenhaus entfernt im parkähnlichen Garten gelegen, war die Prosektur, sein zusätzliches Reich, untergebracht.
Oberpfleger Otto bereitete alles vor, was für eine angeordnete Autopsie vonnöten war: Lagerung der Verstorbenen auf dem Sektionstisch, Bereitstellung von Instrumenten und Gefäßen, Justierung der Waagen und anderes mehr.
Nach der Leichenöffnung fiel ihm die Aufgabe zu, den langen T-förmigen Autopsieschnitt wieder zuzunähen, mit fortlaufender Naht zwar, aber dennoch sorgfältig. Er wusch, kämmte, beseitigte alle Spuren, die die Autopsie hinterlassen hatte. Alles geschah mit der nötigen Ruhe, routiniert, besonnen, wortlos. Die Würde eines Toten war ihm heilig.
Ihm „unterstellt", sah er in mir einen willkommenen Helfer. Schon am ersten Tag nahm er mich mit in die Prosektur, erklärte mir in groben Zügen, wobei ich ihm künftig zur Hand gehen sollte.

Allzu neu war das nicht für mich. Im Präparierkurs hatten wir ja an Leichen unsere Kenntnisse in Anatomie vertiefen müssen. Das geschah aber doch auf eine gewisse Weise anonymer als das, was hier auf mich zukommen würde.
„Du hast ja sicher schon ein bisschen davon kennengelernt, in der Anatomie. Hier ist es natürlich etwas anders, dafür aber einfacher. Du wirst sehen."
Dass er mich duzte, war mir zunächst gar nicht aufgefallen. Warum nicht? Seine unkomplizierte, schon fast kameradschaftliche Art schuf sogleich das nötige Vertrauen, in dem er offenbar die Basis für unsere Zusammenarbeit sah. Außerdem, er hätte mein Vater sein können.
Ich half ihm, wo ich konnte, sah dabei nicht auf die Uhr, zumal ich diese Zusatzaufgaben sowieso erst nach dem offiziellen Ende meiner Stationsarbeit erledigen konnte.
In dringenden Fällen rief er mich allerdings auch während der regulären Dienstzeit zu sich. Meist handelte es sich dabei um ungeklärte Todesfälle, außerhalb des Krankenhauses aufgefunden, die zur Autopsie durch den Gerichtsmediziner – aus Zwickau angereist - vorbereitet werden mussten.
Schwester Hanna zeigte überraschenderweise Verständnis. Ein Hintergedanke mag dabei eine nicht geringe Rolle gespielt haben: Sie hatte mir neben den tagesüblichen pflegerischen Aufgaben die „Sonderpflege" von Richard Sabsch ans Herz gelegt.
Er war Schmied gewesen, hieß es, stammte aus dem Sudetenland.
Ein Schlaganfall, der zu kompletter Halbseitenlähmung und zu schwersten Sprach- und auch Schluckstörungen geführt hatte, ließ aber schon längere Zeit keine Erinnerung mehr an den einst großen, starken, kräftigen Schmied aufkommen. Im Bett lag nur noch das, was Schlaganfall und fortschreitende Auszehrung übrig gelassen hatten.
Aus seinem Gesicht, blass, mit eingefallen Wangen und vorstehenden Backenknochen – schon mehr „Totenmaske" – blickten

mich tiefliegende, meist ermattete, dann wieder unruhige, ängstliche Augen hilfesuchend, ja, flehentlich bittend an.
War es ein versuchtes scheues Lächeln? Wir hatten uns aneinander gewöhnt, waren miteinander vertraut. Sobald ich morgens sein Zimmer betrat, schien es so, als „husche" dieses Lächeln über sein Gesicht.
Der rechte Arm gelähmt, der linke nach einer Schussverletzung im Krieg weitgehend unbrauchbar, seine Beine in Beugestellung, in den Kniegelenken völlig kontrakt, so war er nachts meist bis zum Fußende des Bettes gerutscht, konnte gerade noch so eben über die Bettdecke blinzeln und wartete sehnlichst darauf, aus dieser Zwangslage befreit zu werden.
Waschen, betten, seine Windeln wechseln – er hatte nicht mehr das Gespür, ob und wann er „musste" –, die Verbände an den durchgelegenen Fersen und über dem Kreuzbein, das großflächig frei lag, erneuern, ihn füttern, ihm die nur noch wenigen Medikamente einflößen, ein paar aufmunternde Worte zuzurufen – er konnte zwar hören, doch ob er sie auch verstand? – dazu hatte mich Schwester Hanna auserkoren.
Und – natürlich – ihn zu füttern. Selbständig essen oder trinken konnte er nicht mehr.
„So, mein Lieber, gleich gibts was zu essen!"
Er schüttelte – soweit es ihm möglich war – den Kopf und wandte ihn zur Schnabeltasse hin.
Ein paar unverständliche Laute folgten. Ich verstand. Erst wollte er trinken. In ganz kleinen Schlücken, von langen Pausen unterbrochen, versuchte er, den Tee zu schlürfen. Richtig schlucken war zu mühsam für ihn, dafür reichte seine Kraft nicht mehr: der Schluckreflex war beeinträchtigt.
Deshalb konnte ich ihm auch nur häppchenweise Brot, zerdrückte Kartoffeln und, wenn überhaupt, dann nur ganz klein geschnittenes Fleisch zum Mund führen. Oftmals weigerte er sich, etwas zu sich zu nehmen. Störrisch und abwehrend wie ein kleines Kind, das sich einfach zur Seite wegdreht und von „seinem Breichen" nichts mehr essen will.

Wie oft verschluckte er sich dabei. Alles, was sich in seinem Mund angesammelt hatte, hustete und prustete er in hohem Bogen aus. Die Zielscheibe war ich, hatte ich mich doch gerade nach vorn gebeugt, seinen Kopf etwas angehoben, um das Schlucken zu erleichtern.
Seine Augen schauten mich dann traurig und mitleidig an, baten um das, was ihm seine gestörte Sprache verwehrte: Sie baten um Verzeihung.
Es war wie verhext. Immer am Donnerstagnachmittag.
Große Visite! Chefarzt Dr. Fischer – er stammte aus Prag – trat mit all seinen Getreuen, den Ober- und Assistenzärzten, in den Ferien auch Studenten der klinischen Semester, die „Famuli", eingeschlossen, zur allwöchentlichen Chefarzt-Visite an. Die Stationsschwester schritt zusammen mit einer Hilfe, die den Kurvenwagen schob, wegweisend voran. Was in den Zimmern nicht besprochen werden konnte, wurde auf dem langen Stationsflur nachgeholt. Das dauerte. Eine „Große Visite" braucht eben ihre Zeit.
Ich hatte Sabsch, meinen Patienten, wie immer fein säuberlich herausgeputzt und wartete im Krankenzimmer auf das große Ereignis, auf die Visite eben.
Ein anderes „Großereignis" aber suchte mich heim. Kaum, dass sich die Visite genähert und nur noch zwei oder drei Zimmer entfernt war, müffelte es nicht nur, nein, es stank plötzlich fürchterlich:
Sabsch hatte mir wieder einmal einen Windelwechsel beschert. Damit nicht genug. Wie er mit seiner kaum gebrauchsfähigen linken Hand „dahin" gekommen war? Unverständlich. Jedenfalls sah ich eindeutige Spuren an seinen Fingern und – das kannte ich schon – auch auf dem Bettlaken und auf dem Bezug seiner Steppdecke.
Windeln wechseln, ihn rasch säubern und das Bett frisch beziehen? Wie sollte ich das allein schaffen? Es gab nur eines: Schwester Marlies. Ich schaute vorsichtig auf den Flur. Niemand zu sehen. Nur aus einem der benachbarten Zimmer

hörte ich die mir vertrauten Stimmen. Ich rannte zum Stationszimmer und rief Schwester Marlies. Sie ahnte schon, was ihr bevorstand.
„Hat er wieder einmal? Komisch, dass er sich immer den passenden Augenblick aussucht!“
In Rekordzeit schafften wir es. Alles war wieder „porentief rein“, sogar – kurz durchgelüftet – die Zimmerluft. Wir atmeten auf. Stimmengewirr und Schritte näherten sich. Schwester Hanna erschien als Erste. Sie hatte die Tür geöffnet, behielt die Klinke in der Hand und gewährte dem weißen Tross Einlass.
Mild lächelnd trat Chefarzt Fischer ins Zimmer, schaute zunächst auf Sabsch, dann sichtlich erstaunt und – so hatte es den Anschein – auch fragend auf Schwester Marlies und auf mich. Ob er etwas roch?
„Er hatte unter sich gelassen. Wieder einmal, so kurz vorher!“ half uns Schwester Hanna aus unserer Verlegenheit. Mit unmerklichem Nicken hatten wir ihre fragenden Blick beantwortet: Alles wieder O.K. Wusste sie doch nur zu gut um die allwöchentliche Bescherung.
„Ach so.“ Chefarzt Fischer lächelte noch milder.
„Sehen Sie, so ist das, junger Kollege, auch das gehört nun mal dazu!“
Mir war dieser Satz geläufig. Jede Woche sprach er ihn fast genauso aus.

Uns blieb nicht verborgen, dass Sabsch immer schwächer wurde. Fieber kam hinzu. Sein Gesicht, so eingefallen es war, glühte. Er begann zu röcheln.
Lungenentzündung! Sein Atem roch faulig. Lungengangrän? Hatte er bei seinem häufigen Verschlucken aspiriert? Trug ich Schuld daran?
Hatte ich ihn nicht vorsichtig genug gefüttert? Ich machte mir Vorwürfe.
„Aber nicht doch!“ beruhigte mich Schwester Hanna.

„Sein Zustand ist schuld daran. Woher soll er bei dieser Schwäche noch Abwehrkräfte haben?"
Sie behielt recht.
Sabsch hatte keine Kraft mehr. Vergangene Nacht war er gestorben.
Und jetzt, am frühen Morgen, kurz nach sechs Uhr, „karrte" ich ihn – anders konnte man es nicht nennen – über den holprigen Weg „nach drüben".
Außer dem großen Sektionsraum, der schon mehr ein Sektionssaal war, wies das Untergeschoß des Ärztekasinos weitere kleinere Räume auf. Zwei davon dienten dazu, die Verstorbenen dort aufzubewahren, bis sie vom Bestatter abgeholt wurden. Kühlzellen gab es nicht. Die Leichen lagen – in Tücher eingehüllt – auf pritschenartigen Holzgestellen.
Im dritten Raum, ganz weiß getüncht und mit dem Kreuz an der Stirnwand wie eine kleine Kapelle hergerichtet, wurde den Angehörigen die Möglichkeit geboten, die Verstorbenen in würdigerer Atmosphäre, als sie eine „Sterbekammer" auf Station bieten konnte, nochmals zu sehen.

Meinen Verstorbenen hatte ich auf eines der freien Holzgestelle gelegt. Er wog nicht mehr viel. Ich brauchte mich nicht anzustrengen, ihn vom Karren herüberzuziehen.
Otto hatte mir aufgetragen, immer mal wieder, sobald sich die Gelegenheit bot, nach dem Rechten zu sehen. Heute würde er erst am Nachmittag erscheinen. Spätdienst.
Deshalb schaute ich mich um, warf auch einen Blick in die kleine Kapelle. Ich schreckte zurück, suchte Halt am Türrahmen. In der Mitte lag wie aufgebahrt die Leiche einer Frau, ihre Hände gefaltet auf dem Tuch, in das Körper und Beine eingehüllt waren. Eine noch jüngere Frau.
Das war es aber nicht, was mich fast erstarren ließ. Zu beiden Seiten, auf den an der jeweiligen Wand stehenden Gestellen, lagen ein Junge und – ein Mädchen. Das längere Haar ließ darauf schließen.

Etwa zehn oder auch zwölf Jahre alt? Nicht genau zu schätzen. Meine Gedanken darauf zu richten, konnte ich in diesem Augenblick nicht.
Ich war erschrocken, verwirrt und zugleich ergriffen. Tote sah ich ja nicht zum ersten Mal, und das nicht nur in ihrer äußeren Unversehrtheit, sondern aufgeschnitten, auf Präpariertischen im Anatomischen Institut oder wie nebenan auf dem Sektionstisch liegend.
Aber das hier, dieses Bild, seltsam arrangiert wirkte es, versetzte mich in einen eigenartigen Zustand: Unwirklich erschien mir, was ich zu sehen bekam. Ich brauchte Zeit. Dieser Anblick ließ mich nicht so schnell los, verfolgte mich. Ich musste an die drei Kreuze auf Golgatha denken.
Ob sie zusammen gehörten, diese drei? Offenbar. Eine Mutter mit ihren beiden Kindern. Aber wieso?
Ich griff die „Leichenkarre“ und ratterte mit ihr zum Krankenhaus zurück. Otto würde mir sicher sagen, was da passiert war. Bis zum Nachmittag musste ich warten.
„Familientragödie - nehm ich an! Sind gestern Abend gebracht worden. Die Mutter hat sich und ihre beiden Kinder vergiftet. Wahrscheinlich Schlafmittel und zusätzlich Gas. Hast du s nicht noch riechen können?“
„Riechen? Nein!“
Wie sollte ich auch. Die Wucht des Anblicks hatte alle anderen Sinne betäubt.
„Kommen aber in die Gerichtsmedizin nach Zwickau. Werden heute Abend noch abgeholt.
Der Aufwand wär hier zu groß. Außerdem haben die dort Kühlzellen.“
Otto – wie gewohnt – nüchtern und sachlich, gab ruhig und gelassen seinen Kommentar dazu. Gut, all die Jahre, in denen er sich mit dieser kalten Materie beschäftigen musste, hatten ihn abgehärtet.
„Abgebrüht“ – wie manche behaupteten – war er aber nicht
Erleichtert atmete ich auf. Allein der Gedanke daran, was

mich am nächsten Tag hätte erwarten können, ließ mich innerlich erstarren.
Wenige Tage später brachten Polizei und Feuerwehr eine männliche Leiche:
Ihr Mann und Vater ihrer beiden Kinder.
Er hatte sich im Wald erhängt.

Die Suppe – nicht ganz ausgelöffelt

„Das muss gefeiert werden!"
Wir hatten die letzte Prüfung des Vorphysikums erfolgreich hinter uns gebracht.
„Und wo? Wo sollen wir feiern?"
„Bei mir!" – schlug ich vor. „Ich hab ne Flasche Weinbrand und echte Bauern-Blutwurst von zu Hause mitgebracht. Brot ist zwar noch da, wird aber nicht ganz reichen. Müssten welches besorgen!"
Gesagt, getan. Wir kauften Brot und stiegen die Treppen hoch zu meiner Bude bei Frau Stobbe.
Schnapsgläser? Fehlanzeige. Ich besaß keine.
„Hier, Tassen und Wassergläser! Geht auch."
Schon nahmen wir einen „Vorausschluck" und stießen auf unser Vorphysikum an.
„Und jetzt was Handfestes. Sonst hauts uns gleich um, so ohne Unterlage!"
Brot und Wurst stopften wir uns hinein. Der Weinbrand floss – und schon war die Flasche leer.
„Und nun? Ich hab ja mehr Durst als vorher." meinte Manfred.
„Richtig!" stimmte ihm Volker zu.
„Ein Bier wäre jetzt verdammt gut!"
„Gleich um die Ecke ist eine Kneipe. Nichts Besonderes. Aber Bier wirds geben, glaube ich zumindest."

Drinnen war ich noch nie. Wir brachen auf.
Dunkel, verräuchert, nackte Tische, wackelige Stühle. Doch – es gab Bier. So hieß es jedenfalls. Runde um Runde bestellten wir, soviel unsere bescheidene Barschaft zuließ.
Dann wurde es Zeit.
„Auf, auf, zum fröhlichen Jagen!“
Dazu wären wir wohl nicht mehr in der Lage gewesen.
Es war mehr ein Torkeln. Und genauso torkelte ich der Hausnummer 2 in der Kochstraße entgegen. Die andern drei aber mussten auf die Straßenbahn warten. Ich weiß nicht mehr, wie oft sie sich an der Laterne, die neben der Haltestelle stand, festgehalten haben oder um sie herumtanzten.
Wie war ich die Stufen hinaufgestiegen? Wie hatte ich die Tür zum „Vorsaal“ aufgeschlossen?
Hatte ich noch das Klo, eine halbe Treppe tiefer, aufgesucht?
Irgendwie musste ich ins Bett gelangt sein, denn am nächsten Morgen wachte ich in einem solchen auf. Viel erkannte ich nicht. Draußen herrschte offenbar noch Morgendämmerung. Durch das zum Hinterhof gerichtete Fenster drang sowieso wenig Licht.
Wo war ich?
Ich sah mich um. Recht mühevoll. Mein Blick fiel auf das Schlüsselbrett neben der Tür. Die Schlüssel hingen dort - wie gewohnt. Also war ich da.
Als ich über das Federbett strich, fühlte ich Unebenheiten. Es war nicht glatt wie sonst sondern sehr, sehr rau, ja, fast höckerig. Und mein Kinn, meine Wangen? Stachelig und seltsam höckerig. Komisch. Hatte der Alkohol den Bart so kräftig sprießen lassen?
Ich stutzte.
„Kann nicht sein“ sagte ich mir. Dem war auch nicht so.
Weinbrand, Bier und Brot mit Blutwurst hatten den umgekehrten Weg nach draußen gefunden und sich – miteinander vermischt – auf meinem Bett und auf meinem Gesicht ausgebreitet.

Die recht trockene Beschaffenheit des „Überzugs" ließ darauf schließen, dass es sich bereits in den ersten Nachtstunden ereignet haben musste. Säuerlicher Geruch stieg mir in die Nase.

Ich erhob mich. Zumindest hatte ich die Absicht und drehte mich nach links. Kaum versuchte ich, einen Fuß auf den Boden gesetzt, verlor ich die Balance und fiel mit der Brust gegen die Tischkante. Der Schmerz ließ mich sofort ins Bett zurückkriechen.

Was tun? Aufstehen sollte ich schon bald. Schließlich drückte die Blase gewaltig. Ich wunderte mich, dass ich die ganze Nacht ausgehalten hatte – bei dem mehr als reichlich getankten hochprozentigen „Treibstoff".

Aber so, wie ich aussah, konnte ich auf keinem Fall Frau Stobbe begegnen oder gar jemanden auf der halben Treppe zum Klo.

Mühsam schleppte ich mich zum Waschtisch, goss aus dem Krug Wasser in die Steingutschüssel und betrachtet mich im Spiegel.

O je. Da war reichlich zu tun. Ich ging ans Werk. Es dauerte zwar, doch am Schluss blickte ich in ein ganz manierliches Gesicht.

Und das Bett? Bezug und Kissen sahen wie nach einem Schlachtfest aus. Nach einem, das schon längere Zeit zurücklag.

Gott sei Dank hatte ich noch frische Bettwäsche im Schrank. Gelernt ist gelernt. Die vier Internatsjahre machten sich auch hierbei bezahlt. Im Nu erstrahlte das Bett in blütenreinem Weiß.

Jetzt aber schnell zum Klo. Den Eimer mit dem verbrauchten Waschwasser in der Hand trat ich aus meiner Zimmertür und stand Frau Stobbe gegenüber.

„War spät geworden, gestern Abend, was? Un so ganz alleene warn se wohl ooch nich mehr."

„Aber sicher war ich allein!"

„Nee, nee, se hatten en ganz scheenen Affen uffgeladen. Ich habs poltern gehört!“
„Ach, wirklich? Tut mir leid. Na ja, ich gebs zu, wir haben kräftig gebechert. Sie wissen ja, unser Vorphysikum musste begossen werden. Jetzt aber ist mir speiübel. Ich glaub, ich krieg keinen Bissen runter. Wenn ich nur dran denke, kommt mir alles hoch.“
„Warten se mal. Ich koch ne scheene Mehlsuppe, das hilft. Gehn se erscht mal ne halbe Treppe tiefer.“
Lange dauerte es nicht, dann trat Frau Stobbe in mein Zimmer und stellte einen Teller Mehlsuppe auf den Tisch.
„Lassen sichs schmecken!“
„Vielen Dank!“
Appetit hatte ich nicht. Auf Mehlsuppe sowieso nicht. Noch nie hatte ich mich dafür erwärmen können. Ich rührte lustlos darin herum, nahm zögerlich Löffel um Löffel zu mir. Beruhigte sich mein Magen? Nein! Im Gegenteil. Die Suppe schmeckte nicht nur fad, sie schmeckte muffig! Wie lange mag die Mehltüte in Frau Stobbes Küchenschrank gelegen haben? Monate schätzte ich.
Was war denn das?
Mit dem Löffel stieß ich auf etwas, was nicht unbedingt zur Suppe gehören konnte. Etwas hartes, sperriges, so hatte ich den Eindruck. Ich kippte den Teller ein wenig und schürfte mit dem Löffel den Tellerboden entlang.
Da. Volltreffer!
Eine Haarnadel. Eine richtige Haarnadel. Noch dazu eine große. Gut acht Zentimeter lang. Die ehemals schwarze Farbe weitgehend abgeblättert.
Ich sah das graue, fettig- strähnige Harr von Frau Stobbe vor mir. Oooaaah! Wie von einer unsichtbaren Macht getrieben, suchte ich die Suppe nach Fettaugen ab. Keine! Gott sei Dank – wenigsten das blieb mir erspart.
Trotzdem würgte ich. Doch schlechter als mir schon war, konnte mir ja kaum noch werden.

Tief Luft holen! Immer wieder sagte ich mir: Tief Luft holen. Der Teller mit der Haarnadel im Mehlsuppenrest stand vor mir. Wohin damit? Ins Klo natürlich.
Doch wie sollte ich ungesehen dahin gelangen? Mit dem Teller in der Hand? Unmöglich! Wenn mich Frau Stobbe damit sähe, wäre das nicht nur peinlich.
Halt! Mir fiel meine Brotdose ein. Aus Aluminium.
Wunderbar. Ich goss den Tellerinhalt mitsamt Haarnadel in die Dose und trug sie – versteckt natürlich – zum Klo. Schwupp, hinein damit.
Mit Klopapier wischte ich die Dose aus und schlich erleichtert zurück in mein Zimmer.
Frau Stobbe klopfte und trat ein.
„Na, sehn se, nu gehts doch gleich viel besser!"
„Noch nicht so ganz. Trotzdem vielen Dank! Ich meine aber, etwas Kräftiges würde mir jetzt gut tun".
Den leeren Teller reichte ich ihr zurück.
„Gucken se doch mal driebn in den Fischladen. Vielleicht ham die nen Rollmops. Manchmal gibts welche. Hilft gegen Kater!"
Ich „guckte" und kehrte mit zwei Rollmöpsen zurück. Dass sich nach deren Verzehr mein Zustand wesentlich besserte, konnte ich nicht behaupten: „essig-sauer" brannte es im Magen.
Nur eines konnte ich, und das mit Nachdruck: mir einhämmern, auf keinem Fall jemals wieder Weinbrand zu trinken. Ich konnte ihn auf Jahre hinaus „nicht mehr riechen". Sobald mir ein solcher oder ein ähnlicher Duft in die Nase stieg, empörte sich alles in mir.
Oder war der Gedanke an Frau Stobbes Haarnadel daran schuld?

...und sie schämten sich nicht...

Welch ein Aufwand. Überzeugungsarbeit musste geleistet werden, vorbereitend, „im Kleinen" versteht sich. Also, die Seminargruppen einzeln instruieren!
Wieder einmal wurde „Einsicht in die Notwendigkeit" eingefordert. Zum wievielten Male eigentlich? Wir habens nicht gezählt.
Sparsamkeit sei vonnöten.
„Ohne Sparmaßnahmen, und das auf allen Gebieten, sind Aufbau und Festigung des Sozialismus nicht zu schaffen!"
„Auch wir Studenten müssen unseren Beitrag leisten! Da muss eben mal ein Kino- oder Theaterbesuch wegfallen. Die Grundfesten sichern, das hat Vorrang! Danach werden wir weiter sehen!"
So die Argumentation der FDJ-Sekretäre.
„Ihr könnt Euch doch nun wirklich etwas einschränken und auf Nebensächlichkeiten verzichten!"
„Was verstehst du unter Nebensächlichkeiten? Wenn wir einen fortschrittlichen Film oder ein progressives Theaterstück ansehen wollen, sind das denn Nebensächlichkeiten? Heißt es nicht immer, wir sollen uns auch kulturell weiterbilden, uns mit dem Sozialistischen Realismus vertraut machen? Wenn nicht im Kino oder im Theater, wo denn sonst? Im Zirkus etwa?"
Das Gelächter war auf unserer Seite.
Die Sekretäre kamen ins Schwimmen.
„Ihr könnt euch noch so sträuben, es muss und wird auch so kommen, wie ich es euch angekündigt habe! Da geht kein Weg dran vorbei! Und – seid doch mal ehrlich – müssen denn manche jeden Monat in die Oper oder ins Konzert gehen? Das ist doch nun wirklich Luxus!"
Sie hatten offenbar noch nicht bemerkt oder überhaupt nicht gewusst – woher auch –, dass die Spielpläne von Oper, Schauspiel oder von Konzerten jedes Jahr eine mehrmonatige Som-

merpause auswiesen. Von „jeden Monat" konnte also keine Rede sein.

Versammlung in der Liebigstraße. Großer Hörsaal!
Referenten des Staatssekretariats, Sekretäre von FDJ und Partei, verschiedene andere Asse, die zur Verstärkung geladen waren, allesamt predigten das Gleiche.
„Ganz generell brauchen wir Sparsamkeit, und zwar auf allen Gebieten. Geld wahllos verschwenden, wie wir es hin und wieder beobachten, kann nicht mehr geduldet werden. Den Staatshaushalt gilt es zu sanieren. Jede Mark ist dabei wichtig."
Mit der nötigen Zurückhaltung meldeten sich einige Studenten.
„ Ich frage, wie wir über die Runden kommen sollen? Miete, Lebensunterhalt, Lehrbücher, auch mal ein Kleidungsstück – das alles mit den hundert Mäusen bestreiten? Wie soll das denn gehen? Und überhaupt. Der Staat spart doch schon daran, dass er unser Studium von sechs auf fünf Jahre gekürzt hat. Da fallen nicht nur die Stipendien sondern auch Institutskosten und die für den Lehrkörper über ein gesamtes Jahr weg. Ist das nichts? Wir büffeln nur noch. Das kann auf Dauer nicht gut gehen. Entspannung muss auch sein!"
„Wenn du dich einschränkst und nicht großspurig auf die Pauke haust, wird das wohl möglich sein. Die hundert Mäuse, wie du sie nennst, sind statistisch ganz exakt ermittelt. Damit ist auszukommen. Das steht fest."

Weitere kritische Wortmeldungen, Diskussionsbeiträge – sie alle wurden für nichtig erklärt.
Die Sekretäre der jeweiligen Seminargruppen unterstrichen ihre progressive Einstellung, begrüßten die Direktive, wie sie stets begrüßten, was „von oben" kam, und sicherten prompte Erfüllung zu.
Nicht nur sie allein. Wie gewohnt und uns wohlbekannt, er-

schienen die „Claqueure“ aus dem Hochschulaktiv auf der Bildfläche. Dazu Linientreue aus unseren eigenen Reihen. Sie verteidigten willfährig und eilfertig die Maßnahmen unseres Staates.
„Freunde, nun seid doch vernünftig! Es geht schließlich um höhere Ziele! Um den Aufbau des Sozialismus und die Stärkung unserer Friedensmacht. Da muss eben mal Persönliches zurückstehen! Wenn wir uns alle am Riemen reißen, ist das doch zu schaffen.“

Die Stimmung war gedrückt. Jeder rechnete sich aus, worauf er verzichten müsse, um über die Runden zu kommen.
Es rumorte und brodelte. Zur Verkürzung des Studiums auf nur noch fünf Jahre mit der zwangsläufigen Verdichtung des Lehrstoffs war nun ein Zweites erschwerend hinzugekommen. Doch Aufbegehren? Möglichkeiten dazu waren uns verschlossen, wollten wir nicht Gefahr laufen, wegen „aufrührerischer Machenschaften“ von der Uni verwiesen zu werden.
„Bewährung in der Produktion sozialistische Betriebe“, auf unbestimmte Zeit „Schulter an Schulter mit den Werktätigen“ um den Sieg des Sozialismus zu ringen, wer wollte das riskieren?
„Was willst du denn tun? Sollen wir irgendwelche Resolutionen verfassen? Und an wen richten?
Das stößt doch genau so ins Leere wie alles andere auch.“
Also kuschen und offiziell „Einsicht in die Notwendigkeit“ zeigen. Dabei blieb es – einige Tage.

Was lasen wir in der Zeitung? Konnte das sein? Wie war das zu verstehen?
„RIAS-Lügen sind zerschlagen!“
„Feindliche Agenten schürten in Studentenkreisen Unzufriedenheit und Haß, indem sie verbreiteten, dass die Stipendien gekürzt würden!“
Alles nur ein Spuk? Wir rieben uns die Augen.

Wollte man uns für dumm verkaufen? Wieder einmal sollte alles eine „RIAS-Ente“ gewesen sein?

Die Versammlung in der Liebigstraße, die dort aufgebotenen Referenten, die Sekretäre und die anderen, die wie üblich vollkommen blind „für die Sache des Staates“ eintraten, sie alle sollten von „RIAS-Agenten“ fremdbestimmt worden sein? Waren sie wirklich so naiv zu glauben, uns mit derart plumpen Tricks überzeugen zu können?

„Falschmeldungen – von West-Agenten gesteuert – sind in den Apparat eingeschleust worden. Das wurde dann leider ungeprüft weitergegeben. Eine ärgerliche Panne! Die notwendigen personellen Konsequenzen hat es bereits gegeben. Unfähige an bestimmten Schaltstellen sind entlassen worden!“ so entschuldigten und rechtfertigten sie recht kleinlaut die „besonderen Vorkommnisse“.

Einzugestehen, dass es – wenn auch unwahrscheinlich – unter den Studenten zu gewaltigen Unruhen, ja, womöglich zu einem Flächenbrand gekommen wäre, hätte das Staatssekretariat an seinen Plänen festgehalten, dazu waren sie nicht bereit. Ob sie einen solchen befürchtet hatten?

Oder hatte es – wenn auch nicht bei uns – doch irgendwo rumort? An anderen Universitäten? War das – wie üblich – totgeschwiegen oder „niedergeschlagen“ worden? Nichts gelangte an die Oberfläche. Offiziell zumindest nicht.

„Die Partei, die Partei, die hat immer recht…“

So wie am 17. Juni 1953!

Weshalb sollte sie sich schämen?

Wo saßen diesmal die Saboteure?

Wie alljährlich im Herbst, so stand auch in diesem Jahr ein Arbeitseinsatz ins Haus. Auf „freiwilliger Basis" natürlich, wie üblich.
Diesmal jedoch nicht, um fristgerecht oder – wenn möglich – vorfristig die Ernte einzubringen, seien es Kartoffeln oder Zuckerrüben, nein, der Weg wies ins Braunkohlerevier. Schulter an Schulter mit den Werktätigen eines Sozialistischen Großbetriebs, mit den Kumpeln des Kombinats also, sollten wir Kohle abbauen.
Treffpunkt: Montag, sechs Uhr, vor dem Dekanat in der Härtelstraße.
Kleidung? Dem Einsatz im Revier entsprechend, mit anderen Worten: alte Klamotten.
Etwa siebzig Unerschrockene – grob gezählt – hatten sich bereits kurz vor sechs Uhr eingefunden, um die freiwillig eingegangenen Verpflichtungen mit „unbeugsamen Willen" zu erfüllen, das Bündel mit geeigneter Arbeitskleidung über die Schulter geworfen.
Seit Wochen waren wir von Funktionären, den Sekretären unserer Seminargruppen, darauf eingestimmt worden. Den „zwingenden Argumenten", die mit der altbekannten Agitationskeule eingehämmert wurden, konnten wir uns, allesamt FDJ-Mitglieder – wer sonst durfte studieren? – nicht verschließen.
Der Zeiger rückte weiter vor, hatte 6:30 Uhr bereits überschritten. Kein Bus und auch keiner von unseren agitationsfreudigen Funktionären ward gesehen.
Da, einer bog völlig abgehetzt (hatte er „verschlafen"?) um die Ecke und staunte nicht schlecht.
Christian war´s, der Sekretär unserer Seminargruppe.
„Wie, keine Busse? Wo bleiben die denn? Sollten doch schon längst hier sein. Sechs Uhr war vereinbart!"
In ihnen würden wir zum Revier gefahren, so sei es vorgese-

hen, erklärte er beschwichtigend.
„ Freunde, Ruhe bewahren. Die werden hier schon noch eintreffen."
Seine Worte lösten bei uns aber nur noch gequältes Lächeln aus. Auch nach weiteren 15 oder 2o Minuten bog keiner der angekündigten Busse in die Härtelstraße ein.
„Da scheint was nicht zu stimmen!" schätzte Christian die Situation treffend ein.
„Ich kümmere mich."
Er eilte davon – Richtung Prorektorat.

Hier standen sie, ein Bus neben dem anderen. Die Fahrer fluchten.
„Was ist denn das für eine Sch...! Seit kurz vor sechs stehen wir hier und warten. Kein Schwanz da. Wo bleibt ihr denn?"
Erklärungsbedarf war angesagt. Fehlerhafte Instruktion, daher Organisationspanne? Die Studenten seien aber doch in die Härtelstraße bestellt worden, antwortete Christian recht kleinlaut.
„Und wir hierher. Und da sind wir auch, wie du siehst" konterte ein Fahrer sichtlich ungehalten.
Vorsichtig fragte Christian an, ob sie nicht mit ihren Bussen zur Härtelstraße fahren könnten.
„Kommt nicht in die Tüte! Haben die Schnauze voll!"
Sie stiegen ein und fuhren davon.

In der Härtelstraße harrten wir weiterhin geduldig aus.
„Darf doch nicht wahr sein. Mittlerweile ist es halb acht. Die Sache scheint gegessen!"
Einige gaben stinksauer zu verstehen, dass sie lange genug gewartet hätten. Jetzt sei Schluss!
„Moment, noch ne Viertelstunde, vielleicht tut sich doch noch was" – hofften ein paar Besonnene. Es tat sich aber nichts. Auch von Christian keine Spur. Traute er sich nicht zurückzukommen? Anstatt Ärger machten sich Spott und Häme breit.

„Der wird sicher genau so wie wir die Schnauze voll haben!"
„Und die Hosen auch. Wird nicht wissen, wie er uns das alles erklären soll."
Regen setzte ein, zunächst leicht nieselnd, dann immer heftiger. Das brachte das Maß zum Überlaufen, wurde als „höheres Signal", ja, als Fanal gedeutet.
„Kommt, wir haun ab. Die können uns mal! Möchte nur wissen, wer diesmal den Schlamassel zu verantworten hat."
Im Nu war die Härtelstraße leergefegt.
Die Frage nach vermeintlichen „Saboteuren und Diversanten", ansonsten stets willkommene Ausrede für selbstverschuldete Pleiten und daher hinter jedem Fehlschlag vermutet, blieb bemerkenswerterweise offen.

Seit Wochen damit befasst, zur kulturellen Umrahmung des bevorstehenden „Klinischen Vogelschießens" wieder ein Kabarettprogramm auf die Beine zu stellen, sahen wir in dem kläglich gescheiterten Braunkohleeinsatz willkommene Munition.
„Das müssen wir gehörig ausschlachten!"
Gesagt, getan.
Eingepasst in das Korsett, das wir für all unsere Texte ausgewählt hatten, nahmen wir nicht nur mit dem einleitenden „Frau Wirtin – Vers" unsere FDJ mitsamt ihrer Fehlorganisation aufs Korn. Ein ausführliches Rezitativ musste unbedingt folgten.

Frau Wirtin hat ne FDJ. Au Backe! Nein, was ist die flott.
Von ner Einsatzplanung ins Braunkohlenrevier
hat sie wahrhaftig keine Ahnung.

•

Fast noch zu nächtlich- dunklen Zeiten
sah man frisch und munter schreiten
viel Volks vom 3. Studienjahr.
An die 70 warn s sogar.
Trotz noch nicht ganz wachem Sinn
gings zur Härtelstraße hin,
um mit unbeugsamen Willen
die Verpflichtung zu erfüllen,
die sie eingegangen waren:
Nämlich - ins Braunkohlerevier zu fahren.
Die Uhr, sie zeigte 6 Uhr früh.
Exactement -, da standen sie.
Sie schauten kreuz, sie schauten quer:
Weit und breit kein Funktionär.
„Wo stecken denn nur diese Knaben,
ob die wohl schon ne Sitzung haben?"
Es wurde viertel, dann halb sieben,
da bracht es einen angetrieben.
Mit ernstem Funktionärsgesicht bemerkte er:
„Da stimmt was nicht!"
Und sein Blick, der sagte schon:
„Hier mangelt es an Instruktion!
Ich werd aber darauf pfeifen
und selbst die Initiative ergreifen!"
Flugs raste er nun durch die Stadt,
sein Ziel war das Prorektorat.
Kaum war er dort angekommen
fühlte er sich recht benommen.

Die Augen wollten ihm übergehn:
Hier sah er die Busse stehn.
Er fragte, wie sich denn das verhält.
Die Fahrer warn hierher bestellt.
Sie fluchten voller Spott und Hohn
auf diese Organisation,
schimpften - grün vor Ärger schier:
„Seit 6 Uhr warten wir schon hier!“.
Auch waren sie nicht zu bequemen,
den Kurs aufs Dekanat zu nehmen,
weil sie, Freunde, ei bedenkt,
„wieder einmal“ fehlgelenkt.
Inzwischen war es viertel acht,
die Stadt inzwischen voll erwacht,
und alle in der Härtelstraße
machten eine lange Nase.
Vom Funktionär war nichts zu sehn.
„Wir sollten einfach wieder gehn!“
Der Himmel gab nun seinen Segen
in Form von furchtbar dichtem Regen.
Das war ein höheres Signal!
Und dieses wurde zum Fanal,
denn 1,2,3- im Handumdrehn
war keiner mehr von ihn n zu sehn.
Alles Vertrauen, so mühsam gewonnen,
war in Null und Nichts zerronnen.
Eine Frage, die noch zu klären wär:
Wo steckte hier der Saboteur?
Letztlich blieb alles eingetrübt.
Selbstkritik ward nicht geübt.

Einer der Stolpersteine mehr, die uns zwangen, einen anderen Weg einzuschlagen: den in die Freiheit – nicht nur in die Freiheit der Gedanken und Worte.

Leipziger Allerlei

Unsere Flucht von Leipzig nach Westberlin in der Nacht zum 30. Januar 1958 war geglückt. Ihr Misslingen hätte uns drei Jahre Zuchthaus eingebracht, denn einen Monat vorher war das berüchtigte Pass-Gesetz der DDR in Kraft getreten. Nun aber, als wir uns erstmals „über den Wolken" befanden, um mit einer Maschine der PANAM von Westberlin nach Frankfurt am Main ausgeflogen zu werden, war bereits vieles vergessen, auch der sicherlich notwendige aber keinesfalls erbauliche Aufenthalt im Flüchtlingsaufnahmelager Berlin-Marienfelde aus dem Gedächtnis gelöscht: der Höhenrausch trug dazu bei.

Am Flughafen wurden wir erwartet und in Empfang genommen. Staunen über Staunen.

„Perfekt organisiert!" meinte Conny. Seine gewichtige Mine verriet Anerkennung.

Der Wagen fuhr in Richtung Gießen.

„Ich bringe sie ins Jugend-Lager nach Gießen-Krofdorf." erklärte uns der Fahrer.

Jugend! Wir mussten lächeln. So jung fanden wir uns nun auch nicht mehr. Aber, das hatten wir bereits in Berlin erfahren, bis zur Vollendung des 25. Lebensjahres sahen die Amerikaner in uns Jugendliche. Wir hatten den Wunsch geäußert, in die ehemalige amerikanische Besatzungszone ausgeflogen zu werden.

„Dort oben ist es." Der Fahrer zeigte auf eine Burg. Sie lag auf einer bergähnlichen Erhebung. Von weitem schon war sie zu sehen.

„O la la!" Mehr wussten wir im Augenblick nicht zu sagen.

Dabei blieb es auch. Wir waren frei und wir genossen diese Freiheit in vollen Zügen. Und nicht nur sie, sondern alles, was uns geboten wurde. Wir kamen aus dem Staunen nicht heraus.

„Nicht zu fassen!“ Immer wieder unser einhelliges Urteil über das, was wir erleben durften.
Die Woche verging wie im Flug.
„Alles Gute für die Zukunft!“ Damit verabschiedete sich der Leiter des Jugendlagers und entließ uns hinaus ins neue Leben.
Geld verdienen – hieß es nun. Als Werkstudenten fanden wir eine Anstellung im Hessischen Innenministerium. Connys Onkel, dort als Amtsrat tätig, hatte uns vermitteln können.
Frühling in Wiesbaden! Wir genossen ihn und die herrliche Stadt erst recht.
Die klassizistischen Prachtbauten der Wilhelm- und Parkstraße, von Bombenangriffen verschont geblieben, Konzerte, Veranstaltungen der leichteren Muse, das Reit- und Springturnier im Biebricher Schlosspark: eine andere Welt offenbarte sich uns.
Die Tanzbar des Parkhotels in der Wilhelmstraße hatte es uns ganz besonders angetan. Allein die Beleuchtung der Tanzfläche – für uns, die wir so etwas noch nie gesehen oder erlebt hatten – einfach ein Phänomen: Während des Tanzes zu den latein-amerikanischen Rhythmen der Band – ihr „A-a-a-a-ve Ma-r-i-i-a“ wird mir immer in Erinnerung bleiben – wechselte das Licht, und alles, was bislang weiß leuchtete, erstrahlte in einem betörenden blau-violett: die Kragen und Manschetten der Oberhemden, die Kleider der jungen Mädchen, ihre Blusen oder Röcke. Umso dunkler – Sonnenbräune vortäuschend, so als wären alle frisch aus dem Ski-Urlaub im Hochgebirge gekommen oder von der Sonnenbank, wenn es sie damals gegeben hätte – hoben sich Gesichter und Hände kontrastierend davon ab. Wir tanzten uns in einen Rausch, konnten nicht genug kriegen.

Mitte April traf ein amtliches Schreiben mit der Aufforderung ein, uns am soundsovielten zu einer Befragung in einzufinden.

„Unterlagen, die Aufschluss über Fluchtgründe geben können, sind – falls vorhanden – vorzulegen" war angefügt und dick unterstrichen.
Im Frankfurter Stadtplan fanden wir die angegebene Adresse der Behörde, wo wir uns melden sollten.
Vorbei am Eschenheimer Turm, über die Adickesallee noch hinaus, näherten wir uns der ausgewiesenen Straße und schritten auf das inmitten einer großzügigen Gartenanlage gelegene Gebäude zu, das einen nicht minder großzügigen, ja, herrschaftlich-repräsentativen Eindruck erweckte. Aus der Gründerzeit, war zu vermuten.
„Da, sieh mal!"
Auf dem Dach eine Fahne: Blau-weiß-rot – Stars and Stripes!
„Aha!"
Vorbei an einem Wachposten, dem wir unsere Vorladung reichten, betraten wir das Gebäude.
Im Eingangsbereich ein massiver, langer Tisch, eine Art Direktorenschreibtisch. Hinter ihm eine junge, sehr freundliche Dame, die nach einem Blick auf das ihr entgegengehaltene Schriftstück den rechten Arm hob und nach oben wies.
„Bitte, hier die Treppe hoch und im Zimmer 13 melden!"
Sie griff zum Telefonhörer. Offenbar meldete sie uns an.
„Zimmer 13! Hast du gehört?" bemerkte Conny.
„Na und, 13 ist eine Glückszahl"
Ein smarter, schlankwüchsiger Mann, Mitte dreißig wohl, begrüßte uns. Sein Blick glitt an uns herunter, von oben bis unten.
„Schön, dass sie gekommen sind. Vielen Dank! Nehmen sie bitte Platz. Das heißt – einen Moment bitte!"
Er rief nach einer Sekretärin. Sie führte Conny in einen Nebenraum, kam dann zurück und setzte sich neben den Schreibtisch. Einzelvernehmung war angesagt. Nun gut, was solls? Im Flüchtlingsaufnahmelager war das auch nicht anders. Wird so üblich sein. Ist ja auch richtig so. Ich versuchte, mich zu beruhigen oder wenigstens den Eindruck zu erwecken.

„Könnten sie mir erzählen, was sie zur Flucht veranlasst hat!"

Ich berichtete, legte Durchschläge diverser Protokolle vor, die von der FDJ-Fakultätsleitung während der unseretwegen einberufenen Sitzungen gefertigt worden waren, überreichte das Exemplar der Leipziger Universitätszeitung vom 6. März 1958, worin ein Artikel über unser provokatives Auftreten beim Klinischen Vogelschießen, der traditionsreichen Ball-ähnlichen Festveranstaltung von Lehrkräften und Studenten der Medizinischen Fakultät, erschienen war.

Herzliche Grüße zum Internationalen Frauentag

UNIVERSITÄTSZEITUNG

DER KARL-MARX-UNIVERSITÄT — ORGAN DER SED-PARTEILEITUNG

Mediziner trennten sich von „Kabarettisten"

Arbeiter halfen Klarheit schaffen / Kein Vogelschießen mehr!

Die Semesterbälle der Medizinischen Fakultät hatten schon oft den Unwillen der fortschrittlichen Studenten hervorgerufen. Das lag teils an dem dort herrschenden Milieu, weil die Bälle nicht den Charakter einer Veranstaltung der Freien Deutschen Jugend, sondern eher den eines Corps-Studenten-Vergnügens unseligen Angedenkens trugen, teils an den Programmen, die von den Medizinstudenten selbst gebracht wurden. Trat eine Kultur- und Kabarettgruppe einer anderen Fakultät mit einem erzieherisch wertvollen Programm auf, ging dieses meistens in Gezische unter. Mehr Anklang fanden die von einigen Medizinstudenten selbstgezimmerten Reimereien.

So auch auf dem Klinischen Vogelschießen 1957, wie man es einem Brauch vergangener Zeiten zufolge noch immer feierte. Die FDJ-Leitung hatte sich vorher über dieses Programm informiert, es in einigen Teilen verworfen, in anderen gutgeheißen. Die „Kabarettisten" versprachen hoch und heilig, nur die akzeptierten Punkte vorzutragen. Auf dem Ball aber boten sie auch die abgelehnten Strophen — und das mit einer Frechheit und Arroganz sondergleichen. Zur Rede gestellt, brachten sie vor, daß ihnen sonst der Beifall versagt geblieben wäre!

Welchen Strophen galt der Beifall? Es waren vor allem das Paßgesetz, die GST und die guten Kabarettprogramme anderer Fakultäten, die der Belustigung gedankenloser Applaudierer preisgegeben wurden. Zur Ehre der FDJ-Leitung muß gesagt werden, daß sie sich derartige Ungehörigkeiten nicht bieten ließ. Es wurde eine Semesterversammlung einberufen. Auf ihr wurden die Vortragenden zur Rechenschaft gezogen und wurde den anderen Studenten vor Augen gestellt, wie gedankenlos sie Beifall gezollt hatten.

Die Fakultätsleitung der FDJ hatte den Antrag auf Ausschluß der Provokateure aus dem Verband der Freien Deutschen Jugend gestellt, da ihr Verhalten Hetze gegen Gesetze unseres Staates und Vertrauensbruch gegenüber ihrer gewählten Leitung ist und damit im Widerspruch zu dem Statut des sozialistischen Jugendverbandes steht. Diesen Tatbestand erkannte die Mehrheit der Versammelten nicht an und stimmte für Verbleib der Provokateure im Verband.

Da weniger als die Hälfte der Mitglieder der Grundeinheit anwesend waren und die Abstimmung nach dem Statut der Freien Deutschen Jugend somit keine Gültigkeit besaß, fand eine Wiederholung der Versammlung statt. Die Zwischenleitung des 5. Studienjahres lud dieses Mal Arbeiter vom VEB VTA und Mitglieder des Aktivs der Hochschulgruppe ein. Selten schuf eine Versammlung so viel ideologische Klarheit. Viele Studenten, die vorher geschwiegen hatten, rechneten mit den Provokateuren ab. Es stellte sich außerdem noch eine „großzügige Handhabung" der von den Professoren und Oberärzten für die Veranstaltung gespendeten Gelder heraus. So wurde für ein „Mittagessen während der Hauptprobe" fünfzig Mark in Rechnung gesetzt, für Smokingleihgebühr und dergleichen weitere Fünfzig-Mark-Beträge. Jedenfalls war die Abrechnung reichlich undurchsichtig. Aber darauf begründete sich der Ausschlußantrag nicht. Als die Provokateure merkten, daß ihr unverschämtes Auftreten Folgen haben würde, machte sich einer von ihnen, der Student Kohlhardt, auf den Weg zu Professoren, um ihre Verwendung zu erbitten. Als die anderen ihn aufforderten, er solle auch für sie ein Wörtchen einlegen, antwortete ihnen ihr Kumpan: „Jeder stirbt für sich allein!"

Das alles kam bei dieser zweiten Versammlung zur Sprache. Das Ergebnis war eine eindeutige, einstimmige Ablehnung des Verhaltens der Provokateure und der Ausschluß des Anführers aus der FDJ. Darüber hinaus wurde von einem Arbeiter des Betriebes VTA nahegelegt, die Hauptschuldigen zu exmatrikulieren. Mit großer Stimmenmehrheit beantragten die Versammelten die Exmatrikulation.

Wie recht man mit der Behauptung hatte, daß das vorgetragene Programm nicht nur Effekthascherei war, beweist die Tatsache, daß zwei der Programmgestalter inzwischen die Republik verlassen haben. So wie die Provokation während des Vogelschießens werden alle Versuche, die Medizinische Fakultät aus der sozialistischen Umgestaltung herauszuhalten, scheitern.

Parteileitung des 5. Studienjahres

Überschrift und Ausschnitt aus Artikel / Universitätszeitung vom 6. März 1958

Unter der Überschrift „Mediziner trennten sich von Kabarettisten" hieß es in ihm unter anderem, dass zwei der Provokateure inzwischen der Republik den Rücken gekehrt hätten und in den Westen geflüchtet seien.
Wir, besagte zwei Provokateure, hatten zusammen mit drei weiteren Kommilitonen ein Kabarettprogramm zur Umrahmung des Vogelschießens zusammengestellt und vorgetragen. Darin geißelten wir nicht nur alltägliche Mißstände an unserer Uni sondern auch groteske Maßnahmen des Staatssekretariats für Hochschulwesen.

Der „provokative Auftritt" der „Kabarettisten" während des „Klinischen Vogelschießens im Oktober 1957 in der Alten Messe Leipzig

Den anwesenden FDJ- und Partei-Sekretären gefiel das ganz und gar nicht. Einige der Protokolle, in denen von „den Organen" über unser Schicksal beraten und letztlich entschieden worden war, gerieten noch vor der Flucht in unsere Hände, andere waren uns von Vertrauten nachgeschickt worden. Darunter auch das Exemplar der Leipziger Universitätszeitung.

Der smarte Mittdreißiger, in dessen Aussprache ich einen ganz leichten amerikanischen Akzent wahrzunehmen glaubte, hörte sich alles geduldig an, warf Blicke auf Protokolle und Zeitung und bat die Sekretärin, Kopien von den Unterlagen anzufertigen.

„Können sie mir etwas über militärische Anlagen erzählen? Sind ihnen welche bekannt?“ wechselte er das Thema.
O je. Wollte er mich testen? Bekannt war doch, und das dürfte ihm auch bekannt sein, dass Derartiges als militärisches Sperrgebiet Normalbürgern nicht zugänglich war.
„Mich interessiert vor allem der Leipziger Flugplatz in „Schkeuditsch“ fuhr er fort. „Was wissen sie davon?“ Ich stutzte, oder auch nicht. Er meinte natürlich den Flugplatz in Schkeuditz. Jetzt war es offenkundig, mir gegenüber saß ein Amerikaner. Die Klangfärbung in der Aussprache mancher Wörter – eindeutig. Ich ertappte mich dabei, ihn wegen „Schkeuditsch“ korrigieren zu wollen, hielt mich aber noch rechtzeitig zurück.
"Gar nichts. In dessen Nähe bin ich nie gewesen. Unsere Hörsäle, die Institute und Kliniken, sie alle befinden sich im Süd-Osten und in der Mitte Leipzigs. Das heißt, eine Ausnahme gibt es: Das Krankenhaus St. Georg liegt etwas nördlich des Hauptbahnhofs.“
„Und sonst? Was wissen sie sonst?“
Mir fielen lediglich die Geschützstellungen der Sowjets auf dem Zeller Berg in der Kreisstadt Aue ein, unweit des Ernst-Scheffler-Krankenhauses. Fuhr ich im Bus daran vorbei, die Straße lag nördlich davon, musste ich still in mich hineinlachen: die Geschützrohre waren nach Süden hin ausgerichtet – zum Sozialistischen Bruderstaat CSSR.
Ich erzählte davon.
„Wie viele mögen das sein?“
„Genau sagen kann ich das nicht. Man sieht nur die größeren, langen Geschützrohre. Kleinere liegen zu versteckt. Dürften

aber auch dabei sein. FLAK wahrscheinlich. Aber wie viele das sind?“
Ich überlegte. „Vielleicht sechs bis acht. Mehr sicher nicht.“
Dies und das erfragte er noch, vor allem aber wollte er wissen, wieso unsere Flucht nach West-Berlin „so reibungslos“ über die Bühne gehen konnte.
In mir kam der Verdacht auf, er könne meinen, wir wären womöglich „eingeschleust“ worden, eingeschleust im Auftrag der STASI, um den „imperialistischen Feind“ auszuspähen.

Knapp und emotionslos berichtete ich über den Ablauf der Geschehnisse in der Nacht zum 30. Januar. Genauso emotionslos hörte er sich alles an.
Nach einer kurzen Pause: „Und was haben sie vor?“
Erleichtert über den erneuten Themenwechsel sprach ich davon, dass wir unser Medizinstudium, das wir in Leipzig wenige Tage vor Beginn des Staatsexamens abbrechen mussten, an der Johann-Wolfgang-Goethe-Universität, hier in Frankfurt, fortsetzen und beenden, das Staatsexamen ablegen wollen, um zugleich die Erlaubnis zur Promotion zu erlangen. Eingeschrieben hätten wir uns schon. Ich berichtete, dass ich meine Dissertation in Leipzig bereits fertiggestellt habe und sie mir von einem Schulfreund, der an der Humbold-Universität in Ost-Berlin gleichfalls Medizin studiere, via Berlin-West nachgeschickt worden sei.
Die Sekretärin oder auch nur Stenotypistin hatte – nachdem sie mit den angefertigten Kopien zurückgekehrt war – alles notiert. Mein „Befrager“, Amerikaner oder nicht, erhob sich und ging ins Nebenzimmer. Nach einer Weile kam er mit Conny zurück.
„Hatten sie irgendwelche Ausgaben, Verdienstausfall, Fahrgeld oder ähnliches? Meine Sekretärin (also doch Sekretärin) wird ihnen zeigen, wo sie das regeln können und sie anschließend in die Kantine führen. Hier – Gutscheine fürs

Mittagessen – und – der Passierschein."
Mit „Alles Gute!" und einem kräftigen Händedruck wurden wir verabschiedet.
Über die 25,00 DM, die wir als Ausgleich für unseren Verdienstausfall erhielten, freuten wir uns wie die Schneekönige. Umso mehr, weil wir gar keinen zu beklagen hatten. Vom Ministerium war uns großzügig ein Tag Urlaub gewährt worden. Schließlich handelte es sich ja um eine amtliche Angelegenheit, die wir in Frankfurt erledigen mussten.
Mittagessen, etwas verspätet zwar, aber das, was uns geboten wurde, stimmte mehr als versöhnlich.
Seit langem hatten wir nicht so umfangreich getafelt. Suppe, Hauptgericht, Dessert!
Das Schnitzel ragte über den Tellerrand hinaus. Dann die Beilage: Leipziger Allerlei!
Davon ebenfalls reichlich.
„Guck mal! Ist das nicht toll?!" Conny schwärmte und schnalzte mit der Zunge.
„Du wirst doch wohl nicht glauben, dass die das unseretwegen auf die Speisekarte gesetzt haben.
Das gibt es sicherlich alle paar Tage."
„Kann ja sein. Trotzdem, nicht unpassend!"
Wohlgesättigt stiegen wir in die Straßenbahn. Der Besuch beim CIA, wir erfuhren erst später, wer sich in dem Haus aus der Gründerzeit aufhielt, hatte sich allein wegen des „formidablen Lunchs" gelohnt. Noch dazu mit „Leipziger Allerlei".
Irgendwie war es schon grotesk. Hatten wir doch, nur wenige Wochen waren seitdem vergangen, so „allerlei" in Leipzig „schlucken" müssen – allerdings weniger bekömmlich.

Wahre Freundschaft ...

Sieben Jahre nach meiner Republikflucht durfte ich erstmals – auf drei Tage befristet – in die DDR einreisen: Zum Begräbnis meines Vaters. Am 22. Mai 1965 war er mit 64 Jahren und genau vier Monaten gestorben. Die telegrafische Nachricht über seinen Tod galt, von der Kreispolizeibehörde amtlich beglaubigt, zugleich als Einreiseerlaubnis.

Seitdem hatte ich meine alte Heimat wiederholt besucht. Die schikanösen Kontrollen der Grenzorgane an der „Staatgrenze West", womit die Allmacht des Apparates und damit die Souveränität der DDR mit dem nötigen Nachdruck demonstriert werden sollte, waren mir mittlerweile vertraut, auch die penibel vorgeschriebenen Ein- und Ausreiseformalitäten.

„Binnen 24 Stunden haben Sie sich bei der örtlichen Polizeibehörde / Meldestelle einzufinden, um Ihre Anwesenheit bestätigen zu lassen. Einreiseerlaubnis und Quittung über Devisenumtausch sind vorzulegen! Abmeldung hat ebenfalls innerhalb 24 Stunden vor geplanter Ausreise zu erfolgen!"

Leichter gesagt oder angeordnet als getan oder befolgt.

Die Öffnungs- bzw. Sprechzeiten der örtlichen Meldestelle bereiteten Schwierigkeiten, legten – ob beabsichtigt oder nicht – Hindernisse in die Einhaltung des vorgeschriebenen Amtswegs: Die Einraumbehörde war nur zu bestimmten Zeiten mit nur einem Polizisten besetzt, nicht täglich, auch nicht einheitlich vor- oder nachmittags. Unterschiedlich waren die Öffnungszeiten festgelegt, weswegen immer wieder Probleme auftraten, innerhalb der 24-Stunden-Frist sämtliche Formalitäten zu erledigen. Gleiches widerfuhr einem am Ende des Aufenthalts, musste doch die fristgerecht abgestempelte „Aufenthaltsgenehmigung" bei der Ausreise nicht nur vorgezeigt werden. Sie wurde von den Grenzorganen einbehalten, um Überblick, sprich genaueste Kontrolle über die exakte Einhaltung des genehmigten Ein- und Ausreisetermins zu gewinnen. Alles geschah – wie nicht anders zu

erwarten – im Abgleich mit dem Fahndungsbuch.
Wenn sie inzwischen auch versetzt oder in höhere Positionen aufgestiegen waren, einige der Polizisten in der Meldestelle hatte ich rein visuell in Erinnerung behalten. Sie mich offenbar auch.
„So, wieder mal zu Besuch in der Heimat?"
„So ist es."
Trotz anfänglich geflissentlicher Distanz ergab ein Wort das andere. Fragen und Antworten mündeten in lockere, ja fast von allen Zwängen gelöste Unterhaltung.
„Könnten Sie mir nicht auch meine Ausreise am kommenden Dienstag bescheinigen?" fragte ich zögerlich.
„Dienstag?" Er schaute auf den Wandkalender.
„Das sind ja noch fünf Tage!" Vorwurfsvoll blickte er zu mir auf.
„Ich weiß. Die Sache ist nur so: Ich müsste am Dienstag sehr früh zurückfahren, um rechtzeitig in Dortmund zu sein. Ab Freitagmittag bis einschließlich Montag ist ihre Meldestelle jedoch geschlossen. Soll ich wegen des Stempels erst nach Schwarzenberg zur Kreispolizeibehörde fahren?"
Er lehnte sich zurück, überlegte und steckte sich eine Zigarette an.
Das war das Signal. Ich griff in meine Manteltasche, zog eine Packung HB hervor und schob sie über die Tischplatte. Konnte ja möglich sein, dass er das leidgeplagte und letztlich wütende HB-Männchen aus dem West-Fernsehen kannte: „Wer wird denn gleich in die Luft gehen, greife lieber zur HB!"
Wortlos nahm er die Packung vom Tisch und ließ sie in seinem Uniformrock verschwinden.
„Eigentlich ham se recht. Die paar Tage. Was ham wir Dienstag für n Datum?"
„Müsste der 26. sein." Nochmals ein kontrollierender Blick in Richtung Wandkalender. „Richtig. Also gut."
Er trug Einreise- und Abreisedatum handschriftlich in die Aufenthaltserlaubnis ein, griff in seine rechte Hosenta-

sche, kramte ein Schlüsselbund heraus, fingerte nach einem kleineren Schlüssel, der vom häufigeren Gebrauch sichtbar blanker poliert war als die übrigen.
Der damit aufgeschlossenen Schreibtischschublade entnahm er eine Kassette und einen wiederum kleinen Schlüssel, der an einem roten Bändchen hing. Mit diesem öffnete er vorsichtig die Kassette.
Stempelkissen und Dienstsiegel kamen zum Vorschein.
Äußerst bedächtig und mit nunmehr strengerem Gesichtsausdruck frischte er das Siegel auf dem Stempelkissen an und kam dann seiner hoheitlichen Amtshandlung nach: Er besiegelte meine Ein- und Ausreise.
Anschließend umgekehrte Abfolge: Siegel und Stempelkissen zurück in die Kassette, diese samt bändchenmarkiertem Schlüssel zurück in die Schublade. Schublade abgeschlossen, Schlüsselbund zurück in die Hosentasche.
Mein verhaltenes Lächeln über soviel Sorgfalt – eine offensichtlich strikt einzuhaltende Dienstvorschrift – versuchte ich zu unterdrücken. Wurde befürchtet, dass der BRD-Bürger durch plötzlichen Zugriff das Dienstsiegel entwenden könnte?
„So, sehn se. Nu könn se sich freun." meinte er jovial. Mein Lächeln hatte er jedenfalls so gedeutet.
„Noch n schön Aufenthalt!"
„Danke sehr! Bis zum nächsten Mal! Glück auf!"

Das „nächste Mal" war ich Sonntagnachmittag angekommen. Dass die örtliche Meldestelle erst am Dienstagvormittag von 10 bis 13 Uhr geöffnet hatte, war mir entfallen. Folglich musste ich Montagvormittag zur Kreispolizeibehörde nach Schwarzenberg, um die 24-Stundenfrist einhalten zu können.
„Du musst auch das Hausbuch mitnehmen und dort vorlegen!" ermahnte mich meine Mutter.
„Hausbuch? Was ist das denn?"
Ein Novum. Ins Hausbuch, worin sämtliche Hausbewohner

aufgeführt waren, mussten nunmehr – zweifellos war es deswegen überhaupt eingeführt worden – auch Besucher aus der BRD mit allem Pi-Pa-Po eingetragen werden: Genaue Personenangaben, Beruf, Wohnort, Arbeitgeber bzw. Dienststelle, beabsichtigte Aufenthaltsdauer. Ich sah mich bereits eingetragen. Mein Schwager hatte dafür gesorgt.

Los gings.
Erste Station: Staatsbank der DDR – im villenähnlichen Gebäude unterhalb des Marktplatzes eingerichtete Zweigstelle.
„Ich möchte Geld umtauschen!" Ohne Vorlage der Quittung über den seit geraumer Zeit verlangten Devisen-Zwangsumtausch im Verhältnis 1:1 zur „Deckung des täglichen Bedarfs" erhielt man keine Aufenthaltsgenehmigung.
„Wie lange bleiben Sie?" fragte die junge Bankangestellte freundlich.
„Eine Woche."
Sie reichte mir die Geldscheine, hielt inne und gab mir noch freundlicher zu verstehen:
„Sie können auch mehr umtauschen. Nach oben ist keine Grenze gesetzt!"
„Ich weiß, danke. Vielleicht das nächste Mal. Im Moment benötige ich aber nicht so viel."
Ich nickte ihr ebenfalls freundlich zu und steckte die DDR-Mark in mein Portemonnaie.

Im Volkspolizeikreisamt herrschte Andrang. Einzelabfertigung, wenn auch in zwei Diensträumen, zog längeres Warten nach sich.
Die karge Möblierung war fast identisch mit dem, womit die mir vertraute Meldestelle meines ehemaligen Heimatortes ausgestattet war.
Dazu das identische Ritual: Kassette mit Dienstsiegel und Stempelkissen in der Schublade, raus, rein – alles wie gehabt.
Ich verkniff mir allerdings die Frage, ob meine Ausreise

gleichfalls bestätigt werden könnte. Mir war klar, dass ich damit nicht nur auf Verwunderung sondern auf massive Entrüstung gestoßen wäre und womöglich eine Lawine von Nachfragen oder Nachforschungen ins Rollen gebracht hätte.
Zum Schluss legte ich das Hausbuch zur Einsicht vor.
„Hier, hätte ich fast vergessen. Alles ist eingetragen!"
Prüfender Blick ins Buch, vorwurfsvoller Blick zu mir.
„Warum denn nicht gleich?"
„Wieso nicht gleich? Mir wurde gesagt, Sie brauchten nur zu kontrollieren, ob alles stimmt."
„Wer behauptet denn so was. Das alles muss polizeilich bestätigt werden."
Missmutig überprüfte er zum zweiten Mal die Einreiseerlaubnis mit den darin aufgeführten Daten, verlangte erneut meinen Personalausweis, um alles mit den Eintragungen im Hausbuch zu vergleichen und wiederholte den mich immer wieder belustigenden Vorgang:
Schublade aufschließen, Kassette mit Dienstsiegel heraus, stempeln, Dienstsiegel wieder hinein, zurück in die Schublade, abschließen.
„Tut mir leid!" äußerte ich mein Bedauern. „Beim nächsten Mal weiß ichs."
Trotz seines verächtlichen Blicks verabschiedete ich mich mit einem angedeuteten Kopfnicken.

Was sollte ich von den zwangsgetauschten Ostmark kaufen? Ich sah mich um. Die kleinen Geschäfte in der oberen und unteren Schloss-Straße oder gegenüber dem Ratskeller luden weder mit ihren Auslagen noch im Inneren zum Kauf ein. Erzgebirgische Schnitzereien, auch „Gedrechseltes" wie „Raachermannl" oder Nussknacker, besaß ich zur Genüge. Kleinere Weihnachtspyramiden hingegen hätte ich sehr gerne gekauft.
„Sind zu dieser Jahreszeit leider nicht vorrätig. Geht alles in den Export." hieß es. Deswegen aber nach Seiffen, Karl-

Marx-Stadt oder Dresden zu fahren, wie mir empfohlen wurde, hielt ich für übertrieben.
„Vielleicht entdecke ich morgen oder übermorgen in Aue einiges.“ Ich hatte schon bei meinen früheren Besuchen voller Freude registrieren können, dass die dortige Evangelische Buchhandlung immer wieder Bemerkenswertes an Kunstbänden, Klassiker-Ausgaben, Opern-, Konzert- und Schauspielführern bot. Mit der Hoffnung darauf trat ich schließlich den Weg zu den Bushaltestellen auf dem Bahnhofvorplatz an.
Kurze Orientierung. Schon hatte ich den richtigen Fahrsteig entdeckt. Ich stellte mich ans hintere Ende der Warteschlange.
Leer würde der Bus sicherlich nicht abfahren. Davon war nicht auszugehen. Auch nicht von einem Sitzplatz. Was solls. Früher hast du doch diese Strecke – ob bergauf oder bergab – zu Fuß bewältigt, ohne mit der Wimper zu zucken. Hauptsache, du kannst dich hineinzwängen. Ein Stehplatz reicht vollkommen. Als ich so vor mich hinsinnend in die Runde der Wartenden schaute, entdeckte ich ihn - ganz vorn in der Schlange. Ich täuschte mich nicht, wenn auch die dank Erich Honecker äußerst beliebte schiffchenartige Mütze aus Pelz oder Pelzimitation – auch mit eingearbeitetem Schirm erhältlich – sein Gesicht nicht ganz freigab. Kein Zweifel, er war es.
Mein Gott. Ganze acht Jahre hatte ich mit ihm die Schulbank gedrückt, Seite-an-Seite gesessen. Wir wohnten nur ein paar hundert Meter voneinander entfernt, trafen uns auch nachmittags, spielten Soldaten, Indianer im selbstgebastelten Federschmuck, pirschten durch Wiesen und Wälder, kraxelten in Steinbrüchen herum, suchten im „Wässerle“, einem kleinen munter dahinplätschernden und glasklares Wasser führenden Wiesenbächleins nach den Larven der Köcherfliegen und anderem Getier, aßen Brunnenkresse und Sauerampfer, und wir zogen mit dem Zeichenblock hinaus. Unser beider

Schmiedeeisernes Friedhofstor – immer wieder ein dankbares Motiv

Leidenschaft gehörte dem Zeichnen und Malen. Wie oft wir unsere Alte Kirche, die Friedhofsmauer mit ihrem schmiedeeisernen Tor, die neuere Christuskirche bei Tag und in der Dämmerung, oder aber Landschaften in Farbe oder mit Bleistift auf Papier festhielten, vermag ich nicht mehr abzuschätzen. In unserem Klassenlehrer hatten wir d e n Lehrmeister gefunden. Er war Absolvent der Kunstakademie, bewahrte seitdem einige Tuben Ölfarbe als kostbaren Schatz auf. Wir durften damit erste Pinselstriche auf richtiger Leinwand wagen. Für den Anfang gelang das gar nicht mal schlecht. Weitere Versuche schlossen sich an. Ich bemühte mich, ob als Aquarell oder in Öl, alles so wiederzugeben, „wie das

Auge es sieht“ (dieses väterlich belehrende Wort eines mir bekannten älteren Kunstmalers klang mir stets in den Ohren). Mein Freund und Banknachbar hingegen ließ Fantasie walten und entwickelte seinen eigenen Stil: In ein erzgebirgisches Landschaftsgemälde gehört ein Hirsch. Er malte ihn hinein, meist als röhrenden Zwölfender.

Zu Geburtstagen unseres Klassenlehrers überraschten wir diesen mit bescheidenen Theateraufführungen, lange Zeit vorher einstudiert, mit Gedichten und Gesangseinlagen. „Der Mond ist aufgegangen“ oder „Wahre Freundschaft soll nicht wanken“ sangen wir beide – schon mehr oder weniger im Stimmbruch – zweistimmig. Er übernahm die höhere, ich die tiefere Stimmlage.

Und jetzt stand er vorn in der Warteschlange. Wieviele Jahre inzwischen vergangen waren, seit wir uns das letzte Mal gesehen hatten, vermochte ich im Moment nicht mehr genau zu zählen.

Ich hatte kaum meinen Arm erhoben, um ihm zuzuwinken und mich mit einem Zuruf bemerkbar zu machen, als der Bus vorfuhr und alle sich drängelnd hineinzwängten. Er ganz vorn, ich hinten, fast als Letzter.

Zusammengepfercht wie Ölsardinen standen wir dicht bei dicht. Mich zu ihm durchzukämpfen, war illusorisch. Musst eben warten, bis wir oben am Markt aussteigen, sagte ich mir.

Der IKARUS-Bus, ungarisch-volksrepulikanischer Herkunft, keuchte die Hauptstraße hoch.

Erster Halt im untern Ortsteil. Er stieg nicht aus. Wir hatten also doch das gleiche Ziel, die Haltestelle am Marktplatz.

So war es. Ob er mich inzwischen entdeckt hatte? Der Bus hielt. Vorn sprang er aus der Tür, ich zwängte mich hinten hinaus. Der Zuruf, den ich parat hielt, blieb mir in der Kehle stecken. Den Kragen seines Anoraks rasch hochgeschlagen und die Mütze noch tiefer ins Gesicht gezogen, eilte er so schnell er konnte davon. Ich hinterher, immer wieder rufend.

Ich kam näher, war ihm sozusagen auf den Fersen, als er mit einem plötzlichen Ruck die Straßenseite wechselte, die Lücke zwischen zwei Lastwagen nutzend. Seinen Kopf hielt er den angrenzenden Häusern zugewandt.
Der Straßenverkehr verhinderte, dass ich ihm folgte.
„Nicht so schlimm." sagte ich mir. Ich wusste ja, wo er wohnte. „Wenn er nach Hause will, muss er sowieso durch den Friedhof. Dort werde ich ihn schon einholen!"
Irrtum. Als ich mich anschickte, noch rechtzeitig vor den herannahenden Trabis die Hauptstraße zu überqueren, bog er in scharfer Wendung nach rechts und verschwand im „Gemeindeamt", dem heutigen Rathaus.
Hielt ich betroffen inne, war ich enttäuscht oder musste ich insgeheim lächeln?
Im Elternhaus angekommen erzählte ich davon.
„Er wurde doch vor kurzem zum stellvertretenden Bürgermeister ernannt. Da sind Westkontakte nicht so gern gesehen, noch dazu, wenn es sich dabei …"
Meine Schwester brauchte den Satz nicht zu vollenden, ich konnte ihn mir zu Ende denken.
Republikflüchtling! Das war der Grund, weshalb er vor mir davonlief. Er wollte oder durfte mich nicht kennen. Mehr als Unannehmlichkeiten wären ansonsten auf ihn zugekommen, hätte man ihn zusammen mit mir beobachtet.
„Na ja, du weißt doch, die Zeit ist halt so. Da muss man sich eben anpassen.. " fügte meine Schwester hinzu.
Die Zeit, ja, die Zeit.

Seltsam. Ich erinnerte mich. Es muss sich um meinen zweiten DDR-Besuch gehandelt haben, drei Jahre nach dem Tod meines Vaters, demnach zehn Jahre nach meiner Flucht.
„Dass du einreisen durftest, hast du dem Bürgermeister zu verdanken. Er hat sich für dich eingesetzt, hat die Einreise befürwortet. Vielleicht solltest du dich bei ihm bedanken."
„Beim Bürgermeister? Wer ist das?"

„Das ist Herr ..., kennt dich noch von früher, ich glaub vom Sport her. Könntest ihn ja aufsuchen, wenn du wegen deiner Anmeldung sowieso im Gemeindeamt bist."
„Soll ich etwas mitnehmen, Zigaretten oder Kaffee? Oder sieht das nach Bestechung aus?"
„Ach woher. Freuen wird er sich. Ich weiß allerdings nicht, ob er raucht. Nimm lieber Kaffee mit. Dann hat auch seine Frau was davon."
Während der Anmeldeformalitäten fragte ich den Polizisten:" Wissen sie, ob Herr Bürgermeister im Haus ist?"
„Der müsste oben sein. Ich habe ihn vor einer halben Stunde gesehen. Am besten, sie fragen im Vorzimmer nach."
Ich klopfte.
„Herein!" Die Vorzimmerdame, mittleren Alters, ordnete Schriftstücke.
„Sie wünschen?"
„Ich hätte sehr gern Herrn Bürgermeister gesprochen. Wäre das möglich?"
„Darf ich fragen, worum es sich handelt?"
„Rein privat!"
Mit einem unüberhörbaren Nachdruck hatte ich geantwortet.
Sie schaute mich erstaunt an, erweckte für kurze Zeit den Eindruck zu schwanken zwischen „Soll ich oder soll ich nicht?", erhob sich aber nach einer Weile und klopfte an die massive Doppeltür, die ins Amtszimmer des Bürgermeisters führte.
„Ja!"
Sie öffnete einen Spalt. „Hier ist jemand, der sie sprechen möchte – privat."
„Privat?" Ich hörte, dass ein Stuhl gerückt wurde und vernahm Schritte.
Nun stand er, der Bürgermeister, im Türrahmen und sah mich an. Ob er sich wirklich an mich erinnerte? Er schien einen Moment zu überlegen. Sein zunächst kritischer Gesichtsausdruck hellte sich auf.

„Ach, Sie sinds." Dass er überrascht war, auch ein wenig verunsichert und deshalb unschlüssig zu sein schien, sah ich ihm an.
„Kommen Sie, nehmen Sie Platz. Willkommen in der Heimat!" Er reichte mir die Hand.
„Ich wollte mich nur kurz bei ihnen bedanken."
„Wofür?"
„Sie haben meine Einreiseerlaubnis befürwortet, erfuhr ich von meiner Mutter."
„Ach so. Na ja, sie wissen doch, wir sind keine Unmenschen."
„Trotzdem. Vielen Dank! Hier, eine Kleinigkeit nur." Ich nahm die Packung „Jacobs-Krönung" aus meiner Tasche.
„Aber, das wär doch nicht nötig gewesen." Halb abwehrend erhob er seine Hände, griff dann aber nach der Packung und „schwupp" war sie hinter seinem Schreibtisch verschwunden.
Wir kamen ins Gespräch, brachten es schließlich auf den Punkt: Meine Flucht.
„Ich weiß, damals sind Fehler gemacht worden. Ich hab erfahren, worum es ging. Im Grunde genommen, war das doch eine harmlose Geschichte. Aber, nicht immer lief alles so, wie es hätte laufen sollen. Doch jetzt, jetzt ist vieles anders, besser, und in ein paar Jahren wird alles noch viel besser sein. Hätten sie nicht Lust zurückzukommen? Viele erinnern sich noch an Sie, vom Sport her. Und außerdem: Wir haben Ärztemangel, brauchten tüchtige Ärzte. Sprechen sie doch mal mit unserem Kreisarzt. Ich sehe da durchaus Perspektiven. Ein Treffen mit ihm könnte ich arrangieren. Was meinen sie dazu?"
„Vielen Dank für das Angebot, sehr freundlich. Die Situation ist aber mittlerweile folgende: Ich habe Familie, zwei Söhne, einer davon gerade eingeschult. Da will alles genau überlegt sein. Und ob meine Frau einwilligt, ist eine ganz andere Frage."

„Sicher, so ein Entschluss fällt nicht leicht. Sie können ja mal darüber nachdenken."
Er begleitete mich zur Tür.

„ …und in paar Jahren wird alles noch viel besser sein…"
Seit meinem Besuch bei ihm, dem damaligen Bürgermeister, waren mehr als diese „…ein paar Jahre…" vergangen. Dass nunmehr „ …alles noch viel besser …" sei, konnte ich nirgendwo erkennen, noch weniger erleben. Und an seine Worte „ … wir sind doch keine Unmenschen…" wurde ich mit einer gewissen Ernüchterung auch erinnert.
Nein, unmenschlich war es natürlich nicht, wie sich mein langjähriger Schulfreund als jetziger stellvertretende Bürgermeister mir gegenüber verhielt. Es war menschlich, allzu menschlich – und letztlich verständlich: Er hatte sich angepasst, wohl anpassen müssen!
„Die Zeit ist halt so!" Meine Schwester, und nicht nur sie, hatte es auf den Nenner gebracht.
So blieb sie auch, die Zeit, noch viele Jahre.

„ …januskӧpfig …"

Für einen kurzen Besuch nur blieb mir diesmal Zeit: drei oder vier Tage. Ein Abstecher nach Dresden sollte dennoch möglich sein. Trotz noch immer unübersehbarer Schäden an den wunderschönen Barockbauten, an Straßen und Plätzen, die das Inferno in der Nacht vom 13. auf den 14. Februar 1945 hinterließ, war die Stadt stets eine Reise wert. Nicht umsonst schmückte sie der Beiname „Elbflorenz". Anfang der fünfziger Jahre war ich ein letztes Mal dort gewesen: Der Besuch der „Großen Kunstausstellung der DDR" – ob es die 2. oder schon die 3. gewesen ist, weiß ich nicht mehr genau – gehörte für uns Oberschüler zum Pflichtprogramm.
„Exponate des Sozialistischen Realismus" – großflächig und

in munteren, auch grellen Farben – zierten die Wände: Arbeiter und Arbeiterinnen an Werkbänken, an Maschinen, auf Großbaustellen, auf Traktoren, Bauern und Bäuerinnen bei der Ernte, auf gigantischen Mähdreschern, mit „Hochleistungskühen", die „literweise Milch am laufenden Band" produzierten, und – sie durften keinesfalls fehlen – Rotarmisten auf Panzern, an Geschützen – alle mit dem verklärten Ausdruck ungetrübter Siegeszuversicht. Richtig, Kinder waren auch darunter – „Junge Pioniere" der Sowjetunion mit ihren roten Halstüchern, singend, winkend, der sozialistischen Zukunft frohgelaunt entgegensehend.
Das lag gut und gerne 30 Jahre zurück.
Die Sommerferien hatten begonnen. Als Lehrerin ebenfalls schulfrei, wollte Claudia, meine Nichte, unbedingt mitfahren und sich als Stadtführerin betätigen. Während ihres Studiums war sie dort in einem Studentenwohnheim untergebracht gewesen, kannte demnach Dresden so gut wie ihre Westentasche.
Jörg, ihr Mann, Ingenieur in einer Eisengießerei, konnte sich auf irgendeine Weise selbst einen Tag „frei geben" und bot sich als Dritter im Bunde an.
So ganz ohne Hintergedanken war das natürlich alles nicht. Beide hatten erst vor kurzem Geburtstag: Claudia am 7. Juli, Jörg Anfang August. Nachträglich wollte ich sie beschenken.
„Ihr dürft euch etwas aussuchen."
Die Vorfreude sah ich ihnen an. Wenn schon in Dresden, dann auch die Gelegenheit beim Schopfe fassen und sich im „Intershop" nicht nur umsehen.
Wir parkten rechts vom „Hotel Bellevue".
In dieses neue, sehr noble „Inter-Hotel" am Elbufer mit Blick auf das barocke Dresden direkt gegenüber hatte anlässlich der Wiedereröffnung der Semperoper Erich Honecker den damaligen Bundeskanzler, Helmut Schmidt, eingeladen.
Jetzt waren wir in der großzügigen Lobby, sahen auf edles Holz, auf Türen mit messingfarbenen Klinken, auf dekora-

tiv gestaltete Wände, setzten uns in eine der einladenden Nischen, die allesamt geschmackvoll ausgestattet waren. Sie luden zum Verweilen und zum Genießen ein. Das Kulturprogramm hatte uns ermüdet, um nicht zu sagen völlig geschafft. Von der Brühlschen Terrasse über die „Dimitroff-Brücke“ – später wurde sie wieder in Augustusbrücke umbenannt – waren wir mit hängender Zunge zurück zum Hotel gelaufen.

„Mein Gott, ich hab vielleicht nen Durst!“ stöhnte Claudia.

Auf der Getränkekarte: Frisch gepresster Orangensaft.

„Da, sieh mal, frisch gepresst!“ Ihre Augen strahlten. Das wär was für mich!“ Ich sah förmlich, wie ihr das Wasser im Mund zusammenlief.

„Ich kann mich nicht erinnern, jemals einen frisch gepressten Orangensaft getrunken zu haben. Was uns gewöhnlich als „Juice“ angedreht wird, brennt und beißt auf der Zunge. Und erst recht im Magen. Zur Leipziger Messe, ja, da gibt es immer Orangen und sicherlich auch richtigen Juice, bei uns aber sehen wir das nicht.“

Zum Lachen – Juice und Broiler, beides war aus dem alltäglichen Wortschatz der DDR nicht mehr wegzudenken. Wollte man damit internationales Flair zaubern? Oder diente das der Abgrenzung vom Klassenfeind im Westen, wo der Saft nach wie vor Saft hieß und man schlicht und ergreifend ein halbes oder auch ganzes Grillhähnchen bestellte, wenn man Appetit darauf hatte?

Nicht die einzige Absurdität im DDR-Alltag.

Claudias Orangensaft wurde serviert. Eine Orangenscheibe zierte den Rand des langen, schmalen Glases. Der Strohhalm fehlte nicht.

„Ha, wunderbar!“

Jörg und ich tranken Campari-Soda. Er zum ersten Mal.

„Super, daran könnte ich mich gewöhnen!“

Das war der Beginn einer Campari-Ära, die bis heute angehalten hat. Immer wenn ich vor der Wende zu Besuch kam,

hatte ich mindestens eine Flasche Campari im Gepäck.
„Ich muss mal aufs Klo." Claudia verschwand in die ausgewiesene Richtung. Ganz verstört kam sie zurück.
„Könntest du mir 50 Pfennig geben. Ich komm sonst nicht rein. Das kostet soviel, aber in „West". Stell dir das mal vor. So eine Unverschämtheit!"
Mit einer Ansichtskarte von der Semperoper wollten ich – von uns dreien unterschrieben – einen Gruß nach Dortmund schicken.
„Hätten Sie vielleicht eine Briefmarke? Nach Westdeutschland, äh, ich meine BRD?"
„Aber gerne. Hier, bitte!"
Die sehr geschmackvoll und akkurat in braun-beige gekleidete, höfliche und zudem hübsche junge Dame an der Rezeption trennte eine Marke aus dem Briefmarkenblock und reichte sie mir. Als ich ihr das aufgedruckte Porto geben wollte, sah sie mich etwas verlegen an und sagte:
„Sie müssten mir bitte die Marke in „West" bezahlen. Hier im Hotel rechnen wir nur in Valuta, verstehen Sie?"
Ich verstand. Für eine Briefmarke, die draußen ein paar Aluminiumpfennige kostet, wird hier drinnen harte Währung verlangt. Das ist der Januskopf, das sind die „zwei Gesichter der DDR", sagte ich leise zu mir.
Bevor wir unsere Schritte in das „Einkaufsparadies Intershop" lenkten, wurden wir noch einmal mit diesem zweiten Gesicht der DDR konfrontiert:
Eine Terrasse – abgeschottet vom regulären Hotelbetrieb – grenzte an die dem Elbufer zugewandte Seite des „Bellevue", bot freilich auch den fantastischen Ausblick auf die gegenüberliegenden Sehenswürdigkeiten Dresdens, keineswegs aber die Gerichte und Getränke, wie sie im Hotel auf der Karte standen. Hier durften die Bürger der DDR die ihnen vertrauten Getränke und Speisen in gewohnter Qualität genießen.
Claudia und Jörg kamen aus dem Staunen nicht heraus.
„Das ist ja wie im Westfernsehen. Da, guck mal, kenn ich

aus der Werbung! Dürfte ich eigentlich gar nicht laut sagen." fügte Claudia leise hinzu.
Uns blieb genügend Zeit, um in Ruhe auswählen zu können. Noch überwältigt, ja, förmlich erschlagen von der Fülle des Angebots, brach es aus Claudia plötzlich heraus:
„Warum nur? Warum machen d i e das mit uns? Sind wir denn Menschen zweiter Klasse? Ich begreif das nicht. Wenn du das richtige Geld hast, kannst du dir praktisch alles kaufen. Für uns arme Schweine aber gibts nichts."
Maßlose Enttäuschung und Verbitterung lag in ihren Worten.
Fragend sah sie mich an. Was sollte ich antworten?
Menschen zweiter Klasse? Das auf keinem Fall. Während der Fahrt hatte ich genügend Zeit nachzudenken. Ihr Schicksal, meines zunächst auch, ist einzig und allein gewesen, in der „falschen Hälfte" Deutschlands zu leben, als der Krieg vorüber war. Ich konnte das – Gott sei Dank – ändern. Die meisten aber nicht. Und sie? Sie waren „hineingeboren" worden in dieses Dilemma, wurden betrogen um viele Jahre ihres Lebens.
„Sag nicht solch nen Unsinn. Ihr seid nicht Menschen zweiter Klasse. Der Grund ist, dass ihr die falschen „Freunde" habt. Oder besser noch: Ihr seid Euren sowjetischen „Brüdern" ausgeliefert.".
Als ich es ausgesprochen hatte, fiel mir eine Begebenheit ein. Einige Jahre waren seitdem vergangen. Ich erzählte davon, während wir fuhren.

Von Wien aus hatte sich die Gelegenheit geboten, Budapest zu besuchen. „Devisenbringer" aus der Bundesrepublik Deutschland oder dem benachbarten Österreich waren im Ostblock jederzeit willkommen. Ohne viel Aufhebens und ohne die sonst üblichen, nervenaufreibenden Formalitäten konnte man die Grenze, den „Eisernen Vorhang", passieren. Sie waren eben anders, waren viel aufgeschlossener die Ungarn – mit ihrem „Gulaschkommunismus".

Die Stadtrundfahrt schloss den Abstecher in ein kleines, bescheidenes und – wie zu erfahren war – halb-privat geführtes volkskundliches oder mehr volkstümliches Museum ein. Ein kellerähnliches Gewölbe bot in einzelnen Grotten anschauliche Bilder aus der wechselvollen Geschichte, aber auch mannshohe sagenumwobene Gestalten, die zu Ruhm und Ehre Ungarns in Schlachten hoch zu Ross ihr Schwert geschwungen hatten.
Ein pensionierter Lehrer erzählte mit unverkennbar österreichisch eingefärbtem aber auch mit ungarischem – oder jiddischem (?) – Tonfall behafteten Deutsch Wahres und Erfundenes. Ein regelrechtes Frage- und Antwortspiel entwickelte sich zwischen ihm und den interessierten Besuchern seines „unterirdischen Reiches". Wir alle bemerkten, dass es ihm zunehmend Freude bereitete. Sein Redefluss nahm kein Ende.
Plötzlich – kurz vor dem Ausgang – standen wir vor „neuzeitlicheren Darstellungen": Ein Kolossalgemälde zeigte Rotarmisten mit ihren Kalaschnikows, um einen T-34 gruppiert. Unsere verdutzten Gesichter blieben ihm nicht unbemerkt.
„Ja, sehen Sie. Das sind unsere Befreier. Ist eine Auflage von oben. Haben wir machen müssen.
Kriegen sonst Schwierigkeiten und vor allem keine Konzession mehr. Aber steht hier sehr günstig. Kann man leicht übersehen, wenn Augen schon auf Ausgang gerichtet sind."
Vielsagend war sein Blick.
Wir schmunzelten.
„Na ja. Irgendwie gehören Ihre Freunde ja auch dazu!"
Er wendete seinen Kopf zu mir.
„‚Freinde' haben Sie gesagt? Das sind nicht unsere ‚Freinde'. Das sind unsere ‚Brieder'!"
O je. Sehr betont hatte er ‚Brieder' gesagt.
War ich zu weit gegangen? Hatte ich ihn falsch eingeschätzt?
Wohl doch nicht.

Nach nur kurzem Besinnen schaute er jeden einzelnen von uns an. Fast belehrend waren seine Worte:
„Wissen Sie, seine ‚Freinde' kann man sich aussuchen. ‚Brieder' werden einem hinzugeboren. Muss man nehmen, wies kommt."
Achselzuckend fuhr er fort: "Kann man nix machen. Ist Schicksal!"

„Genau so ist es!" bestätigte Claudia, als ich zu Ende erzählt hatte.
„Das ist auch unser Schicksal. Wir müssens ertragen. Leider!"

Die „januskäpfige", die doppelgesichtige DDR! Welche Seite zeigte sie ihrer eigenen Bevölkerung, mit welcher meinte sie, nach außen blenden zu können?
Hinter einer außergewöhnlichen, viele überraschenden Einrichtung grinste in besonderem Maße dieses Doppelgesicht hervor:
Als die „sozialistische Vorzeigewirtschaft" mehr und mehr an ihre Grenzen stieß, Devisen dringend benötigt wurden, um sich einigermaßen über Wasser und vor allem die Bevölkerung bei Laune zu halten, ließen sich die Genossen herab, einen Schweizer Geschenkservice, die „GENEX", zu akzeptieren. In „harter Währung" konnten hochwertige Güter, Luxusartikel oder auch Artikel des täglichen Bedarfs, an denen es in der DDR gleichfalls mangelte, vom „kapitalistischen Ausland" her bestellt werden. Binnen 48 Stunden(!) wurden sie dann an die DDR-Bürger, meist Verwandte von „BRD-Bürgern", ausgeliefert. Auf einmal funktionierte auch in der DDR der Warenverkehr, wie er sonst überall im „kapitalistischen Ausland", beim Klassenfeind also, an der Tagesordnung war. Ansonsten wurden die DDR- Bürger auf aberwitzige Geduldsproben gestellt, galt doch im real existierenden Sozialismus die Devise: Warten, warten und nochmals warten!

So war es allgemein üblich, so früh wie irgendmöglich, wenn nicht unmittelbar nach dem Eintrag eines Neugeborenen ins Geburtenregister, den Kaufantrag für einen „Trabi“ zu stellen. Sollten doch – sofern erschwinglich – Tochter oder Sohn nach Vollendung ihres 18. Lebensjahres und Erlangung der Fahrerlaubnis ein Auto vor der Tür stehen haben.
Dazu machte ein amüsanter Witz die Runde, der den Nagel auf den Kopf traf:
Ein frischgebackener Vater stellt sofort nach Geburt seines Sohnes den Kaufantrag.
„Wann etwa wird mit der Auslieferung des Autos zu rechnen sein?“
„Moment mal, das kann ich ganz genau sagen. Welchen Tag haben wir heute?“
„Heute ist der 7. Juli.“
„Der 7. Juli 67 also. Ja, dann wird der Trabi am 7. Juli 1985 ausgeliefert werden können!“
„Hm, am 7. Juli 85. Vormittags oder nachmittags?“
„Wieso vormittags oder nachmittags? Ist das denn so wichtig?“ „Ja schon. Nachmittags wäre mir lieber! Würde besser passen!“
„Und warum?“
„Für den Vormittag hat sich der Klempner angesagt. Will das Wasserrohr reparieren!“
Überspitzt, wie alle Witze, aber umso aussagekräftiger.

War uns in Gesellschaftskunde nicht gelehrt worden, dass über den Sozialismus - als Vorstufe – schließlich der Weg zum Kommunismus beschritten würde? Während es im Sozialismus

„Jeder nach seinen Fähigkeiten, jedem nach seiner Leistung“

hieße, stehe am Ende der historischen Entwicklung die klassenlose kommunistische Gesellschaft.

„Jeder nach seinen Fähigkeiten, jedem nach seinen Bedürfnissen“

laute dann die Verheißung. Geld sollte keine Rolle mehr spielen, würde vollkommen abgeschafft sein. Schlug man diesem Vorhaben, ja, diesem „heiligen Versprechen“, nicht mit beiden Fäusten ins Gesicht, indem man sich nicht scheute, ganz offiziell Zahlungsmittel des Klassenfeindes für auf besondere Art und Weise „Bevorzugte“ einzuführen?
Trat damit nicht schon die Verlogenheit des Systems offen zutage?
Wer würde dazu auserkoren sein, in der „Endphase der gesellschaftlichen Entwicklung“, im Kommunismus also, über die Bedürfnisse eines jeden zu entscheiden?
Die Partei, die immer recht hatte, auch wenn sie sich irrte?
Bestimmte sie, w e l c h e Bedürfnisse ein jeder haben d u r f t e?
Darauf wäre es wohl hinausgelaufen.

Das Autotelefon

Meine Schwester hatte mir geschrieben. Aus ihrer Frage, die sie an mich richtete, wurde mehr ein Wunsch.
„Meinst Du, Du könntest für Hendrik einen Computer beschaffen? Damit würdest Du ihm die Examensvorbereitungen und vor allem die Niederschrift seiner Doktorarbeit sehr erleichtern.“
Hans-Hendrik, mein Neffe und Patenkind, studierte an der Technischen Hochschule Ilmenau Ingenieurwesen. Sich direkt an mich zu wenden, hätte ihm nicht nur erhebliche Schwierigkeiten bereitet, sondern auch Konsequenzen nach sich gezogen, deren Ausgang nicht vorhersehbar gewesen wäre. Der Umgang mit Verwandten aus dem Westen, ob brieflich oder gar mündlich, war strengstens untersagt. Er war sogar gezwungen, mich zu verleugnen, als er nach Westkontakten befragt wurde.
„Besorgen kann ich den ohne weiteres. Aber über die Grenze schmuggeln? Wie soll ich das anstellen?“ schrieb ich zurück.
„Vielleicht hilft da eine Bescheinigung. Hendrik könnte sich von der Hochschule bescheinigen lassen, dass ein PC für seine Arbeit

sehr wichtig und nützlich sei. Solltest Du an der Grenze dennoch Schwierigkeiten bekommen, kannst Du doch sagen, das alles käme der DDR-Wirtschaft zugute. Hendrik hätte einen Forschungsauftrag für die Entwicklung hochwertiger Plaste, also Kunststoffe, erhalten."
Ich bezweifelte, dass sich die Grenzorgane davon beeindrucken oder gar überzeugen ließen. Meine Erfahrungen waren ganz anderer Art gewesen. Vielleicht hatte ich Glück.

Einige Wochen später traf besagte Bescheinigung ein.
Ich ließ mich beraten und kaufte schließlich einen auf die Bedürfnisse Hendriks zugeschnittenen PC, einen AMSTRAD.
Wie das alles verstauen? Winzig waren die drei Teile nicht gerade, im Gegenteil, eher sperrig.
Fuhr ich – gewöhnlich einmal im Jahr – in meine alte Heimat, packte ich in das Auto reichlich Garderobe: Jacken, Hosen, Hemden, Pullover, alles, was mir nicht mehr passte oder was ich nicht mehr trug. Kleider, Röcke und Blusen oder Hosen und Mäntel meiner Frau kamen hinzu. Alles war begehrt.
Immer hieß es: „Mein Gott, was für ne tolle Qualität. Guck dir mal die Stoffe an!"
Was nicht passte wurde passend zurechtgeschneidert. Und die Freude war groß. Kam ich im darauffolgenden Jahr wieder zu Besuch, empfingen mich – was die Kleidung betraf – überall Doubles, entweder solche von mir oder von meiner Frau.
Also, den Rechner in die eine hintere Wagenecke, den Monitor in die andere. Darüber Jacken, Mäntel, jeweils auf Bügeln und an den Griffen über den hinteren Türen aufgehängt. Das trug mächtig auf und verdeckte die brisante Ladung.
Wohin aber mit der Tastatur? Mir fiel ein: Du hast ja noch den alten Tenniskoffer. Wenn in den mehrere Schläger hineinpassen, müsste das auch für die Tastatur möglich sein. Richtig. Ich konnte sogar noch einen Schläger samt Hülle darüber legen. Der kaschierte das Ganze.
In den Kofferraum damit – zu den anderen Gepäckstücken und

vor allem zu den Obststelllagen mit Pfirsichen, Orangen und Bananen. Alles natürlich als Geschenkartikel oder auch Eigenbedarf peinlichst aufgelistet, so wie es beim Grenzübertritt verlangt wurde. Meist heftete ich an das vorgedruckte Formular einen Zusatzzettel, um auch alles genauestens zu erfassen. Damit konnte man Eindruck schinden – und das gelang vortrefflich. Anerkennende Blicke und wohlwollendes Kopfnicken der Grenzer waren einem stets gewiss.
Zum Lachen. Wenn ich gekonnt hätte.

Über die Autobahn A 4 hatte ich die Staatsgrenze West der DDR erreicht. Das übliche Zeremoniell erwartete mich.
„Einreiseerlaubnis, Personalausweis, Kraftfahrzeugschein, Fahrerlaubnis! Wohin fahren Sie?"
„Kreis Schwarzenberg."
Kontrollierender Blick auf die Einreiserlaubnis. Dort war das Dienstsiegel der Kreispolizeibehörde aufgedruckt.
Ruckweise gings von einem zum anderen Kontrollpunkt.
Ampel rot, Ampel grün. Schranke zu, Schranke auf.
Es dauerte.
Dann endlich. Durch den Schlitz des Glasfensters im Kontrollgebäude reichte mir eine Hand meine Papiere heraus.
„Gute Weiterfahrt!" – „Danke!"
Irrtum. Nach nur kurzem Motorstart stoppte mich eine hocherhobene Hand. Zollorgane!
Wieder das Fenster heruntergekurbelt.
„Haben Sie Waffen, Munition, Literaturerzeugnisse?"
„Nein!"
„Was sonst?"
„Nur einige Geschenke, etwas Obst, ein paar Flaschen Wein – Eigenbedarf sozusagen – hier ist alles notiert."
Ich reichte ihm das um den Zusatzzettel ergänzte Formular.
Kontrollierte er es wohlgefällig? Sein Gesichtsausdruck verriet nichts. Er neigte seinen Kopf und spähte an meinem vorbei ins Wageninnere.

„Ach, se ham ja Autotelefon!"
„Ja, richtig."
„Dafür brauchn se aber ne Genehmigung."
„Genehmigung? Wieso? Soweit ich weiß, reicht das Funknetz nicht in die DDR hinein. Ich kann das Telefon doch gar nicht benutzen."
„Das tut nichts zur Sache. Wenn se n Autotelefon mit sich führen, müssen se das anmelden. Fahrn se links raus und halten dort vor dem Gebäude. Das Anmeldeformular erhalten se drinne."
„Füllen Sie das bitte vollständig aus!" Die Uniformierte reichte mir das Formblatt. DIN A 5.
Ich kramte in meiner Brieftasche. Hersteller, Typenbezeichnung, Gerätenummer, Funkfrequenz, Telefonnummer, Zulassungstag, Name und Anschrift des Besitzers, Beruf, Arbeitsstelle bzw. Dienstherr waren gefragt.
Gott sei Dank. Ich hatte die Karte mit den Telefondaten bei mir.
„So, fertig. Hier bitte!"
„Macht 15,00 DM."
Ich zahlte, wenn ich auch nicht begriff wofür. Dafür, dass ich mein Telefon nach wenigen Metern nicht mehr benutzen konnte?
„Besuchen Sie die Deutsche Demokratische Republik öfters? Wenn ja, dann kann ich Ihnen eine Dauergenehmigung anbieten, mit 20 % Nachlass. Die kostet dann nur 120,00 DM. Dafür können Sie zehnmal einreisen. Brauchen das Telefon nicht immer wieder neu anzumelden. Nur die Dauergenehmigung vorzeigen und dann weiterfahren. So einfach wärs dann."
So einfach wärs dann! Sieh einer an: Wenn das Geld im Kasten klingt, die Kontrolle mitsamt Ideologie sonst wohin springt. Ich verzichte gerne darauf, dachte ich bei mir. Zeigte mich aber durchaus interessiert und antwortete:
„Oh, das wäre ja in der Tat sehr einfach, auch zeitsparend. Leider kann ich so häufig nicht fahren, bin beruflich zu sehr eingespannt. Aber vielen Dank für den Hinweis."

Den abgestempelten Durchschlag des Formblatts händigte die Uniformierte mir aus.
Ich stieg in meinen Wagen. Keine zehn Meter vor mir wartete der nächste Grenzposten. Die Fahrbahn verlief nach rechts, war aber durch Pylone eingeengt. Ich hatte Mühe, mit meinem doch recht breiten und langen Wagen die ausgewiesene Strecke exakt einzuhalten. Ein Pylon fiel dabei um.
Der Posten streckte sich, hob den Kopf und schon stand er an meiner Tür. Die Scheibe hatte ich bereits vorher wohlweislich heruntergekurbelt, um ihm die abgestempelte Telefongenehmigung entgegenzuhalten
„Sagen se mal, wann ham se denn Ihren Führerschein gemacht?"
Er sagte „Führerschein", nicht Fahrerlaubnis wie gewöhnlich. Das war ihm wohl herausgerutscht.
„Exakt im November 1959."
„Nu, da müssten se doch ooch allmählich fahren könn!"
„Ja, schon. Tut mir leid. Ist etwas eng hier!"
„Eng wirds nur, wenn man so nen Schlitten fährt!"
Wie recht du hast, dachte ich. Mit einem Trabi wär mir das nicht passiert.
Er stellte den Pylon wieder auf, ich reichte das für 15,00 DM erstandene „Papier". Er warf einen kontrollierenden Blick darauf. Offenbar gehörte das zur Pflichtübung. Hatte nicht die Uniformierte bereits alles aufs kleinlichste überprüft?
Seine Augen schweiften nach hinten auf die Sitzbank und auf die Kleidungsstücke, die sich dort auftürmten und an den Haltegriffen hingen. Er stutzte, und mir rutschte das Herz in die Hose.
„Jetzt ist es vorbei!" sagte ich mir.
„Wie lange wolln se eigentlich bleiben?"
Mir schoss durch den Kopf: Was soll ich antworten? Die Saccos, Mäntel, Hemden und Pullover, das alles, was da hinten lag und hing, würde gut und gerne für sechs Monate reichen.
„ Dreieinhalb bis vier Wochen!" antwortete ich mit dem Brustton der Überzeugung.

„Man weiß ja nie, wie das Wetter wird. Im Erzgebirge ist es oftmals recht kalt und ungemütlich!"
„Da ham se recht. Na gut. Se könn weiterfahren!"

Ha! Bleib ruhig und gelassen! Und ganz gelassen kurbelte ich die Scheibe wieder hoch. Kurzes Nicken und los gings.
Ein Wunder! Ich war nicht – wie sonst üblich – gefilzt worden. Kein Öffnen des Kofferraums, der Kühlerhaube, kein Anheben der Sitzbank, kein Durchwühlen der Wäsche in Koffer oder Tasche. Nichts.
Ungeschoren war ich davongekommen.
Das ganze Brimborium mit Formular und Gebühr um ein in sozialistischen Gestaden „totes" Autotelefon, wieder eine der üblichen Schikanen also, denn anders war es kaum zu bezeichnen, hatte mich vor intensiver Kontrolle und vor einem womöglich größeren Fiasko bewahrt.
Ich strich sanft über den Hörer in der Mittelkonsole und sprach noch sanfter auf ihn ein:
„Hendrik kann sich bei dir bedanken."

Nach Verlassen der Autobahn wählte ich diesmal die Route über Stollberg-Zwönitz. Von weitem schon sah ich rechts oben die düsteren Mauern des DDR-Frauengefängnisses Hoheneck. Je näher ich kam, umso mehr erfasste mich Abscheu und Wut. Zu drei oder mehr Jahren Zuchthaus verurteilt, wurden die Inhaftierten, ob jünger oder älter, ob schwanger oder nicht, mit oder ohne Kinder, auf menschenverachtende Weise erniedrigt, gequält und gefoltert. Die Schrecken der KZ-Lager hatten in diesem ehemaligen, zinnenbewehrten Schloss Einzug gehalten. Die einzige Hoffnung, von der Bundesrepublik „freigekauft" zu werden, erfüllte sich nur bei Wenigen. Andere, die meisten, mussten ausharren, ihre Strafe im „Knast absitzen", nur weil sie berechtigte Kritik am „System" geübt oder einen Ausreiseantrag in den anderen Teil ihres Vaterlandes gestellt hatten. Ihr Mut sank, ihre Kraft, Monat für Monat und Jahr um Jahr dieses

Dasein, das keines mehr war, ertragen zu müssen, schwand bei vielen. Ihr Lebenswille erlosch.

Zwönitz lag längst hinter mir. Als ich Grünhain durchfuhr, brach ein schmaler Sonnenstrahl durch die bleiern-graue Wolkendecke. Er fiel auf die alte Klostermauer, auf die ich gerade zusteuerte. Nach rechts abgebogen, schaute ich zur St. Nicolaikirche. Auch sie war in warmes Sonnenlicht getaucht. Welch ein friedliches Bild, welch ein Kontrast.
„Wie schön die Welt doch sein kann“ sagte ich leise. Oder hatte ich gesagt: „ … sein könnte…?“

Sie durften nichts wissen

Als ich die Nachricht erhielt, dass er gestorben sei, machte ich mir im Nachhinein Vorwürfe und es drängte mich, Abbitte zu tun – in Gedanken, im Stillen.
Seine Schilderungen über allfällige Beschwerden, mit denen er immer und immer wieder „hausieren ging“, hatten mich nicht ohne weiteres überzeugen können. Für einen Simulanten hielt ich ihn zwar auch nicht, war mir aber keineswegs sicher, ob er nur „schauspielerte“ oder wirklich unter den vorgegebenen Beschwerden litt. Psychopathische Züge ließen sich meiner Einschätzung nach nicht verleugnen. Kurz, ich sah in ihm – mal mehr, mal weniger - einen Hypochonder.
Ein gravierender Fehler.
An Lungenkrebs war er gestorben, wie die meisten, die in den Schächten der "WISMUT“ über Jahre hinweg der heimtückischen radioaktiven Strahlung ausgesetzt waren.
SDAG WISMUT – eine Tarnbezeichnung, ein Etikettenschwindel, wie vieles in der DDR.
Mit Wismut aber, dem im Granitgestein oder Gneis enthaltenen ungefährlichen Erz, hatte diese Sowjetisch-Deutsche

Aktien-Gesellschaft rein gar nichts zu tun. Einzig und allein ging es um die Gewinnung von Uran.

Auch er hatte zu den „Männern der ersten Stunde" gehört, die in den Anfängen des Uranbergbaus ungeschützt und ohne Rücksicht auf Mensch und Natur tonnenweise das „strahlende" Erz aus den Tiefen des Erzgebirges „heraushauten".

„Wir bohrten trocken. Der Staub war manchmal so dicht, dass wir nichts mehr sehen konnten!"

Und dieser todbringende radioaktive Staub hatte sich in ihre Bronchien regelrecht hineingefressen.

„Staublunge!" hieß es lapidar.

Die „Betreiber" des Uranbergbaus hatten es längst wissen müssen, dass bei trockenem Abbau der dabei anfallende und mit jedem Atemzug inhalierte Staub nicht allein zur Staublunge, zur Silikose, führt, sondern unweigerlich die Spirale einer todbringenden Erkrankung in Gang setzt. Denn seit hunderten von Jahren, gegen Ende des 15. Jahrhunderts bereits, war das Geheimnis um den „Schneeberger Lungenkrebs" gelüftet. Etliche der „Knappen", die seinerzeit dem Ruf des „Berggeschreys" in die Gruben des westlichen Erzgebirges gefolgt waren, erlagen später dieser heimtückischen Strahlenkrankheit. Agricola, in der ersten Hälfte des 16. Jahrhunderts als Stadtarzt in Joachimsthal tätig, studierte diese „Bergkrankheit". Vom schwarzen „Ertz (gemeint war offenbar die schwarz-glänzende Uranpechblende), welches das Silber raubet und die Häuer sterben lässt" war die Rede. Längst auch hatte der „Schneeberger Lungenkrebs" Eingang in die medizinische Terminologie gefunden. Bereits im Studium, in den Vorlesungen über „Innere Medizin", wurde das Kapitel Lungenkrebs und dessen Ursachen ausführlich abgehandelt. Den Ärzten ist er demzufolge hinlänglich bekannt gewesen.

Seit Antoine-Henri Becquerel, dem Lehrer von Marie Curie, seit ihren Entdeckungen und denen Otto Hahns wussten aber nicht nur Wissenschaftler um die Strahlungsintensität

radioaktiver Elemente, wozu Uran nun einmal gehört. Dass im Feuerball der Atombomben auf Hiroshima und Nagasaki Hunderttausende verbrannten und weitere Hunderttausende radioaktiv verstrahlt über Jahre hinweg qualvoll dahinsiechten, hatte der gesamten Menschheit vor Augen geführt, was atomare Gewalt vermag.
Doch in der „Hoch-Zeit" des Kalten Krieges konnte man sich offenbar „keine Sentimentalitäten leisten". Der Atom-Macht USA so schnell wie möglich Paroli zu bieten, war das angesteuerte Ziel. Rücksichtsloses Ausbeuten der Erzlager ließ ganze Städte verschwinden, verwandelte die Landschaft in öde Landstriche, übersät mit gewaltigen „strahlenden" Gesteins-, Geröll- und Schuttbergen.
Und dieses Ausbeuten geschah wie damals bei den Goldgräbern in einem Rausch, in einem zweiten „Berggeschrey", auf „Teufel komm raus!". Aus allen Regionen der Republik folgten sie dem Ruf.
Ob gelernte oder ungelernte Arbeiter, ob jung ob alt, ob unbescholten oder kriminell, alle fieberten förmlich dem versprochenen „schnellen Geld" entgegen. In eigens für sie eingerichteten WISMUT- Verkaufstellen konnten sie zudem auf „Talon" erwerben, was Normalbürgern mit ihren Lebensmittelkarten nicht ohne weiteres zugänglich war: Besonders gefragt der „Akzisefreie", ein „Klarer", zudem Zigaretten, aber auch Fleischwaren, Speck, Butter, Eier, Öl, gelegentlich auch Obst und Gemüse.
Bei solch üppigem Angebot an „Mangelwaren" sah man über vieles hinweg. Die nicht nur untertage herrschenden „besonderen Arbeitsbedingungen" nahm man bedenkenlos inkauf. Wer dachte dabei an seine Gesundheit, wer wusste schon, was eines Tages auf ihn zukommen könnte?
Spezielle Polikliniken, auch Ambulatorien und ein Arbeitshygienisches Zentrum standen neben dem neu erbauten „Bergarbeiter-Krankenhaus" für die gesundheitliche Betreuung, für die Versorgung von Unfallverletzten oder die

Behandlung Erkrankter zur Verfügung. Reihenuntersuchungen, die „Schirmbilduntersuchungen", sollten Auskunft darüber geben, ob – und wenn, in welchem Umfang – Anzeichen einer „Staublunge" bei den „Schachtern", den Hauern oder Steigern, den Maschinisten oder Elektrikern erkennbar waren. Eine differenzierte Diagnostik erlaubten diese kleinformatigen Bilder, vom grünlich schimmernden Leuchtschirm abfotografiert, kaum. Fiel der „Schatten auf der Lunge" überhaupt auf, zog er zwar weitere und auch aussagekräftigere diagnostische Maßnahmen nach sich, doch oftmals wurde er als begrenzte Entzündung, allenfalls als Anzeichen einer beginnenden aber keineswegs bedrohlichen Staublunge deklariert. Ließ sich der Lungenkrebs nicht mehr leugnen, fiel dieses Wissen darüber und das aller Beteiligter unter „geheime Verschluss-Sache" war „top secret", wie alles, was mit „der Wismut" zu tun hatte.

Bis zuletzt lautete die offizielle Diagnose bei meinem Schwager „Lungenentzündung auf der Grundlage einer Staublunge". Auch er, ein „Schachter" der ersten Stunde, zunächst als Hauer tätig, später nach Besuch der Bergakademie in Freiberg zum Steiger und schließlich zum Reviersteiger „aufgestiegen", war nicht nur dem radioaktiven Staub sondern über Jahrzehnte hinweg der gesamten Strahlkraft des Erzes ausgesetzt gewesen.
Einmal überredete er mich: "Komm doch mal mit runter!"
Im Ölzeug am sowjetischen Posten vorbeigeschleust fuhr ich mit ein und kroch auf allen Vieren durch niedrige Strebe: ich befand mich „untertage". Wie lange ich da unten aushielt, weiß ich nicht mehr genau. In Erinnerung sind mir nur noch die erlösenden Worte meines Schwagers: „Komm, lass uns wieder ausfahren, ehe man dich hier entdeckt. Dürfte gefährlich werden. Für dich und für mich!"

Mein Schwager Sieghard untertage mit zwei „Kameraden" – so nannte er sie

Nach einem nur kurzen Klinikaufenthalt in Aue starb Sieghard im Januar 1995, knapp 64 Jahre alt, an einer „Lungenembolie". Bei der Obduktion ließ sich die Ursache seines Todes nicht mehr leugnen: „Lungenkrebs – Berufskrankheit"!
„Sie können es sich ja denken." gab mir der Stationsarzt zu verstehen, als ich mich Ende Dezember 1994 (!) telefonisch nach dem Befinden meines Schwagers erkundigte.
„Genaueres möchte ich nicht so gern sagen!" fügte er mit leiserer Stimme hinzu.
Wenige Tage vor seinem Tod hatte meine Schwester um ein

Gespräch mit dem behandelnden Arzt gebeten. Ihr war nicht verborgen geblieben, wie es um ihren Mann, der nur noch ein Schatten seiner selbst war, stand. Sie ahnte jedoch nicht, dass sie ihn das letzte Mal lebend sehen sollte.
„Wie lange geben sie meinem Mann noch?" fragte sie den Arzt. Seine Antwort: „Geben sie mir ihre Telefonnummer!"

Und nun, neun Jahre später, war auch er, ein Freund meines Schwagers und meiner Schwester, tot.
Obwohl nur knapp vier Jahre untertage gewesen, hatte dieses heimtückische Krebsleiden auch ihn dahingerafft.
Noch zu DDR-Zeiten, in den achtziger Jahren des vergangenen Jahrhunderts, lernte ich ihn kennen.
Kaum war ich nachmittags oder abends zu Besuch bei meiner Schwester, hörten wir zaghaftes Klopfen an der Tür. Wer stand davor? Er.
Und so zaghaft wie er geklopft hatte, trat er auch ein. Hände und Hut, bei dem es sich mehr um ein zusammengeknülltes „Hütchen" handelte, hielt er vor seinem grau-grünen Anorak. Mit einer angedeuteten Verbeugung begrüßte er uns. Ein Riese war er nicht, eher klein und schmächtig. Sein schütteres Haar ließ ihn älter erscheinen, und – so fand ich – er ähnelte in Statur und Physiognomie dem „Genossen Generalsekretär und Staatsratsvorsitzenden Erich Honecker".
Was wusste ich von ihm?
Er würde „mehr als eine schillernde Figur abgeben" hieß es von ihm. „Mit allen Wassern gewaschen" und „in allen Sätteln gerecht" sei er schlau, äußerst gewieft, stets auf seinen Vorteil bedacht, hänge deshalb „den Mantel nach dem Wind". Auf diese Weise habe er es auch geschafft, nach nur vier Jahren „untertage" eine ihm gemäße Anstellung „übertage" zu finden, das allerdings auch nur für kürzere Zeit. Schließlich habe er sich seiner breit gefächerten Interessenspalette besonnen und sei – als überzeugtes Parteimitglied versteht sich - auf wundersame Weise „aufgestiegen": Kreispolizei,

VEB Milchwirtschaft, nebenbei im Verband der Kleingärtner, Siedler und Kleintierzüchter, dem VKSK, jeweils in gehobener Position, um nur einige seiner beruflichen Stationen zu nennen. Er verstand es, sich in Szene zu setzen, sich sogar auf gewisse Weise unentbehrlich zu machen. Über genauere spezielle Fach- oder Sachkenntnis verfügte er zwar nicht, hatte sich aber je nach Interessenslage über vieles informiert und sich manches letztlich auch angeeignet.
„Organisation ist alles! Und Organisationstalent muss man einfach haben!“ waren seine Worte.
In der Tat, das hatte er, wie er immer wieder bewies. Mag sein, dass er sich andiente. Jedenfalls diente er sich nach oben, avancierte zur „rechten Hand“ der „Nummer Eins“, des 1. Kreisparteisekretärs der SED, saß stets neben ihm, ganz gleich, ob es sich um offizielle oder inoffizielle Treffen, um Tagungen oder auch bedeutungsvollere Veranstaltungen handelte. Und er „bediente“ Genossen und engere Freunde außerhalb der ansonsten sehr spärlichen Versorgung mit Forellen aus eigenen Teichen, mit Bienenhonig und sonstigen Besonderheiten aus eigener Zucht. Verfügte er doch als Hobby-Imker, Forellen- und Schafzüchter über entsprechende Ressourcen.
Er blühte regelrecht auf, fühlte sich auserwählt, als er endlich zu den „oberen“ gehörte, war überzeugt, dass er dieses auch verdient habe, dass dies der Lohn für seine aufopferungsvolle und unermüdliche Arbeit in und für die Partei sei, gleichzusetzen mit dem Staat, in dem er lebte, der Deutschen Demokratischen Republik.
„Das versteht sich von selbst!“ hört ich ihn sagen, wenn er wieder einmal von einem „Großereignis“ schwärmte.
Andere wussten zu erzählen, was ihm offensichtlich besonderes Vergnügen bereitete.
Hatte der erste Teil irgendeiner Gedenkfeier oder Tagung, um Anlässe war die Partei nie verlegen, sein Ende gefunden und waren alle Orden oder Ehrennadeln verliehen, ging man

Der VKSK-Vorsitzende - wie immer in Aktion. Seine Ähnlichkeit mit Erich Honecker ist nicht zu leugnen

in aufgelockerter Stimmung zum Gesellschaftlichen über, mit Damen versteht sich. Nun schlug seine Stunde. Kaum hatte er unter den am Eingang Wartenden seine Frau entdeckt, schritt er würdevoll zur Tür, um sie unter den erstaunten und mehr oder weniger neidvollen Blicken der Anwesenden zu seinem Tisch, dem Tisch der Auserwählten, der „Nomenklatura“, zu führen.
Er platzierte sie, was sich wiederum „von selbst verstand“, neben die „Nummer Eins“, genauer gesagt, zwischen sich und dem Ersten Sekretär.
Ein „Schaumschläger“, also doch eine „schillernde Figur“?
Ich wusste nicht so recht, wie ich ihn einordnen sollte, so, wie er in seinem Anorak vor uns stand: schüchtern, zurückhaltend, fast ein wenig unsicher.
Das änderte sich, als er „auftaute“ und wir ins Gespräch

kamen. Geistig äußerst rege, durchaus witzig oder auch gewitzt, wusste er sich auszudrücken, angeregt zu unterhalten, kurz, er war – wie man gemeinhin zu sagen pflegt – „helle“. Kannte sich in der Literatur aus, der alten und neueren, in der Malerei, vor allem in der zeitgenössischen. Vertreter der bildenden Kunst waren ihm nicht ganz unbekannt. Der „Sozialistische Realismus“ mit seinen heroisierenden Monumentalskulpturen hatte selbstverständlich Vorrang.

Kein Zweifel. Er stand mit beiden Füßen auf dem Boden seines Staates, glitt unsere Unterhaltung ins Politische ab. Immer öfter führten wir hitzige Debatten, nicht feindselig oder verletzend, sondern durchaus fair und gegründet auf dem Erscheinungsbild des „real existierenden Sozialismus“. Dass dieser in meinen Augen schon längst zu einem Zerrbild von dem verkommen war, was mir mein Gegenüber noch immer als „das Ideale überhaupt“ verkaufen wollte, versuchte ich ihm klar zu machen.

„Im Kapitalismus beutet der Mensch den Menschen aus, im Sozialismus ist es umgekehrt, nur noch schlimmer!“

Als ich mit diesem Bonmot unserer Diskussion eine aufkommende Schärfe nehmen wollte, überraschte er mich mit einem hintergründigen Lächeln.

„Da hast du nicht ganz Unrecht.“

Noch überraschter war ich, als er mir eines Nachmittags ein Buch überreichte.

„Das solltest du lesen. Kannst es auch mitnehmen und mir beim nächsten Mal zurückgeben.

Nur, sei vorsichtig. Wenn es bei der Kontrolle entdeckt wird, kommst du in Teufels Küche, und ich auch!“

Der graue Einband des Buches war abgegriffen. Viele Leser mussten es in ihren Händen gehalten haben. Der Titel: „Vom Zarenadler zur roten Fahne“ von Pjotr Nikolajewitsch Krasnow.

„Krasnow war zaristischer Offizier. Sein Roman handelt von den wirren Zeiten vor und nach der Oktoberrevolution, vom

Kampf der Roten gegen die Weißen und von den Greueltaten, die damals verübt wurden. Alles so spannend geschrieben, dass du es nicht mehr aus der Hand legen wirst."

Noch während meines Aufenthaltes las ich die ersten Kapitel. Erschreckend, was ich darin fand. Ein Roman nur, gewiss. Doch er, der Autor, befand sich inmitten des Geschehens. Nicht vom Hören-Sagen sondern aus eigenem Erleben und dem seiner Offiziers-Kameraden schilderte er, was sich in den Monaten der „gigantischen Umwälzung" ereignete: Eine aus dem Repertoire der zahlreichen Foltermethoden, die anzuwenden den Bolschewiki besondere Genugtuung bereitete, sprengte mein Vorstellungsvermögen. Gefangengenommenen zaristischen Offizieren wurden die Hände in kochendes Wasser getaucht, um anschließend die verbrühte Haut von eigens dafür engagierten chinesischen Metzgern abziehen zu lassen. Nach diesem Martyrium jagten die Folterknechte ihre vollständig entblößten Opfer hinaus in den klirrenden Frost. Wurden sie am darauffolgenden Tag noch lebend aufgespürt, streckte sie ein Genickschuss endgültig nieder.

Wie viele „Feinde der Revolution" in den Wintermonaten von 1917/18 durch Genickschüsse liquidiert wurden, blieb verborgen. Der Genickschuss, eine Erfindung der Bolschewiki, von ihnen sozusagen „kreiert", wurde später von den Hinrichtungskommandos anderer Gewaltregime skrupellos übernommen.

Auf welch hinterlistige, perfide Weise er in den Anfängen jener Zeit vollführt wurde, schildert Krasnow in allen Einzelheiten: Unter dem Vorwand, ein Passfoto zwecks „Registrierung" anfertigen zu müssen, wurde dem Gefangenen hinterrücks ins Genick geschossen.

So schnell wie sie „angeliefert" wurden, konnten die Leichen gar nicht verscharrt werden. Metertief war der Boden gefroren. Tagelang blieben sie dort liegen, wohin sie gekarrt worden waren.

In den nachrevolutionären Wirren bedurfte der Genickschuss keiner Tarnung mehr. Er war für die Rotgardisten „gesellschaftsfähig“ geworden.

Wie mit ähnlicher Verschlagenheit und unter gleichfalls zunächst vorgegaukelten Versprechungen die Sowjets auf Befehl Stalins viele Jahre später beim Massaker im Wald von Katyn mehr als viertausend polnische Kriegsgefangene, zumeist Offiziere, liquidierten, offenbart der Film des polnischen Regisseurs Andrzej Wajda. Jeden einzelnen davon mit Genickschuss zu töten, war sicherlich zu mühsam gewesen. „Effektivere“ Waffen erledigten alles viel schneller.

Meine Rückreise von Ost nach West verlief glimpflich. Die auf dem Beifahrersitz ausgebreitete „Freie Presse“, seinerzeit Organ der Sozialistischen Einheitspartei des Bezirkes Karl-Marx-Stadt, beeindruckte den Grenzposten derart, dass er vergaß, nach Wertgegenständen oder anderweitigen Gütern zu fragen, deren Ausfuhr strikt untersagt war. Unbehelligt konnte ich meine Fahrt fortsetzen.
Im Jahr darauf – 1990 – existierte die Staatsgrenze West der DDR nicht mehr.

Wie nicht anders erwartet, klopfte es auch diesmal bereits am ersten Besuchstag an der Haustür. Er stand davor. Und wie immer trug er den mir hinlänglich vertrauten grau-grünen Anorak. Mehr aus Höflichkeit als aus Interesse erkundigte er sich nach dem Verlauf der Autofahrt, immerhin über eine Strecke von 550 km, ganz gleich, welche Route man wählte, und – wie sich ´s ebenfalls gehörte – nach der gesundheitlichen Verfassung. Ein Thema, das auch ihn in den letzten Jahren unseres Zusammentreffens zunehmend beschäftigte und das ihm erlaubte, die gesamte Palette seiner Beschwerden in der Hoffnung zu schildern, wenn schon nicht eine exakte Diagnose so doch einen allfälligen ärztlichen Rat zu erhalten.

Diesmal aber war es anders. Kaum war sein Blick auf das Buch gefallen – ich hatte es bereitgelegt – stellte er mit aufgerissenen Augen erwartungsvoll die bohrende Frage:
„Na, was sagst du dazu?"
„Was ich dazu sage?" ich hielt inne.
„Viel interessanter wäre zu wissen, wie deine Meinung dazu ist. Dir mussten doch damit schon lange die Augen geöffnet worden sein."
„Sind es auch!" Verblüffend seine Antwort.
„Dass das Volk „verarscht" wurde, wusste ich schon lange, auch, dass das „sozialistische Heilsversprechen" die größte Lüge des 20. Jahrhunderts gewesen ist."
„Und diese Lüge begann mit dem „Sturm auf das Winterpalais", der kein Sturm sondern lediglich ein harmloses „Stürmchen", also ein unbedeutendes Ereignis – letztlich nicht mehr als ein militärischer Staatsstreich – gewesen ist. Von der Mehrheit der Einwohner Petrograds wurde er überhaupt nicht wahrgenommen. Es wird sogar berichtet, dass sich die „Handvoll Rotgardisten" mit weit größerem Eifer auf die kostbaren Tropfen im Weinkeller des Winterpalais stürzten, als sich ihrer Gewehre zu bedienen. Der einzig wirkliche Schaden, den das Palais bei dem „Stürmchen" genommen hatte, war ein abgestoßenes Gesims und ein zersplittertes Fenster im dritten Stock. Das alles und noch mehr schildert Orlando Figes in seinem umfassenden Werk „Die Tragödie eines Volkes"." fügte ich ergänzend an.
„Schade, ich hätte dir das Buch mitbringen sollen. Beim nächsten Mal werd ich sicher daran denken."
Denn was später als „Erstürmung des Winterpalais" in den Kinos zu sehen war, entstammte in Wahrheit dem von Sergej Eisenstein im Auftrag Stalins zum zehnten Jahrestag der Großen Sozialistischen Oktoberrevolution produzierten Film „Oktober". Propagandistisch aufgemotzt gingen diese Szenen wieder und wieder um die Welt, sollten zusammen mit dem Kanonendonner aus den Geschützen der „Aurora"

den Beginn der Revolution heroisieren. Eine Täuschung von Anfang an, so wie die „Diktatur des Proletariats", die sich als Diktatur einiger weniger Privilegierter, deren Wasserträger und Erfüllungsgehilfen entpuppte.
Wir gerieten in einen Rausch. Waren meine Ansichten in den früheren Jahren noch äußerst kritisch beäugt, meist sogar als „Feindpropaganda" abgelehnt worden, herrschte nunmehr weitgehende Übereinstimmung vor. Ein Wort ergab das andere. Wollte er sich befreien, die Vergangenheit „aufarbeiten"?
„Und das Volk der DDR? Das wurde doch in gleicher Weise „verarscht"! Oder?"
„Genau!"
Seine Fassade, wenn es denn nur eine solche gewesen sein sollte, hatte schon in den Jahren zuvor Risse bekommen. Jetzt bröckelte sie mehr und mehr wie der einheitlich grau-braune DDR-Putz an den Häusern und Fabrikhallen.
Er räumte ein, in all seinen Funktionen am „Verarschen" beteiligt gewesen zu sein. Auch er hatte – wie die gesamte DDR – einen „Januskopf" mit seinen zwei Gesichtern obenauf getragen.
Sollte ich hinterfragen, wie er denn sein Wissen um die wahren Hintergründe des Sozialismus mit seinem Gewissen und mit seinem Handeln habe in Einklang bringen können? Ich wusste doch, wie die Antwort ausfällen würde. Er nahm sie mir aber vorweg.
„Wir haben doch daran geglaubt, hielten alles für richtig und standen auch dahinter, bis wir merkten, dass nicht alles richtig sein konnte."
„Hatten wir das nicht schon mal?" Ich sah ihn fragend an.
„Weiß ich doch. Was aber sollten wir tun? Wir saßen doch mittendrin, haben überall mitgemischt. Mussten das mit aller Strenge und Schärfe durchführen, was uns aufgetragen worden war.
„Erfolge vorweisen" - so hieß es immer. Und ich glaub, dass

ich nicht gerade zimperlich vorgegangen bin, sondern ein scharfer Hund war."
„Glaubst du das nur, oder warst du s auch?"
„Ich wars wohl auch." gab er kleinlaut zu.
Seinem nachdenklichen Kopfnicken entnahm ich, dass er sich heute dafür schämte, was er als überzeugter Genosse aus eigenem Antrieb oder auf Anweisung „befehlsgetreu" ausgeführt hatte.
Oder hatte er sich auch nur „angepasst", wie die meisten? War ihm nichts anderes übrig geblieben?
Am Kesseltreiben gegen die Bauern, um sie im Rahmen der „sozialistischen Umgestaltung der Landwirtschaft" in die Landwirtschaftlichen Produktionsgenossenschaften zu pressen, war er jedenfalls beteiligt, wusste auch von den Gemeinheiten und Drangsalierungen, denen mein Onkel mit seiner Familie ausgesetzt war: In Zuspitzung der „Aktion" wurden sie – von allen Seiten umzingelt – vom Feld und damit von ihrer eigenen Scholle vertrieben. Auf meine Frage, ob er unmittelbar mitgewirkt oder als Schreibtischtäter im Hintergrund die Fäden gezogen habe, schwieg er sichtlich betroffen.
Er habe von Aufmarschplänen für den „Tag X", dem Einmarsch der Nationalen Volksarmee in „Waffenbrüderschaft mit den Armeen der Warschauer Paktstaaten" in die Bundesrepublik, gewusst. Ihm sei sogar bekannt gewesen, wer jeweils als Kommandant für die Verwaltung der westdeutschen Großstädte ausersehen war und wie die Aufteilung der Bundesländer in einzelne Bezirke nach DDR-Vorbild vonstatten gehen sollte. Entsprechende Pläne hätten bereits in den Schubladen gelegen.
Erstaunt fragte ich: „Und diese Pläne waren dir zugänglich? Wer überhaupt durfte denn davon wissen? Nur Auserwählte?"
„Wenige nur! War ja hochbrisant!" antwortete er hintergründig schmunzelnd.

Das genügte. Mehr wollte ich nicht wissen. Ich konnte mir vorstellen, welch auserwählter Kreis sich hinter diesen Wenigen verbarg: Die Staatssicherheit – „Schild und Schwert der Partei".
Er aber fuhr fort: „Möchtest du wissen, wer für Köln vorgesehen war?"
„Nein danke, mein Bedarf ist gedeckt. Hat sich ja alles - Gott sei Dank! - von selbst erledigt."

Keine Frage. Er hatte sich „gehäutet", schlangengleich, schwärmte nunmehr für Perestroika und Glasnost, bedauerte, dass er nicht am gleichen Tag wie Gorbatschow, am 02. März, seinen Geburtstag feiern konnte, sondern einen Tag später. Führte dazu entschuldigend an, man habe damals – in Nähe der deutsch-polnischen Grenze hatte er das Licht der Welt erblickt – den Geburtstermin keinesfalls so exakt registriert wie andernorts. Deshalb sei es durchaus wahrscheinlich, dass er nicht erst am 3., sondern – wie Gorbatschow eben – bereits am 2. März geboren worden war. So fühlte er sich voll und ganz in dessen unmittelbare Nähe gerückt und identifizierte sich mit der von ihm als neuen Generalsekretär der KPdSU eingeleiteten politischen und wirtschaftlichen Umgestaltung, während die „ewig treuen Genossen" – von der Unfehlbarkeit ihres politischen Handelns noch immer überzeugt – in Gorbatschow den „Totengräber der Sowjetunion und des gesamten Sozialistischen Lagers" sahen und auf ihn fluchten, weil er sie ihrer Illusionen beraubt habe. „Das ist das einzig Wahre gewesen. Ihr werdet schon noch sehen, die Geschichte wird es eines Tages beweisen!" so argumentierten sie mit erhobenem Zeigefinger. Die Utopie eines wissenschaftlich begründeten Sozialismus und Kommunismus spukte unverändert in ihren „Betonköpfen".
Er hingegen gab unverblümt zu: „Wurde auch Zeit, dass endlich einer den Mut aufbrachte. So konnte es nicht weitergehen. Wir waren doch unweigerlich zum Scheitern verurteilt,

politisch und wirtschaftlich sowieso!"
Dazu fiel mir ein, was vor etlichen Jahren schon als Seitenhieb auf die leeren Versprechungen des Zentralkomitees der SED die Runde machte: „Gestern standen wir noch dicht vor dem Abgrund, heute sind wir einen Schritt weiter!"

Übersah ich, dass er von Mal zu Mal, von Besuch zu Besuch, hinfälliger geworden war?
Oder wollte ich es nicht wahrhaben? Glaubte ich noch immer, dass er sich lediglich in etwas hineinsteigerte, auch nachdem fast jedes zweite seiner Worte lautete: „Mir gehts schlecht"?
„Ach was, du übertreibst doch wieder." konterte ich und fragte: „Was sagte denn dein Arzt dazu?"
„Sei alles o.K., meinte er."
„Na bitte. Du siehst Gespenster!"
Mir war hinlänglich bekannt, dass er nach wie vor unter fachärztlicher Überwachung stand und jährlich einmal von „seinem Spezialisten", so drückte er sich nicht ohne Stolz aus, einem Facharzt Innere Medizin und Lungenkrankheiten, untersucht wurde. Deshalb fragte ich jedes Jahr erneut:
„Und, was hats diesmal ergeben?"
„Nichts Neues. Staublunge! Sonst sei alles in Ordnung! Hab ihm zwar gesagt, dass ich schlecht Luft kriege, immer tiefer durchschnaufen müsse und auch Schwindel habe. Er meinte aber, dass liege alles an der Durchblutung, auch da oben" – er zeigte auf seinen Kopf – „zu wenig Sauerstoff! Hat mir Medikamente verschrieben hat, die nützen gar nichts! Alkohol vertrage ich auch nicht mehr, noch nicht mal Bier!" Völlig niedergeschlagen setzte er sich auf seinen Stammplatz, auf die Ofenbank, und lehnte sich an den Kachelofen.
Ich konnte mir nicht vorstellen, dass einem Facharzt verborgen bleibt, wenn die Lunge mit einem Mal röntgenologisch mehr zeigt als das typische Bild einer Silikose. Insofern bezweifelte ich noch immer die Ernsthaftigkeit seiner Beschwerden.

Er aber schien zu ahnen, dass ihm nicht mehr allzu viel Zeit blieb. Kamen wir wie üblich auf das zu sprechen, was mittlerweile einige Jahre zurücklag, war er sichtlich darum bemüht, alles Vergangene abzustreifen. Er gab sich geläutert und war es wohl auch.
„Mich belastet das schon, mehr, als ich dachte."
Das wiederum glaubte ich ihm aufs Wort.
„Du bist doch nicht allein verantwortlich gewesen, warst nur ein Rädchen, wenn auch gar kein so kleines im allgewaltigen Räderwerk, wie du immer erzählt hast. Aber, du hast wenigstens die Kluft gesehen, die Kluft zwischen Anspruch und Wirklichkeit. Andere bis heute noch nicht."

In den nachfolgenden Jahren trafen wir nur noch selten zusammen. War ich wieder einmal in der alten Heimat, sah ich ihn gelegentlich – aus meinem Auto heraus – in der Nähe der Kaufhalle. Mein kurzes Hupen beantwortete er dann mit einem noch kürzeren Abwinken. Dabei verzog er sein Gesicht, als wollte er mir damit signalisieren, dass er sich absolut nicht wohl fühle.
Und doch klopfte er eines Tages – zaghaft wie immer – an der Tür.
„Mit mir ist nichts mehr los. Stell dir vor, ich musste das Auto nehmen – für die paar Meter.
Ha, die Luft, die Luft" – keuchte er und schlug mit der Faust gegen seine Brust – „muss mich erst mal setzten."
Fortwährend schüttelte er den Kopf und zog die Schultern hoch, als wolle er sich entschuldigen. Dabei sah er uns wie ein Hilfloser an, dem Rettung versagt blieb. Immer wieder nach Luft ringend brachte er mit leiser Stimme hervor. „Den Berg hierauf schaff ich einfach nicht mehr."

Er schaffte nur noch wenige Monate. Dann hatte die „strahlende Vergangenheit" auch ihn eingeholt.

„So nimm denn meine Hände…“

Es war seine Ömi. Er, Michael, hatte ihr diesen Namen gegeben, und alle anderen, Enkelkinder und Urenkel, riefen sie fortan so, wie er sie „getauft“ hatte. Auch wir, meine beiden Schwestern und ich, schlossen uns an, fanden „Ömi“ liebevoll ausgewählt und zutreffend.
Wie viele Stunden hatte sie mit Michael verbracht, wie viele Spaziergänge unternommen, auf Bänken gesessen und Geschichten erzählt, als sie nach Erreichen ihres sechzigsten Lebensjahres endlich zum genehmigten Besuch in den Westen reisen durfte?
„Ich möchte auch so einen Stock wie Ömi haben.“
Er bekam sein Stöckchen. Beide marschierten „drauflos“, soweit es Ömi möglich war. Ihr Hüftleiden behinderte sie immer mehr. Bald reichten Gehhilfen und lindernde Medikamente nicht mehr aus. Tapfer widerstand sie den mitunter unerträglichen und zermürbenden Schmerzen, bis schließlich nur noch eine Operation Abhilfe schaffen konnte. Sie verlief erfolgreich.
„Ich fühle mich wie neugeboren! Habe keine Schmerzen mehr. Nun kann ich euch wieder besuchen“. Und sie kam, nahm die jährlich einmal erlaubte Westreise gern in Anspruch, bis das fortschreitende Alter zum Hemmnis wurde.
Am Abend des 30. Oktober 1991 erreichte mich der Anruf.

Unsere Ömi mit ihrem Enkelkind Michael. Sein Stöckchen gab er nicht aus der Hand

Jörg meldete sich, Claudias Mann.
„Moment, ich gebe weiter…"
Ich hörte die Stimme meiner Schwester.
„Ich hab schlechte Nachricht. Ömi ist gestorben. Gegen Mittag mussten wir sie ins Krankenhaus bringen. Sie fühlte sich plötzlich nicht wohl, wurde immer schwächer. Am Nachmittag ist sie ruhig eingeschlafen. Der Arzt meinte, allgemeine Erschöpfung, Schwäche, Altersschwäche sei die Ursache gewesen. Ein Problem ist nur, wir können im Moment nichts unternehmen. Du weißt ja, morgen ist bei uns Feiertag, Reformationsfest. Dann kommt das Wochenende. Erst am Montag lässt sich alles Nötige erledigen. Wann das Begräbnis sein wird, kann ich dir deshalb noch nicht sagen. Ich schätze Dienstag oder Mittwoch. Wir telefonieren."
Ömi lebte nicht mehr. Mir war, als hätte sich etwas aus mir gelöst. Es war plötzlich unwiederbringlich entschwunden, hinterließ Leere.
Vor gut drei Jahren, wenige Wochen vor ihrem 85.Geburtstag, hatte Ömi einen Schenkelhalsbruch erlitten. Nach der Operation und dem anschließenden langen Krankenlager erholte sie sich nur mühsam, kam nicht mehr „auf die Beine", schleppte sich mehr oder weniger so dahin. Ein Greuel war es ihr, anderen zur Last zu fallen, gepflegt werden zu müssen. Sie zog sich zurück, wurde still und stiller, teilnahmslos. Nun hatte sie sich mit 88 Jahren und fast genau sieben Monaten aus dieser Welt verabschiedet.
Dabei sah ich sie noch immer leibhaftig vor mir in ihrem „Wiener Kleid", ihrem Lieblingskleid, das sie nur zu besonderen Anlässen trug: ein Blumenmuster auf blau-grünem Untergrund.
Vor dem Spiegel drehte und wendete sie sich wie ein Mannequin, lächelte sich und uns zu und freute sich. Und wir freuten uns mit ihr. Nicht dass sie die vorteilhafteste Pose herausfinden und einstudieren wollte, um anderen zu gefallen. Kokketieren lag ihr nicht. Es genügte ihr, uns, ihren Kindern,

zu gefallen und dabei ihre Gedanken und Sehnsüchte in die Ferne schweifen zu lassen.
„Ach, einmal in Wien sein können. Das wär schön!"
Filme, schwarz-weiß, hatten in ihr die Sehnsucht geweckt. Vom Flair, vom Wiener Charme und von den Wiener Liedern fühlte sie sich angesprochen. War es das Weiche des Dialekts oder die Gemütlichkeit, die Wärme, die sie darin fand?
„Frühling in Wien..." summte und trällerte sie, sah dabei nach unten in den Garten. Dort leuchtete die weiße Pracht des Jasminstrauches, verbreitete ihren blütenschweren, berauschenden Duft.
Sie liebte das Romantische, geriet nicht selten ins Sentimentale, wenn sie mir „Heidschi Bumbeidschi" vorsang.
„Mei Muatter woar a Weanerin..." oder „Muatterl unterm Dach ist a Nesterl gebaut...", gehörten mit zu ihren Lieblingsliedern. Die österreichische Klangfärbung ahmte sie nach. Rasch lernte auch ich den Text, um mit ihr zusammen „...ach Muatterl, wär ich doch ein Schwa-albenkind, wie schön, wie schön das wär, da-as wär..." singen zu können.
Sie brauchte Nestwärme und suchte sie. Vergebens! Sie wurde ihr, der „mittellosen Vollwaisen", verwehrt. Dabei wollte sie nur „an die Hand genommen und geführt werden". Sie hätte dann das alles einbringen können, was in ihr steckte.
Viel zu selten nahm sie ihre Zither vom Schrank herunter, eine wunderschöne Konzertzither, spielte uns bekannte Kinder- und Volkslieder vor. Als junges Mädchen hatte sie Unterricht nehmen dürfen und dieses Angebot begeistert und erfolgreich genutzt. Ein Weihnachtsfest ohne „Stille Nacht, heilige Nacht" – von uns gesungen und von ihr auf der Zither begleitet – war undenkbar. Meist folgte dann:
„Und jetzt spielst du bitte den Marsch, du weißt schon..."
Wir nannten ihn den „Zithermarsch", weil wir uns seinen richtigen Titel nicht merken konnten.
„Ach, der ist so schwer. Ich hab lange nicht geübt, weiß gar nicht, ob ich den noch kann."

Sie konnte ihn noch, wenn auch mit einigen Unsicherheiten. Er erforderte schon eine gehörige Portion Virtuosität.
Ihre Sehnsucht nach Harmonie, nach Liebe und Geborgenheit, aber auch nach der Ferne, die gar nicht so fern sein musste, nach kleineren, bescheideneren Reisen – wie konnte sie besser und intensiver zum Ausdruck kommen als in „... da hat der Dompfaff ein Pärchen getraut, trau, trau, trau, ja-a trau. Ja seht nur, wie fröhlich die Schwaalben sind, sie fliegen hin und her ..."
Ihr war es nicht vergönnt zu „fliegen", zu reisen überhaupt. Drei Kinder und die Mitarbeit im Betrieb nahmen sie voll in Anspruch. Der zweite Weltkrieg mit all seinen Erschwernissen folgte. Auf sich allein gestellt, musste sie sich um die Fortführung des kleinen Betriebes, um die Arbeiter, den Vertrieb der gefertigten Artikel und nicht zuletzt um uns kümmern. Trotzdem war es „ihre Zeit".
Sie blühte regelrecht auf, konnte endlich sich und anderen beweisen, was in ihr steckte, ohne fremdbestimmt und immer wieder aufs Neue gedemütigt zu werden.

„ Ich komme mit." antwortete Michael, als ich mit ihm telefonierte. Er wollte unbedingt dabeisein, wollte „seine Ömi" auf ihrem letzten irdischen Weg begleiten.
Von Dortmund aus flogen wir nach Dresden. Jörg und Claudia holten uns vom Flughafen ab.

„So nimm denn meine Hände ...", die ersten Worte des Kirchenliedes, das Ömi über alles liebte, hatten wir für die Todesanzeige ausgewählt. Und die Melodie dieses Kirchenliedes erklang auf dem Friedhof, als Ömis Sarg ins Grab gelassen wurde. Erhard, unser Cousin, und einer seiner Söhne bliesen es zweistimmig. Wir nahmen Abschied. Der reine Klang der Trompeten, die leise und getragen intonierte Melodie war ein letzter Dank an unsere Ömi, die uns mit ihrer immerwährenden Liebe und Güte so überreich beschenkt hatte.

Ömis blumenbekränztes Grab

Mir war bewusst, was ich ihr verdankte. Tapfer kämpfend und couragiert hatte sie mich davor bewahrt, noch im März 1945, knapp zehneinhalb Jahre alt, an die NAPOLA nach Feldafing „delegiert" zu werden.
Sie ebnete mir den Weg, als mir die Kreisbehörden im August 1949 nach Entlassung aus der Volksschule eine Maurerlehre zugedacht hatten, brachte mich – wenn auch „zwangsverordnet" - im Internat unter, eröffnete mir damit die Chance, d i e Laufbahn einzuschlagen, die mich schließlich das erreichen ließ, was ich seit meiner Jugendzeit vor Augen hatte: den Beruf des Arztes.
Mit Taten konnte ich ihr nicht mehr danken. Mit Worten nur, Worte, die ein letztes Mal ihr Leben schildern sollten, die Worte einer Trauerrede.
„Ihr Leben war Bescheidenheit, Demut und Duldsamkeit, immer auf Ausgleich bedacht, bestrebt, niemanden zu verletzen. In früher Kindheit Vollwaise – wie ihre Geschwister bei Verwandten, aber dennoch in der Fremde untergebracht - beherrschten Arbeit und Pflicht fortan ihren Alltag.

Vielleicht war sie glücklich als junge Ehefrau und Mutter. Ich erinnere mich an alte Fotos von Ausflügen, worauf sie heiter und fröhlich zu sehen ist. Wenige Glücksmomente, die sie erlebte? Denn ihr eigenes Leben l e b e n, sich entfalten, das konnte sie sicher nicht. Sie ergab sich ihrem Schicksal, das von anderen bestimmt wurde. Dabei war sie ein durchaus fröhlicher Mensch. Sie konnte herzhaft lachen, sich freuen. Wie oft antwortete sie auf die Frage, wie denn die Zusammenkunft mit ihren „Kaffee-Kränzchen-Schwestern" verlaufen sei:
„Schön wars, wir haben viel Spaß gehabt und Tränen gelacht!"
Es mag grotesk erscheinen, doch erst in der schweren Zeit des 2. Weltkrieges und in der Nachkriegszeit war sie „sie selbst", kämpferisch – wie es einem im Sternzeichen des Widder Geborenen zugesprochen wird – und zufrieden zugleich. Couragiert führte sie unter denkbar ungünstigsten Bedingungen den kleinen Betrieb weiter, um unsere Existenz zu garantieren. In zahlreichen „Hamsterfahrten", die ja immer etwas Unterwürfiges, Demütigendes in sich bargen, sorgte sie dafür, dass wir zu essen hatten und nicht wie viele andere hungern mussten.
Ich verdanke ihr meinen beruflichen Werdegang. Ohne ihren Einsatz damals im Sommer 1949 wäre ich nicht das geworden, was ich heute bin, hätte weder ihr selber noch Euch, Gisela und Erhard, helfen können.
Nach dem Tod unseres Vaters genoss sie vielleicht zum zweiten Mal ein einigermaßen unbeschwertes, freizügiges Leben. Sie konnte reisen, besuchte uns in Dortmund, im Schwarzwald, fuhr nach Böblingen, wo schon seit längerer Zeit ihre aus Kindertagen vertraute Cousine wohnte. Und sie lud sich endlich Gäste ein.
Ihre Urenkel wurden geboren. Wie bei den eigenen Kindern oder Enkeln war sie stets da, wenn man sie brauchte: geduldig, freundlich, hilfsbereit.
In den letzten Jahren bedurfte sie selbst der Hilfe. Erkran-

kungen und Unfälle machten ihr das Altern noch schwerer als es schon war. Tapfer und geduldig ertrug sie ihre Leiden und Schmerzen. Mit ungeheurer Energie raffte sie sich immer wieder auf, um ihre Selbständigkeit wenigstens einiger--maßen wieder zu erlangen, laufen und sich behelfen können, wenn sie auch nicht mehr imstande war, alles zu erledigen.
„Tut mir leid, dass ich euch soviel Arbeit und Mühe machen muss!"
Ich habe sie daran erinnert, dass sie früher sicherlich viel mehr Arbeit und Mühe mit uns hatte, dass sie viele Nächte hindurch an unseren Betten gesessen habe, um uns, ihre Kinder, wieder gesund zu pflegen. Das Bestreben, anderen nicht zur Last zu fallen, war nun einmal ihr Lebensprinzip. Und sie litt unsagbar darunter, dass sie diesem Prinzip zuletzt nicht mehr treu bleiben konnte.
Sie ging stets zu bescheiden und leise durchs Leben. Und so hat sie uns auch verlassen: Still, ohne „Aufhebens", binnen weniger Stunden.
„So nimm denn meine Hände…"
Sie ist an die Hand genommen worden, anders zwar, als sie es sich im Leben immer gewünscht hatte, was ihr aber verwehrt blieb. Nun hat sie - an den Händen geführt - ihren himmlischen Frieden gefunden.
Sie hat ihn verdient."

Wissen ist Macht

Etliche Jahre hatten wir uns nicht gesehen. Die Rückfahrt vom Bodensee zu unterbrechen, bot endlich die Gelegenheit, wieder einmal für einige Stunden mit Conny, meinem Fluchtgefährten, zusammenzutreffen. Als vorzüglicher Weinkenner bot er auf, was unserem Wiedersehen und dem Gedankenaustausch über alles, was wir in den zurückliegenden Jahren gemeinsam oder jeder für sich erlebt hatten, angemessen war. In weinseliger Stimmung zogen wir Bilanz. Die letzten Januartage des Jahres 1958, vor allem aber der Abend des 30. Januar, an dem wir unser Ränzlein für die geplante Republikflucht bei Nacht und Nebel geschnürt hatten, ließen wir revuepassieren. Dass uns mit jenem Schritt in eine ungewisse Zukunft das Schicksal weitaus gnädiger gesonnen war als vielen, die ausharren mussten, durften wir voller Zufriedenheit feststellen.

„Wir können uns doch in Ruhe zurücklehnen und sogar mit ein wenig Stolz auf das zurückblicken, was wir geschaffen haben. Schließlich mussten wir noch einmal bei Null beginnen!" resümierte Conny im Brustton der Überzeugung, lehnte sich dann auch völlig gelassen zurück und schaute mich durch sein erhobenes Weinglas aufmunternd an. Ich konnte nicht anders, als das Gleiche zu tun und ihm kopfnickend zuzustimmen und das Ganze mit einem „Na denn Prost!" zu besiegeln.

Der Abend zog sich hin. Conny begleitete mich zum Hotel, holte mich am nächsten Morgen von dort ab und brachte mich zum Mannheimer Hauptbahnhof.

Der ICE nach Dortmund sollte in Kürze einfahren. Eine Gruppe von Schülerinnen und Schülern – mehr oder weniger innig in sich verschlungen – verbreitete gehörigen Lärm: Transistorradios konkurrierten mit ratternden Skateboards, die nach halsbrecherischen Kapriolen auf den Belag des Bahnsteigs zurückprallten.

Zusammentreffen mit Fluchtgefährten Conny am 1. Juli 1979, dem 20. Jahrestag unserer Promotion

In Baden-Württemberg hatten die Sommerferien begonnen.
Ihr „Outfit" ließ auf ein Alter von 14 oder auch 15 Jahren schließen: „Nabelfrei" auch dort, wo es wegen verbliebenen „Baby-Specks" oder beginnender fraulicher Fülle nicht unbedingt angebracht war, „Pearcing included". Die aufkommende Männlichkeit sollten „Schlabberjeans" und modische Cargohosen auf lässige Weise unterstreichen. Deren Hosenboden beutelte bis zu den Kniekehlen, die Hosenbeine – unten aufstauchend – fegten den Bahnsteig.
Allesamt aber trugen sie ein schwarzes T-Shirt!
In großen weißen Buchstaben war auf die Rückseite in ebendieser Schreibweise weithin lesbar aufgedruckt:

Wissen ist **Macht**!
Nichts **Wissen**
Macht nichts!
S c h u l a b s c h l u ß 2005

Nur ein Wortspiel? Ein Gag? Was wollten sie damit ausdrükken? Vielleicht:
„Irgendwie werden wir uns schon durchschlängeln – im Leben? Wozu brauchen wir dann **Wissen**?"

Die 17:00 Uhr-Nachrichten liefen, als ich in der Tiefgarage des Dortmunder Hauptbahnhofs ins Auto stieg. Kommentare schlossen sich an.

„In NRW ist zum jetzigen Schuljahresabschluss mit 80.000 Sitzenbleibern zu rechnen!"

Mir verschlug es die Sprache. Achtzigtausend? Aber holla!
Sind das bei einer Gesamtzahl von
– was weiß ich – r e l a t i v wenige oder r e l a t i v viele?
Ist denn nicht **j e d e r e i n z e l n e** Sitzenbleiber **einer zuviel**?
Und das nicht r e l a t i v sondern a b s o l u t?
Ehe ich zu einem Urteil gelangt war, tauchten vor meinen Augen diese fast schon vergessenen, fettgedruckten Schlagzeilen wieder auf, reihten sich aneinander und gewannen mit einem Mal wieder aktuellen Bezug: Die PISA - Studie kam mir noch nicht einmal in den Sinn. Es waren diese fast schon vergessenen Schlagzeilen, die – fettgedruckt – vor meinen Augen auftauchten und mit einem Mal wieder aktuellen Bezug gewannen:
„...Lehrer und örtliche Schulbehörden klagen über Schulmüdigkeit und Schulverweigerung ... Lehrer müssen immer neue Motivationsmuster ersinnen, um Schüler bei Laune zu halten ...
Kaufhäuser und Fachgeschäfte sind angehalten, Computerspie-

le erst nachmittags einzuschalten, da am Vormittag Trauben von Schülern – die Schule schwänzend – sich um sie scharen ...Polizei fahndet nach Schulschwänzern ... Ausbilder in Handwerk und Industrie beklagen desaströse Kenntnisse in Rechtschreibung und Grundrechnungsarten ... bei Lehrstellenantritt können 12 % der Bewerber nicht richtig lesen, schreiben oder rechnen...“

Ich wollte nicht überheblich oder ungerecht urteilen und sagte mir, du musst eingestehen, dass der Lernstoff heute wesentlich umfangreicher als noch vor Jahren oder Jahrzehnten ist. Ist aber nicht auch das gesamte Instrumentarium zum Erlernen des Stoffes reichhaltiger und bei zielgerichteter Nutzung wesentlich effektiver als früher? Wissen viele nicht, dieses reichhaltige Angebot, Bildung zu erlangen, anzunehmen und auszuschöpfen? Fehlt das Interesse daran?
„Da hab ich keinen Bock drauf! Das ist lästig und das nervt!“ – so die Einstellung vieler. Unbeschwert und unbedarft „in den Tag hineinleben“, das tun, worauf man Lust hat, was „einfach mehr Spaß macht“, ist freilich der leichtere Weg.
Selbstverständlich gebe es auch junge Leute, die gut qualifiziert und motiviert seien, wird von ausbildenden Unternehmen betont. Bei denen sei es *„kein Problem, sie unterzubringen.“* Das stehe außer Frage. Aber eben auch andere, deren Devise laute:
„Warum soll ich mich anstrengen. Ich habe doch Anspruch auf... ich habe das Recht auf...“

Mir kam J. F. Kennedy in den Sinn, der bei seinem Amtsantritt 1961 seinem Volk zurief:
„Fragt nicht, was euer Staat für euch tun kann sondern was ihr für euren Staat tun könnt!“
„Jeglicher Ansporn fehlt!“ klagt der Chef eines Dortmunder Holzgroßhandelunternehmens. Er vermisse die alten Tugenden wie Pünktlichkeit, Fleiß, Eifer. Gerade bei Bewerbern aus

sozial schwächeren Familien habe er häufig den Eindruck, *„dass der Ansporn nicht so groß ist. Die denken, sie können sich durchs Leben schlagen, ohne einen Finger krumm zu machen."*
Sie ließen jegliche Leistungsbereitschaft vermissen. Darin liege der *„politische Sprengstoff"*.

Ich verstand die Welt nicht mehr, wie man so schön dahersagt, und stellte mir selbst die Frage: Sollten nicht gerade *„Bewerber aus sozial schwächeren Familien"* besonders motiviert sein, mit einer soliden Ausbildung die Grundlagen dafür zu schaffen, ihren Lebensunterhalt aus eigener Kraft zu bestreiten? Oder haben sie sich längst an ihren Eltern orientiert, die sich im sozialen Netz auf Dauer zufrieden eingerichtet haben, die „Sozialleistungen" als Selbstverständlichkeit entgegennehmen, sich aber zu Gegenleistungen – es sei denn „unter der Hand" – nicht verpflichtet fühlen?
Ist von Pflichten nicht mehr die Rede? Bleibt ihre Erfüllung auf der Strecke?
Den Anschein hat es, leider. Woran liegt es?
Ich erinnerte mich.
Nicht nur traurig sondern regelrecht verärgert waren ich und meine Mitschüler, hinderten uns Krankheiten daran, zur Schule zu gehen. Mehrmals im Jahr litt ich an Anginen, den schluck-schmerzhaften und meist mit hohem Fieber einhergehenden Mandelentzündungen. Und im wahrsten Sinne des Wortes „fieberte" ich dem Tag entgegen, an dem mir unser Hausarzt sein O.K. gab, wieder am Unterricht teilnehmen zu können. Alle waren wir begierig voranzukommen, waren bemüht, nichts zu verpassen, sondern so viel wie irgend möglich zu lernen, um eines Tages dort bestehen zu können, wo man meinte, seinen Platz gefunden zu haben.
In der Vielfalt vergnüglicher Zerstreuung oder Ablenkung mag heutzutage eine willkommene oder auch zwingende Herausforderung gesehen werden. Ihr zu widerstehen erfordert Selbstüberwindung, Disziplin, Kraft und Entschlos-

senheit. Auch wir hatten unsere Vergnügen, weit bescheidener als heute, und auch wir wussten sie zu genießen. Wir kannten aber auch Grenzen und waren bereit, sie einzuhalten.
Umso mehr fragte ich mich, als mir der Inhalt weiterer Artikel wieder einfiel: Woher sollen heute Aufnahmefähigkeit und Lernbereitschaft kommen, wenn nach durchrappten Disko-Nächten – womöglich unter Einnahme von Aufputschmitteln oder auch harten Drogen – alle physischen und psychischen Reserven erschöpft sind, wenn ein ausgelaugter Körper, ein abgestumpfter Geist nach Ruhe und Erholung schreien? Woraus lassen sich dann noch Ressourcen schöpfen, um wenigstens einen Rest an Lerneifer oder Lernfreude zu gewinnen? Mir fiel es schwer, eine Antwort darauf zu finden.

„Gebrauch von synthetischen Rauschmitteln und von Cannabis hat epidemiologische Ausmaße angenommen ...neue Konsummuster – nämlich gleichzeitiges Einverleiben mehrerer Rauschgifte – lassen herkömmliche Hilfssysteme alt aussehen ...Weg zur Beschaffungskriminalität nur ein kleiner Schritt: 25 % aller kriminellen Delikte werden von Straftätern unter 18 Jahren ausgeführt...!"
Deshalb sei „...Suchtprävention in Kindergärten..." angesagt, „... um das soziale und emotionale Selbstbewusstsein von Kindern zu stärken!"

Ob ein solches Unterfangen bei Drei- bis Sechsjährigen überhaupt auf fruchtbaren Boden fallen kann? Ich zweifelte und kam zu der Überzeugung, dass der erzieherische Wert von Grimms Märchen, mögen sie einer empfindsamen kindliche Seele auch oftmals zu grausam erscheinen, in diesem frühen Alter sicherlich höher einzuschätzen sei, vor allem, wenn sie in erster Linie von den eigenen Eltern, aber auch von geschulten, fürsorglichen Kindergärtnerinnen, Erzieherinnen oder Erziehern mit dem nötigen Einfühlungsvermögen kindgerecht interpretiert werden.

Noch unverständlicher für mich aber eine weitere dieser knalligen Schlagzeilen:

„Erst- oder Zweitklässler kommen regelmäßig zu spät und ohne Frühstück zum Unterricht, weil es ihre Eltern nicht gebacken kriegen, morgens an Deck zu sein!"

Regelmäßiges „Zuspätkommen"? Und dann noch ohne Frühstück? In heutiger Zeit?
Wieder musste ich zurückdenken:

In den Nachkriegsjahren gab es bekanntermaßen eine zeitlang Schulspeisung: Ein muffig nach Kleie schmeckendes „Gummi-Brötchen", dazu – wer mochte – einen Becher Milch.
Das alles aber zusätzlich, nicht anstatt.
Herrschte in jener Zeit nicht überall Mangel, nicht nur an Essbarem und nicht nur bei den „sozial Schwachen"? Waren nicht alle mit einem Mal auf gleiche Weise „sozial schwach", hatten vieles oder alles verloren? Doch Mütter und Väter, auch die sogenannten „sozial schwachen", sorgten f ü r und sorgten sich u m ihre Kinder, wenn sie sich auch alles „von den Lippen absparen" mussten. Sie sparten dennoch, dankbar dafür, dass sie die schrecklichen Kriegsjahre einigermaßen schadlos überstanden hatten. Ihren Kindern den Weg in eine sorgenfreiere Zukunft zu bahnen, war einzig und allein ihr Bestreben. Sie sollten es einmal besser haben, sollten mehr erreichen, als es ihnen, den Eltern, aus wer weiß welchen Gründen vergönnt gewesen war. Dafür erbrachten sie bereitwillig so manches Opfer. Schlendrian oder Unpünktlichkeit war ihnen fremd.

Was geschieht heute in einer Zeit des „Jammerns auf hohem Niveau", die gegenüber den Kriegs- und Nachkriegsjahren eine Zeit des Wohlstands und Überflusses ist? Wird es heutzutage Eltern, die weit mehr ein Defizit an ihrem eigenen so-

zialen Verhalten als an ihrer finanziellen Ausstattung aufweisen, die aber ihre „soziale Schwäche" gebetsmühlenartig als Rechtfertigung dafür heranziehen, ein Familienleben nicht „leben" zu können, nicht zu leicht gemacht? Rechtfertigt ihre vorgegebene „soziale Schwäche" ihren Kindern Zuwendung und Liebe zu versagen, sie nicht zu lehren, Regeln des Anstands und gegenseitiger Achtung einzuhalten, sie dadurch geistig und körperlich verrohen zu lassen?
Auf den vorsichtigen Hinweis, ihnen bliebe in ihrer „ausweglosen Situation", wie sie behaupten, aber doch genügend Zeit, sich wenigstens ihren Kindern zu widmen, ihnen beispielsweise bei den Hausaufgaben zu helfen, sie zum Lernen anzuhalten, damit sie sich nach erfolgreichem Schulabschluss den Weg aus ihrem gegenwärtig tristen Dasein bahnen könnten, lautet die lapidare Antwort:
„Was soll denn das bringen? Ist doch zwecklos! Die haben sowieso keine Zukunft. Und außerdem ist mir nicht danach."
Ja, wonach sei ihnen denn dann? Nach pausenlosem Tabak- und Alkoholkonsum vor ständig laufender „Glotze" oder anderweitigen Zerstreuungen?
„Das lenkt wenigstens ab."
Einer solchen Antwort Verständnis entgegenzubringen, fällt nicht leicht.

Bilder aus der Vergangenheit gewannen wieder an Schärfe: Nicht allein in den acht Jahren unserer Volksschulzeit, meiner und der meiner Schwestern, auch noch während der Zeit meines Studiums, wenn ich kurz nach drei Uhr morgens – also „mitten in der Nacht", wie es hieß – aufstehen musste, um den Schnellzug nach Leipzig zu erreichen, war Mutter „an Deck", hatte ein Frühstück bereitet. Der Duft von frisch gemahlenem Kaffee erfüllte die Küche, wenn es sich dabei auch nur um den in dieser Zeit üblichen Malzkaffee handelte.
„Ist doch nicht nötig, dass Du auch so früh aufstehst. Ich kann mir doch selber etwas machen."

„Lass nur, nicht schlimm. Ich leg mich noch ein Stündchen hin. Vielleicht werden auch zwei daraus“ sagte sie lächelnd und wischte mit einer abwehrenden Handbewegung meinen gut gemeinten Einwand einfach hinweg.

Traf ich an Wochenenden, mit dem letzten Zug von Leipzig gekommen, kurz vor Mitternacht zu Hause ein, lief mir – kaum hatte ich den Hausflur betreten – auch schon das Wasser im Mund zusammen:

Ausgehungert wie ich war, verschlang ich die köstlich duftenden Bratkartoffeln und die zwei oder auch drei Spiegeleier mit großem Appetit. Mutter setzte sich zu mir, sah und hörte mir zu, war begierig zu erfahren, was ich erlebt hatte.

Die Uhr schlug eins, als wir schließlich ein Ende fanden und uns schlafen legten.

War und ist es nicht – im weitesten Sinne – das Elternhaus, das Heranwachsende prägt, das sie „d i e Kinderstube“ genießen lässt, woran später ihr Benehmen und Verhalten, auch das soziale, zu erkennen sein wird?

Oder ist es das die längste Zeit gewesen? Sind Überschriften wie „Vernachlässigung nimmt zu – Nachrichten von missh*andelten Kindern erschüttern die Öffentlichkeit*“ – „*Eltern sind oft übermüdet...*“ (wovon? Von Ausschweifungen, „Saufabenden“, Orgien unterschiedlichster Art, oder Drogen?), „*... viele sagen, sie könnten ihr Kind an die Wand klatschen, weil es schreit...*“ (kennen wir das nicht irgendwoher?) der Beweis dafür?

Die Ursachen seien zahlreicher Natur: Armut, Arbeitslosigkeit, psychische Erkrankungen, auch Sucht. Viele Faktoren, die eine Spirale in Gang setzten, die sich unerbittlich weiterschraubt, bis ein Kind auf der Strecke bleibt.

Der Schritt zur gezielten oder willig in Kauf genommenen Kindstötung ist heute für manche Eltern, ob „überforderte Mütter oder Väter“, nur noch ein ganz kleiner. Erhebt sich die Frage: Hat sie der Alltag abgestumpft, sind sie nicht in der Lage, ihn zu bewältigen, ihren moralischen Elternpflich-

ten nachzukommen, weil ihnen von ihren Eltern nicht vorgelebt worden war, was Elternschaft bedeutet? Offensichtlich sehen sie sich in mit einem Mal in ihrer Freizügigkeit, die sie bislang ausgiebig genießen konnten, eingeschränkt, nur weil sie – selbst noch nicht erwachsen – Kinder in die Welt gesetzt haben und nun damit „einfach nicht fertig werden"?
„Hauptsache w i r haben unser Vergnügen, darauf verzichten, kommt nicht infrage. Was scheren uns Kinder. Die stören nur!"

„Ein gesamtgesellschaftliches Problem" – heißt es. Das altbekannte Muster, wie könnte es auch anders sein.
Wieder einmal der Ruf nach der Gesellschaft, nach irgendeinem Amt, nach dem Staat.
Können aber gesellschaftspolitisch aufgemotzte Versuchsballons ein fürsorgliches Elternhaus ersetzen, ein Elternhaus, das diesen Namen verdient und ein Hort der Geborgenheit sein sollte, um Kindern die Nestwärme zu geben, die sie dringend benötigen?

„... Je länger Kinder in den ersten 54 Monaten ihres Lebens fremdbetreut werden, desto geringer fällt ihre soziale Kompetenz aus, desto öfter geraten sie in Konflikte mit Erziehern und Eltern, und umso mehr neigen sie dazu, andere Kinder zu schlagen..."

„Die Entwicklung des Gehirns und damit die Bildungsfähigkeit eines Kindes hängt entscheidend ab vom Gelingen einer engen Eltern-Kind-Bindung in den ersten drei Lebensjahren!" – (aus den Ergebnissen der amerikanischen NICHD-Studie)

„... Gruppenfremdbetreuung setzt Kleinkinder unter chronischen Stress, erkennbar an den Stresshormonspiegeln in ihren Speichelproben. Erhöhte Stresshormone wiederum bremsen das Wachstum. In den ersten drei Lebensjahren aber wächst vor allem das Gehirn..."

Fazit: *„...in dieser immens wichtigen Phase wird durch Gruppenfremdbetreuung die Persönlichkeitsentwicklung eines Menschen beeinträchtigt, im schlimmsten Falle sogar beschädigt.*
Auf diese Weise Be- oder Geschädigte werden impulsiver, aggressiver, stressanfälliger – lebenslang...“

Stimmen von Wissenschaftlern, Hirnforschern, Kriminologen, Erziehern in staatlichen oder auch kirchlichen Einrichtungen und von manchen Politikern mehren sich, die die Lösung dieses „gesellschaftspolitischen Sprengstoffs“ nicht in einem Mehr an Kinderkrippen, Kindertagesstätten und Ganztagsschulen mit dem Ziel verbesserter Bildungsmöglichkeiten für Kinder oder meist nur ganztägiger Betreuung von Kindern „sozial schwacher“ Familien oder Alleinerziehender zu sehen. Sich der Erziehung und Bildung von Eltern zu widmen, in sie zu investieren, um sie zu befähigen, wahrer Elternschaft und damit der Verantwortung gegenüber ihren Kindern gerecht zu werden, Familien wieder Struktur zu geben, sollte unser Bemühen und damit das der Gesellschaft und des Staates sein.
Den Lehrern in Schulen gleich welcher Art und den Ausbildern in Handwerksbetrieben oder industriellen Unternehmen dürfte es dann kaum Mühe bereiten, die Früchte, die die Saat in einem wohlbehüteten Elternhaus hervorgebracht hat, weiter zu hegen, zu formen und zu bilden und somit die ihnen anvertrauten Kinder und Jugendliche zu verantwortungsbewussten Menschen zu erziehen.
Wegen des dichten Feierabendverkehrs brauchte ich für die Heimfahrt, eine Strecke von 17 km etwa, länger als gewöhnlich. Genügend Zeit für einen Gedankenflug, der sich mir aufdrängte. Ein Gedankenflug nicht nur über Jahrzehnte sondern über Jahrhunderte hinweg: zu Martin Luther, zu Johann Wolfgang von Goethe und zurück zur Gegenwart. Bereits 1524 hatte Martin Luther in einem Rundbrief an alle Ratsherren Bildung eingefordert:

„Denn wenn die Jugend nicht gebildet ist, macht sie Unsinn!“

Seine Forderung, die erst viele Jahre später mit der Einführung der allgemeinen Schulpflicht erfüllt wurde, wollte er sicherlich weiter gefasst sehen, nicht allein auf schulisches Wissen beschränkt.

Das in jedem Kind, in jedem Jugendlichen schlummernde Potential an Fähigkeiten, mögen diese auch noch so unterschiedlich sein, abzurufen, Interessen zu wecken und zu fördern, Perspektiven zu eröffnen und Ziele vorzugeben, dabei Regeln des Anstands und gegenseitiger Achtung nicht außer Acht zu lassen, war ihm, im christlichen Glauben tief verwurzelt, Herzensangelegenheit.

Dass Hegen und Pflegen, wenn mit Liebe, Sorgfalt und Zuwendung vereint, jedes junge Bäumchen zum Blühen bringen kann, um eines Tages auch Früchte zu tragen, lässt uns Goethe dreihundert Jahre später wissen.

**„Weiß doch der Gärtner, wenn das Bäumchen grünt,
dass Blüt und Frucht die künftgen Jahre zieren.“**

Ihm war gleichfalls nicht fremd, dass die Vielfalt der Natur und erst recht die der menschlichen Kreatur unterschiedlichste Wege zu ihrer vollen Entfaltung erforderlich werden lässt, dass es ebenso eines vielfältigen Angebots an Lernstoff und Unterrichtung bedarf, um diese unterschiedlichen Talente aufzuspüren und zu fördern.

**„Die Masse lässt sich nur durch Masse zwingen,
ein jeder sucht sich endlich selbst was aus.
Wer vieles bringt, wird manchem etwas bringen;
Und jeder geht zufrieden aus dem Haus.“**

Zufriedenheit eines jeden ergibt sich jedoch nur, wenn die Bereitschaft vorhanden ist, Wissen oder anderweitige Kenntnisse zu erwerben, *„…sich endlich selbst was auszusuchen…“*, nämlich das, was ihm nützt, auf ihn zugeschnitten ist, *„…um zufrieden aus dem Haus zu gehen…“*.
Fehlt diese Bereitschaft, kann sie mangels genügender geistiger Reife oder eines befruchtenden Umfeldes nicht aufgebracht werden, stößt jegliches Angebot ins Leere.
Goethe, weitgereist, lebenserfahren, wissend um den Facettenreichtum menschlicher Stärken und Schwächen, kam nicht umhin einzuräumen, dass im schwierigen pubertären „Gärungsprozess“ des Heranwachsens, der Charakterbildung, letztlich des Erwachsenenwerdens mancherlei Fehlschläge nicht ausbleiben, dass sie aber unter dem Aufbringen endlicher, oftmals leider auch unendlicher Geduld – wenn nötig – „ausgemerzt“ oder auf gütliche Weise korrigiert werden können. Deshalb ging er aus eigenem Erleben wohl mit seiner und der Jugendzeit anderer nachsichtiger und hoffnungsvoller um:

„Wenn sich der Most auch ganz absurd gebärdet,
es gibt zuletzt doch noch nen Wein.“

Zu welchem Urteil gelangen wir? Heute, nach weiteren zwei Jahrhunderten?
Welchen Wein wird uns die heutige Jugend als die gestaltende Kraft unser aller Zukunft keltern?

Zu Hause angekommen, warf ich einen Blick in die Tagespresse.
Im Feuilleton ein Bericht über Simon Rattle und die Berliner Philharmoniker. Sein Wagnis, junge Menschen, Kinder und Jugendliche aus den berüchtigten Berliner Problemschulen in dem Projekt „Rhythm is it“ zusammenzuführen, sie unter Anleitung eines Choreographen und Tanzpädagogen für

Musik und Tanz zu motivieren, ihnen ein erreichbares Ziel vorzugeben, war derart erfolgreich, dass es in einen preisgekrönten Dokumentarfilm mündete. Im Vertrauen auf ihre Kraft, auf ihr Talent, ihr Können, von Simon Rattle erweckt, blühten sie vor Begeisterung regelrecht auf, schwammen von Erfolgswelle zu Erfolgswelle. Ihr gestärktes Selbstbewusstsein, das wiedererlangte Selbstwertgefühl und ihr Tatendrang halfen ihnen, ihren bislang schwierigen Alltag zu meistern. Mit einem Mal fiel es ihnen leichter, die „Forderungen des Tages" zu erfüllen.

Ein Beispiel nur, ein herausragendes noch dazu. Weitere Projekte ähnlicher Art sind weltweit in Angriff genommen, nicht weniger bedeutsam, nur nicht auf gleiche Weise medienwirksam herausgehoben. Und doch gelingt es damit, auch schon verloren Geglaubte wieder für ein gedeihliches Miteinander in unserer Gesellschaft zu gewinnen.

Ob Musik und Tanz, Sport und Spiel, Kunst und Wissenschaft, die Heranwachsenden sind es, Kinder und Jugendliche, die uns – wenn sie behutsam und verantwortungsvoll geführt und geleitet werden – mit ihrem Können, ihrem Eifer und ihrem festen Willen immer aufs Neue in Erstaunen versetzen, uns regelrecht faszinieren. Mag die uns folgende Generation auch Schwierigkeiten haben, den richtigen Weg zu erkennen, werden es vielleicht unsere Enkel und Urenkel sein, die in heilsamer Rückbesinnung auf leichtfertig geopferte und vergessene Wertvorstellungen manchen fehlgeleiteten Zug auf das richtige Gleis zurückführen. Oder werden sie sich eines Tages auch genötigt sehen, sich dem Zeitgeist unterwerfen zu müssen, der sie zwingt, sich in den Fängen der Zeit zu verstricken? Hoffen wir, dass sie sich daraus befreien können und die nötige Kraft und Entschlossenheit finden, mit ihrem Potential eine sichere und friedvolle Zukunft zu gestalten. In dieser Hoffnung sollten wir uns getrost dem Urteil Goethes, unseres großen Dichterfürsten, anschließen dürfen:

„… es gibt zuletzt doch noch nen Wein …“

Vielleicht sogar einen Qualitätswein, ausgewogen, elegant und gehaltvoll, oder auch fruchtig und spritzig, mit einem Wort:

bekömmlich!